# 紅妝攻略 3

三石 著

文創風 718

風文創 718

# 目錄

# 第六十章

「大嫂，這事還有什麼好想的呀！」唐氏拿出自己準備的見面禮，一支赤金點翠鑲紅寶石的石榴花簪子，又從手上褪下一串雕成蓮花模樣的碧璽手串和一對金戒指。「我這兒再給姪媳婦添兩件，大嫂倒是爽快點呀！莫不是瞧不上我的這些東西？」

說著，唐氏作勢要收回去。

齊氏咬了咬牙。今日她本是想給自己長長臉，又怎能在這個時候露怯？於是心一橫，從頭上拔下那支金步搖，放到丹鳳朝陽的鳳釵旁。

「我就說大嫂是個爽快人！」唐氏笑著將自己手裡的東西都拿到謝氏的手上，也不待他人介紹，自顧自地道：「我是妳東府裡的三嬸……」

沈君兮在一旁靜靜瞧著這個伶牙俐齒的三舅母，發現紀霜和紀霞正站在她的身後掩嘴笑，突然明白過來。這兩姊妹跳脫的性子，完全是像三舅母嘛！

紀昭見了，帶著謝氏謝過了唐氏。

「都是一家人，妳和三嬸客氣什麼？」豈料唐氏並未打算偃旗息鼓，而是眼光流轉地看向了剛才一直在人群中「起哏」的舅太太高氏，笑道：「我們這些做嬸嬸的可都拿出見面禮了，不知舅太太都給新娘子準備了什麼？」

高氏聽了臉上一陣紅、一陣白。

齊家在京城也算得上是高門大戶，只可惜他們這一支是旁支，當年若不是小姑子聽從她的建議，抓住機會嫁入秦國公府做了國公夫人，他們恐怕早被趨炎附勢的齊家人給遺忘了。可以說他們這些年過得還算「體面」，完全是靠著這個小姑子裡裡外外地幫忙撐著。因此她也沒想在小姑子的面前打腫臉充胖子，只準備一支赤金鑲了羊脂玉桃的簪子。這樣的一支簪子作為新婦的見面禮是夠的，可若是與董氏、唐氏送的赤金頭面、祖母綠鬢花比起來，就顯得太過寒酸。

高氏自是知道這是紀家的三夫人在擠對自己，誰教自己剛才出言擠對了董氏呢？弄得她此刻有些下不來臺。

她看向了齊氏。

齊氏也是滿臉尷尬。之前不過是想在眾人跟前略微顯擺，但沒想到董氏竟然會備下這樣一份大禮，更沒想到平日不怎麼作聲的唐氏會在這個時候跳出來。

見大嫂跟自己討主意，她點頭也不是，不點頭也不是。

點頭的話，將來大嫂肯定會讓自己貼補她；可不點的話，今日畢竟是兒子紀昭認親的日子，不可能弄得大家不歡而散。

齊氏越想越覺得有些氣結，只得默默衝著高氏點點頭。

高氏一見齊氏點頭，一改之前懨懨的模樣，整個人變得活躍起來。

「我這個人從來都是有多大的本事就端多大的碗。」高氏伸手理了理髮鬢，笑道：「也不怕幾位夫人、太太笑話，我今天只帶了支鑲羊脂玉的赤金簪子；我也知道這簪子是比不過諸位夫人的大手筆，但今日還是想跟著大家湊個趣。」
說著，她把手上一對赤金鐲子褪下來，放到了裝著赤金鑲羊脂玉簪子的匣子裡。
見到高氏這樣一番作派，人群中有人打著圓場。
「舅太太還是疼外甥的。」
「大家都是爽快人，真是不是一家人，不進一家門！」
屋裡的人跟著一起笑起來，恍若剛才那一幕真的只是為了讓氣氛熱鬧一樣。
等到和家中長輩一一拜見過後，輪到了沈君兮她們這些平輩。
第一個自然是身為國公府世子夫人的文氏。她們兩妯娌互相見禮，交換了見面禮。
未出閣的紀雯、紀霜、紀霞、紀雪還有沈君兮，自是不用給謝氏準備見面禮，在同謝氏行過禮後，每人還得了謝氏的一個紅封。
花廳裡的人還未散，可花廳裡的事卻已經傳到紀老夫人的耳朵裡。
「只有她，竟然能從鐵公雞身上拔出毛來！」紀老夫人聽了也不住挑眉，抬頭跟一旁的李嬤嬤道：「妳去開了我的箱籠，挑幾疋新樣式的刻絲杭綢給東府的三夫人送去。這種事，怎麼好教她破費？」
待紀昭和謝氏在花廳裡認完親，再到紀老夫人這裡來時，紀老夫人的心情異常地好，除了給謝氏一對龍鳳手鐲，還另外加了一袋金豆子，直教齊氏都看直了眼。
紀昭的婚禮之後，董氏便要帶著紀晴回山東了。

紀老夫人自是不捨，但一想起二兒媳婦正值花信的年紀，卻要與兒子分隔兩地，也很不忍。

送走二房一家後，家中又恢復了以往的平靜。

黎子誠卻突然找來了。

沈君兮以為他是來同自己說天一閣的事，豈料他卻送了幾筐新鮮的瓜果來。

「這都是大黑山那邊的山地裡結出來的，特意送過來給鄉君嚐嚐鮮。」黎子誠便道。

「這是……」她有些不解。

沈君兮聽了有些詫異。大黑山的山地？

在她記憶中，她在大黑山所購的山地並未種上這些果樹，這些鮮果又是從哪兒來的？

黎子誠見狀忙跟她解釋，因為是他建議在大黑山買的地，因此對那邊的事格外上心，並且一直琢磨著要怎麼把這一千畝地給利用起來？

大黑山那一塊地是新開墾出來的，有不少種地的好手拖家帶口地去尋找機會。

黎管事起了心思，便留意起來。皇天不負有心人，還真讓他在裡面尋了幾個種果樹的好手，然後又在大黑山附近佃了幾戶人家，從去年冬天開始便在大黑山新買的一千畝山地上種起果樹。

今年一開春，去年冬天種下的果樹倒有十之八九都活了下來。

加之又經過一個夏天的精心養護，秋天的時候，有些果樹上竟然掛了果。黎子誠用馬車拖了一些回來，竟然也賣了幾十兩銀子。

「因是頭一輪，這果子長得有些良莠不齊。」見沈君兮不斷打量那些果子的外形，黎子誠有些尷尬地解釋道：「再過兩年，結出來的果子定然不是這個樣子。」

透過之前與沈君兮的接觸，他知道別看鄉君年紀小，卻不是什麼都不懂的孩子，因此不敢有所欺瞞。

「這倒也不急，」沈君兮同黎子誠笑道：「果樹本是要一年一年地改良，錢閒在那兒也是閒著，該花的還是要花。不要擔心沒有收成，若實在沒有，咱們到時候再找原因，這中間也不過是貼一些雇工的錢，算不得什麼大事。」

黎子誠很詫異。

他沒想到鄉君連這些道理都懂，一想到這兒，心裡不免暗暗打起鼓來。

之前鄉君是屬意房山那邊的地，是因為他去打聽消息，得知今上可能會在房山那兒修建行宮，所以才讓鄉君打消了在房山購地的念頭。

豈料建行宮的事在過年後便了無蹤影，再也沒有人提及；而去年在房山購得田地的人們，開春後更是歡天喜地地耕種起來。據他所知，齊氏購得的幾百畝良田全都種了小麥，並且為齊氏進了一筆不小的帳。

這樣看來，他們棄房山而買大黑山，算不得什麼明智之舉。

他也有些擔心鄉君會因此事而責怪自己辦事不力，說話也變得支吾起來。

「黎管事可是還有什麼其他事？」瞧著黎子誠一副有口難開的樣子，沈君兮不免問道。

黎子誠想著她年紀雖小，卻也不是個好糊弄的人，有些事與其讓她在別處知曉，還不如自己親口告訴她。

「大夫人今年在房山那邊的收成不錯……」

沈君兮起先還沒明白黎子誠為何突然說起房山，但隨即明白過來，他是怕自己責怪他勸說自己棄房山而選大黑山吧？

他顯然是多慮了。

沈君兮笑道：「這天下的錢又不是一個人能掙得完的，也不能因為人家的地比我們的賺錢就眼紅人家吧？」

而且她知道，房山的行宮一定會建起來，只是不知昭德帝會在什麼時候作這個決定？

見她一臉豁達，黎子誠才放下心來。

瞧他謹小慎微的樣子，沈君兮之前在心裡醞釀許久的想法又冒出來。

現在黎子誠雖然受大舅之託，為自己打理母親的陪嫁，可他畢竟還是大舅的人，自己使喚起他來，多少還是有些名不正、言不順。而且瞧著這些日子，黎子誠辦事頗有章程，為人又勤懇忠誠，她便動了心思，想將他要到自己名下來。

只是這事，她還得先問問黎子誠本人的意願，畢竟跟著秦國公可比跟著她這個鄉君更有前途。

「你願不願意來跟著我？」沈君兮遣了身邊的人，悄然問道。

黎子誠有些錯愕地看向她。

「你現在是我大舅的人，雖然我這樣使喚你，大舅不會說什麼，可到底有些名不正言不順。如果你願意跟著我，我就去大舅那兒將你要過來。」沈君兮開門見山地說道：「當然，這事也不急在一時，黎管事盡可回去思量了再來回我。」

於是黎子誠帶著滿腹心事，回了紀家下人們所群居的裙房。

他是紀家的家生子，無奈父母都去得早，好在紀家一向待人寬厚，才沒將當年分給他父母的小院子收回去，有了他的容身之所。無依無靠的他熬了這麼些年，好不容易才混了個不顯眼的二等管事，上一次能去山西接回沈君兮，還是因為府裡的其他管事都覺得這是個吃力不討好的苦差事，才輪到他頭上。

他也知道以自己現在的處境，想要在紀府出頭，幾乎是沒有什麼希望。

可若是能跟在清寧鄉君身邊，將來肯定能跟著鄉君到她夫家去。

以現在紀老夫人對鄉君的重視，她嫁的肯定不是一般人家，即便將來做不了當家主母，至少也能像紀二夫人一樣，當個富家太太。

自己跟著她，自然比待在紀家等待出頭要好得多……

想通這其中的關節後，他再次尋到沈君兮，並稱自己願意為沈君兮效犬馬之勞。

沈君兮滿意地笑了笑，待黎子誠離開後，她便找到前院的萬總管，同他說了自己的想法。

萬總管管著府裡的人和事，黎子誠的事他自然最清楚不過，並且國公爺一早將黎子誠撥給清寧鄉君，只是這每月的例銀卻依舊從國公爺的帳上走。

現在清寧鄉君將黎子誠要到自己的名下去，他可不敢擅自作主，修書一封，寄往西山大管。

紀容海接到家中來信，還以為發生了什麼大事，得知不過是沈君兮想跟他要個人，想也沒想便答應了。只是他特別囑咐萬總管，黎子誠每月的例銀依舊由自己出。

接到信的萬總管自然不敢怠慢，不過幾日的工夫便去官府辦了手續，同黎子誠的賣身契一道交給沈君兮。

沈君兮沒想到事情竟然如此順利，因為萬總管在紀家德高望重，她也不能像打賞其他下人一樣，於是親手做了一盒什錦酥送給萬總管。

而那邊，「身體痊癒」後的齊氏也開始琢磨著，怎麼才能從兒媳婦文氏的手中收回管家大權？

當初紀老夫人也說好了，是因為自己身體不適，才讓文氏代管幾天的。現在她都「好」了大半個月，卻沒有人提起這一茬，倒讓她急得有些窩火。

於是，她找了個藉口去文氏屋裡看芝哥兒。

因為要給府中的僕婦示下，文氏每天都有半日工夫是待在小花廳裡，屋裡只留了芝哥兒的奶娘和幾個剛留頭的小丫鬟。

見齊氏過來，眾人紛紛上前行禮。

「都免了吧，我不過是來看看我乖孫的。」說著，齊氏的眼神往屋裡掃去。

快滿週歲的芝哥兒正是滿地爬的時候，見著什麼東西都抓著往嘴裡塞，不過一會兒工夫，他抓著炕頭上的一隻布老虎就往嘴裡塞。

齊氏皺了皺眉，衝著一旁服侍的丫鬟道：「妳們都沒長眼嗎，怎能看著小公子啃食這些？」

幾個小丫鬟平日都是這麼看護小公子的，今日突然被齊氏一指責，頓時慌了神，有個小丫鬟趕緊上前奪下芝哥兒手中的布老虎。

突然被人奪了手中之物的芝哥兒坐在那兒「嗷嗷」地哭起來，任憑旁人怎麼哄都哄不了。奶娘急得滿頭大汗，不免有些嗔怪地看向那奪了布老虎的小丫鬟一眼。

小丫鬟拿著布老虎也變得手足無措起來，想著把布老虎塞回去也不是，不塞回去也不是。

正巧此時文氏從小花廳回來，老遠聽到了芝哥兒哭鬧的聲音，她不免連走帶跑地回來，一進屋便從奶娘手中接過兒子抱在身上，道：「這是怎麼了？為什麼芝哥兒哭鬧得如此厲害？」

如此一來，她反倒沒有瞧見在屋裡低頭喝茶的齊氏。

見媳婦竟然怠慢自己，齊氏有些不悅地皺眉，起身道：「大兒媳婦，這些日子大家都說妳管家管得好，可妳也不能因為管家的事，怠慢了我的孫兒不是？妳看看妳留在屋裡的都是些什麼人？連遇到小兒啼哭都束手無策，妳還真放心將芝哥兒交給她們？」

文氏這才發現婆婆也在屋內，趕緊抱著芝哥兒請安，眼神卻不斷瞟向芝哥兒的奶娘。為什麼不早點告訴她齊氏也在？

可一看到奶娘瑟瑟的樣子，文氏也不好多說什麼。

自己這個婆婆本是個不好相與的人，自從自己受老夫人所託、開始管家後，雖然婆媳二人維持表面上的平和，可在心裡，文氏也知道婆婆對自己早已不耐，沒有雞蛋裡挑骨頭，已經是對她最大的寬容了。

今日，婆婆顯然是要借題發揮了。

文氏抱著芝哥兒默默地站在一旁，沒有搭話。

齊氏見自己剛才說的話猶如一記重拳捶在棉花上，心下更不爽了。

正巧她眼角餘光瞟到文氏身邊的許嬤嬤正抱著管家的匣子進來，冷哼道：「前些日子是我身子不適，老夫人心善，不忍我再受家中諸事煩擾，才讓妳代為管家一段時日。現下我身體已無大礙，自然不能做那不知體諒媳婦的惡婆婆，何況芝哥兒還小，身邊也不能缺了人，從明天開始，妳還是安心在屋裡帶著芝哥兒吧！」

# 第六十一章

文氏一聽，知道婆婆這是想收回管家大權，她一個做兒媳婦的自然不好說不，只是當初讓她管家的可是老夫人，她也不能完全不知會老夫人一聲，就將管家大權交出去。

「母親體諒兒媳，兒媳自然感激不盡，只是這事……是不是應該先知會老夫人一聲？」文氏有些為難地道。

齊氏冷淡地瞧了眼文氏，心中冷哼。竟然想拿紀老夫人來壓自己！

「這事自然不用妳操心，我會親自去同老夫人說的。」齊氏冷冷道：「妳將管家的匣子交予我就是。」

文氏也知道這個時候胳膊擰不過大腿，給許嬤嬤使了個眼色，許嬤嬤便將那裝著對牌和帳冊的匣子交到關嬤嬤手中。

齊氏萬萬沒想到這事竟然這樣成了，枉費她為此還琢磨了好幾天。

心下隱隱有些興奮的齊氏再也坐不住，帶著人，趾高氣揚地離開了文氏的院子。

「二少奶奶，這事是不是要去同老夫人知會一聲？」看著齊氏遠去的背影，許嬤嬤有些擔心地問。

文氏卻搖搖頭。以她對紀老夫人的瞭解，怕是婆婆還沒出這個院子，這件事已經被老夫人知曉了。

紀老夫人確實已經知道了這件事。

她一邊吃著沈君兮送過來的棗子，一邊冷笑道：「文氏本是代為管家，她現在要把這份差事接管回去，本也無可厚非。只是她之前拿著公中的錢去放印子錢的事，查得怎麼樣了？」

「之前因為二少奶奶突然接手管家，為了不讓老夫人發覺，大夫人硬是捨了那個月的利錢沒要，把這筆錢給補上了。」李嬤嬤回話道：「加之這幾個月帳目都在二少奶奶的手上，大夫人反倒沒什麼動作。估計也正是因為這個原因，大夫人才急著要收回管家大權。」

「是啊，光咱們國公府這些下人們的例錢，每個月也是好幾百兩呢，遲發一天和早發一天，裡面的利錢便差了好幾十兩，難怪她會心動。」紀老夫人悠悠地嘆了口氣。「讓人盯著她。既然嘗過了甜頭，她肯定會忍不住再出手的。」

李嬤嬤在一旁聽了，心下卻是暗暗奇怪。這拿著家裡的閒錢去放印子錢也不是什麼了不得的事，據她所知，有好些人家都是這麼幹的，怎麼這事到了老夫人這裡，倒成了不能忍的事呢？

畢竟是主僕一場，紀老夫人看著李嬤嬤有些晦澀的神色，也猜出她在想什麼。「有些事能做，有些事不能做。特別像我們這樣的人家，平日夾著尾巴做人還來不及，又怎麼能做些與民奪利的事？」

只可惜這樣的道理，李嬤嬤不知道，身為秦國公夫人的齊氏也不知道。

她還在為重奪掌家大權而沾沾自喜，並將這幾個月文氏換掉的管家婆子、媳婦又換回來，一時間，秦國公府裡的風向又變了。

那些被換下來的婆子、媳婦忍不住到文氏跟前哭訴。「我們這些人又沒有犯錯，大夫人竟不由分說地將我們都換下來……」

文氏聽了也只能暗暗嘆氣。

之前那些人被換掉，是因為她們仗著自己是府裡的老人，背後站著的又是齊氏，因此多少有些使喚不動。沒有辦法之下，自己才將那些人給換了。

只是沒想到自己剛一走，齊氏竟然將那些人又換回來，這不是硬生生地打她這個兒媳婦的臉嗎？

而且這些被齊氏換下來的人，不用想也知道，極可能會被人排擠，在國公府裡生活得異常艱難。

「這也是沒辦法的事，畢竟之前我只是代為管家。」眼下她只能安慰這些被換下來的人。「但你們都是我的人，在這府中，真要是有人欺負你們，你們能忍則忍；若實在忍不了的話，到時候我把你們送到我的田莊去……」

原本只是想讓二少奶奶來幫他們討個說法的眾人，聽文氏這麼一說，還能再說什麼？

畢竟從古至今，婆媳大戰，出於道義，媳婦總是處於不利的一方。即便是強勢如齊氏，這些年在紀老夫人的跟前，也只能像隻被雨打的鵪鶉一樣。

秦國公府下人間的風起雲湧自然不會影響到府裡主子們的生活。

轉眼就快到了萬壽節。

因為那場不太愉快的狩獵，昭德帝只打算擺個宮宴，但在那之前，他作了一個更大的決定——要在房山一帶建一座避暑的行宮。

這消息一傳出來，那是幾家歡樂幾家愁。

之前還在洋洋自得的齊氏，下一刻便呆若木雞。

因為今年房山的收成好，她將自己名下的私產全部押在錢莊，換得的錢財又在房山買下萬畝良田。原打算待地價回升後出手再賺一筆，可沒想到的是，這買賣文書還沒來得及捂熱，地又給收了回去！

官家雖說會有所補償，可補貼下來的那點錢，遠不夠當初買地時搭進去的錢啊！天下的事，哪有這麼寸(注)的？錢莊的錢若是還不上，那她押在錢莊的私產可都回不來了！

齊氏這次真是急得上火，連嘴角都冒皰了，哪裡還有什麼心思管府裡的事？反而每天跑回齊家，和幾位哥哥、嫂子商量對策。

齊家雖然也出過官至首輔的先人，後來卻是一代不如一代，到了齊氏父親那輩時，基本只能靠祖宗的蔭恩度日，這樣的他們又能想出什麼對策來？

只是這樣一來，反倒讓秦國公府差點錯過了給皇上送萬壽節壽禮的時機，好在萬總管及時告知紀老夫人，才沒有誤了大事。

知道此事的紀老夫人勃然大怒，也顧不得齊氏的顏面，徑直將人叫到翠微堂來。

李嬤嬤一見這架勢，帶著之前還在為紀老夫人捏肩的沈君兮避了出去。

「嬤嬤不如到我房裡去坐坐？」沈君兮覺得她們這樣杵在院子裡也不是辦法。「前些日子爹爹給我寄來了些紅茶，也不知道外祖母喝不喝得慣，想請嬤嬤幫著守姑拿拿主意。」

李嬤嬤覺得府裡的這位鄉君還真是通透得很，笑著點頭，隨著沈君兮去了西廂房。

只是她們還沒坐定，便聽到堂屋裡傳來碎瓷的聲音。

剛衝著齊氏扔了一個茶杯的紀老夫人猶不解恨地拍著炕几，質問道：「妳到底是怎麼辦事的？萬壽節這麼重要的事，竟然說忘就忘，妳倒是給我說說看，這些日子到底在忙些什麼？妳的心思都花到哪裡去了？」

站在下首的齊氏自是支支吾吾，說不出個所以然來。

紀老夫人瞧著她這樣子，更氣了。

「明哥兒媳婦管家管得好好的，妳卻偏要接管回來。」紀老夫人指責道：「妳若像以前那樣，我倒也不說妳什麼，可妳卻拿家中之事當兒戲，那別怪我在孫媳婦面前要駁妳這個婆婆的面子了！沒有這個金剛鑽，別攬這個瓷器活！從明天開始，妳將府中帳冊和對牌交還給文氏！」紀老夫人最後冷哼道。

齊氏聽了，猶如頭頂打了個悶雷。

她和兄嫂們商量幾日的結果，覺得最好先拿國公府公中的錢墊給錢莊，贖回她押在錢莊的一部分私產；可即便是這樣，還是有一部分私產拿不回來，還得日後徐徐圖之。

可現在老夫人要將她的管家大權收回去，那她挪用公中錢財的事就會瞞不住了！與其到

注：寸，巧合之意。

時候被文氏這個兒媳婦發現，讓自己沒臉，還不如現在同老夫人明說，反正自己在老夫人這兒已沒什麼體面可言。

何況這樣的體面同她名下的那些私產比起來，更是顯得不足輕重。

經過這麼一想，齊氏心一橫，毫無預兆地跪下了。

做了二十多年的婆媳，紀老夫人自然知道自己這個兒媳婦素來好強，而且喜歡在自己面前逞強，能夠讓她服軟地在自己跟前跪下，定是發生了什麼大事。

紀老夫人的臉色不免一沈，坐在那兒一聲不吭地看著齊氏，直瞧得齊氏背心發毛。

可一想到這些年自己好不容易攢下的私產，齊氏心一横，將她心中盤算好的「事實」都對紀老夫人和盤托出。

當然，在她的敘述中，故意隱去了去錢莊借錢一事，而是直接說成自己挪用公中的錢去房山買地。

「妳怎麼敢！」紀老夫人聽到這兒已是盛怒，再次抄起手邊一只裝著鮮棗的甜白瓷盤砸過去。

隨著一聲清脆的碎瓷聲，鮮棗滾滿地，也將故意避在西廂房裡說話的李嬤嬤和沈君兮嚇了一跳。

這麼些年來，注重養生的紀老夫人鮮少動怒，即便遇到什麼讓人生氣的事，她也不會大動干戈。

可像今日這樣，一言不合就扔東西，還真是少見。

西廂房裡的一老一少互看一眼，都怕紀老夫人因此氣壞身子，趕緊下炕穿鞋，往正屋裡趕去。

李嬤嬤示意沈君兮先等在屋外，自己悄悄進屋去。

沈君兮只好躲在屋外的廊簷下偷聽。

只聽屋裡的紀老夫人冷哼道：「我知道妳是個喜歡貪小便宜的，卻沒料到竟是個魯莽的！即便是鄉野村婦也知道不把雞蛋放同一個籃子裡的道理，到了妳這兒，竟然連這個道理都不懂了？」

齊氏跪在那兒，只顧著流淚。

「我看妳不是不懂，分明是太過貪心，在巨大的利益跟前，妳昏了頭！」紀老夫人繼續指責。「這樣吧，拿妳名下的私產來補好了。」

齊氏一聽，豈不是又給她繞回來？

於是她膝行兩步，跪到紀老夫人跟前低吟輕泣。「是因為我名下的私產也給搭進去，媳婦這才覺得走投無路了……」

紀老夫人張了張嘴，一句「蠢貨」始終沒罵出來。

二十多年的婆媳，有些話早已讓紀老夫人變得不屑再說。

一時間，屋裡安靜得只能聽到齊氏的哭聲。

正在沈君兮暗自奇怪時，就聽紀老夫人悠悠道：「妳虧了多少？」

「啊？」齊氏驚愕地擦了擦眼淚，這才驚覺老夫人問的是她損失多少。

「差不多五萬兩的樣子……」因為不知道老夫人突然問這話的意圖在哪兒，齊氏猶疑了一把，把那個數微微地往上報了報。

室內又是一陣安靜，靜得屋裡的人彷彿都睡著一樣。

就在沈君兮想著要不要進屋去看一看時，又隔著窗戶聽到紀老夫人道：「我給妳五萬兩銀子，妳把家中的帳目和對牌都交還給明哥兒媳婦，而且從此以後，不准妳以任何藉口再插手府中的任何事務，妳可願意？」

別說是屋裡的齊氏，連屋外的沈君兮聽了都驚呆了。

外祖母這是想用五萬兩銀子和大舅母交易嗎？

五萬兩銀子……那可是一筆不小的錢！

齊氏卻絞著帕子跪在那兒，一時不知該如何抉擇？

紀老夫人瞧著她猶豫的樣子，忍不住冷笑。「這事有什麼好想的？公中反正已經沒有錢了，妳抓在手中也是無用，不如適時地交出來給兒媳婦管家，任誰知道了，也不會多說妳半句閒話，更何況妳還能白得五萬兩銀子。」

齊氏聽了很心動。

自己是做婆婆的，哪怕是文氏管家，她也不可能忤逆自己。而且還有五萬兩銀子呀，這世間什麼都是虛的，唯有將銀子握在手心的感覺最真實。

紀老夫人一把年紀了，為什麼說起話來還是這麼有底氣？還不是因為她的兜裡有錢！

「媳婦都聽娘的！」齊氏經過一番掙扎後，最終作出了決定。

紀老夫人讓人去將文氏請過來，然後當著齊氏的面，將那個管家的木匣子再次交到文氏手上。

文氏有些丈二金剛，摸不著頭腦。

在孫媳婦面前，紀老夫人多少還為齊氏留了些面子，只道她是舊疾復發，不再適宜管家，讓文氏將這份職責完全接管過去。

文氏雖然心下奇怪，倒也沒多說什麼，畢竟這對她而言早已是輕車熟路。

事後李嬤嬤問起紀老夫人，為何不查證一番後再補貼大夫人？

「這個時候是真是假又有什麼意義？」紀老夫人反倒豁達地笑道：「我只是覺得這個家不能再交到她手裡，只要她心甘情願放棄，這五萬兩銀子又算什麼？」不過是她名下那些私產兩、三年的收益而已。

經過這麼一番鬧騰，日子很快入了冬。

眼見著要到了母親的祭日，而自己還有一年就要除服，沈君兮便將自己想給母親抄經書的想法說給紀老夫人聽。

想著她一片孝心難得，紀老夫人雖然憐惜她還是個孩子，或許吃不得這抄經書的苦，到底還是支持了她。

沈君兮倒也不急，經書看上去很厚，可一年有三百來天，自己每天抄上幾頁，化整為零，也不覺得壓力大。

只是這樣一來，她每日閒暇的工夫更少了。

為了騰出時間來抄寫經書，她重新安排自己每日的功課，將女紅和學做糕點改為十日一次。因為她平日學得極認真，對幾位「師父」又很尊重，平姑姑和余婆子自然也沒有微詞。

立冬前後，東大街那家鋪子的東家果然退租。

秦四找人將那家鋪子清理出來後，把之前訂製好的家什之類都搬進去，並照他之前同黎子誠說好的那樣，將鋪面重新裝點一番，在大堂門口掛上蓋著紅布的匾額，透過紅布，隱隱還能看到「天一閣」三個字。

這一舉動不免引起東大街上其他店家的好奇。

因為生意好做，東大街上已經很久沒有新鋪開張，即便有人接手東大街上的鋪子，多半也會延續之前的經營，賺輕鬆錢。

看著這天一閣裡擺的茶座和新搭起來的戲臺，有人猜測這兒是不是又要多個茶坊了？要知道東大街上僅有黃家開的一間茶坊，因為藉著宮裡的淑妃娘娘，他們家在這東大街做的可是獨一門的生意。

現在居然有人不知死活地開了另外一家，大家看熱鬧的心思更重了，以至於天一閣還未開張，便已經名聲在外。

秦四覺得這是個開張的好時機，便將這主意告知沈君兮。

沈君兮也覺得這主意不錯，並向秦四許諾，這鋪子若得盈利，便分他一成紅利。

# 第六十二章

秦四自是喜出望外，對鋪子的事情格外上心。

到了十二月初五，京城裡的鋪子陸續打烊準備過年，天一閣卻鞭炮齊鳴地開起張來。之前不少對天一閣好奇的人，隨著人流湧進天一閣內。

一入那天一閣，便覺得自己彷彿置身於另一天地。

與外面冰天雪地不同，天一閣內可謂是一片春暖花開，綠意盎然，最讓人新奇的卻是掛於席間的鳥籠子。籠內的鳥兒吱吱喳喳地叫喚不停，好似真讓人置身於花園中一樣。

正堂的戲臺上，正有人唱著評彈，仔細一瞧，竟然是京城中還頗有名望的小玉川。臺下一眾戲迷，點上一盅茶，叫上兩盤茴香豆，坐在那兒聽起來。一時間，整個廳堂裡熱熱鬧鬧的，人氣十足。

這京城裡，聽戲的和遛鳥的經常是一批人，便有人留心到天一閣內有幾隻鳥好似品相不凡。要知道對他們這些人而言，凡鳥易得，珍禽難尋，平日遇見了，還要問一聲主人願不願意割愛，更別說在茶館裡遇見。

這麼好的珍品掛於大堂上，想來也是暴殄天物。

「小二，將你們掌櫃的叫來！」有人叫道。

秦四連忙上前。

那人沒想到這家茶館的掌櫃竟如此年輕，料想對方並不懂鳥，指著一隻瞧中的鷯哥道：「這鷯哥甚合我眼緣，不如轉賣給我如何？」

「只要價錢好，自然好說。」秦四同那人笑道。

「十兩銀子。」那人伸手比劃道。

市場上一隻普通的鷯哥二、三兩，長得好點的能賣到五兩左右，花十兩銀子買隻鷯哥，已經是很給面子了。

四周的人也好奇地看過來，看看到底是什麼樣的鷯哥，竟擔得起這樣的價。

秦四卻笑著搖頭。「我這隻鷯哥，低於一百兩不賣！」

剛才還在看熱鬧的眾人倒吸了一口涼氣。

一百兩?!瞬間翻了十倍，這天一閣的掌櫃是瘋了嗎？

剛才詢價那人也是瞪大眼睛。

都說是漫天要價，坐地還錢，可對方這價錢可開得一點都不友好，甚至還有點獅子大開口的意思。

他耐著性子道：「年輕人，沒有你這樣做生意的。」

秦四卻只是微微一笑，並不與那人爭辯，而是示意店裡的小二將那隻鷯哥的籠子打開。

那隻鷯哥撲了撲翅膀，鑽出鳥籠來。

眼見那隻鷯哥要飛走了，有人低聲道：「這掌櫃的不會是個傻的吧?這打開了籠子，鳥兒還不會飛了去？」

豈料大堂內突然響起一聲鳥哨，鷯哥繞著廳堂飛一圈後，竟安安穩穩地落在秦四的手上。

秦四取了含在口中的鳥哨，對鷯哥道了聲。「您好！」

鷯哥也回了一聲。「您好！」

屋裡剛才還在聽評劇、喝茶聊天的眾人都安靜下來。

雖然他們聽聞過鷯哥可以學人說話，可親眼見到鷯哥說話，這還是第一次。

之前那人也看直了眼。

「之前您未看過貨，自然覺得我開一百兩有些貴。」秦四笑道：「不如您再瞧瞧？」

說著，秦四示意對方伸手來接。

那人微微有些遲疑，但還是好奇地似秦四一般伸出了手。那隻鷯哥一點也不怕人地從秦四的手上大搖大擺地走到那人手上，並且字正腔圓地問了一句。「您吃了嗎？」

屋裡的眾人瞬間沸騰了。

那持著鷯哥的人，更是興奮地問道：「這隻鷯哥一百兩，我買了！」

「不！我出兩百兩！」還不待秦四說話，大堂裡有人喊出更高的價。

「五百、五百！」更有人不甘示弱地喊道。

不過是一眨眼工夫，這價錢翻了幾番。那人將鷯哥給護到懷裡，並瞧著秦四道：「剛才說好了，一百兩賣給我的！」

秦四卻笑道：「這話我可沒說，我剛才說的可是這隻鷯哥低於一百兩不賣，而且只要價錢好，什麼都好說。」

他這話一出，大堂裡有人哄笑道：「洪老爺，剛才掌櫃的的確是這麼說的，您是一頓飯能吃掉三千兩銀子的主，還在乎這點小錢？」

洪老爺聽了，一邊小心翼翼地護著懷裡的鷯哥，一邊不悅地衝那人道：「你少起鬨，一邊玩去！」

秦四瞧著，衝著人群裡使了個眼色，馬上有人喊出「六百兩」。

「咱們天一閣，喝茶，明碼標價。」秦四衝著鷯哥吹了聲口哨，鷯哥就從洪老爺的懷裡鑽出來，飛回到秦四的手上。「可是這個，卻是價高者得。」

洪老爺還在舉棋不定時，鷯哥又蹦出一句。「恭喜發財！」惹得大廳裡又是一輪出價，瞬間過了一千兩大關。

洪老爺心裡一沈。他自詡也是玩鳥的老行家，家中養了也不止一隻鷯哥，卻沒有一隻能說話的。

這馬上要過年了，自己若能將這隻鷯哥買回去，到時候在親友面前一顯擺，那絕對是倍有面子的事！

一想到這兒，洪老爺好似下定了決心，氣沈丹田地喊道：「我出一千五百兩！」

秦四聽到下面有人倒吸一口涼氣的聲音。

「成交！」秦四與洪老爺笑道，將手中的鷯哥向洪老爺遞過去。

那隻鷯哥好似真能聽懂人話，拍了拍翅膀，落在洪老爺的肩上，一副要跟著他回家的樣子。

大堂裡的人瞧著，無不稱奇。

秦四更是乘機抱拳對大家道：「本店雖是賣茶，可也賣各種珍禽異獸，諸位客官若有瞧得上的，盡可悄悄地告知我。當然，如果您覺得那樣不大氣，也可以和洪老爺一樣，價高者得。」

大家一聽秦四這話，瞬間哄笑起來，卻不敢似洪老爺那般大張旗鼓，都是找秦四「私下裡做生意」。

不過才半日工夫，竟這樣地賣出七、八隻鳥，有了四、五千兩銀子的進帳。

這樣的局面是黎子誠從不敢想的，因此將這些當成故事說給沈君兮聽時，原以為清寧鄉君會和自己一樣嘖嘖稱奇，不料她只是淡淡一笑。「這倒是比我預想的要好。」

這下輪到黎子誠有些錯愕了。

難不成鄉君從一開始便已預知？可是不能呀，像天一閣這樣的鋪子在京城都是首家，連秦四都沒什麼把握，鄉君為何這麼篤定呢？

只是這些話，他卻是不好問出口的。

而沈君兮聽說了天一閣的開張盛況後，心下有些癢癢，也想去天一閣好好地瞧瞧熱鬧。

於是第二天便攛掇著紀雯同她一起，換了一身男裝出府去。

因為臨近過年，街上顯得有些冷清，可一臨近東大街，便瞧見了張燈結綵的天一閣，聽到裡面飄出來的絲竹聲。

待她們掀了暖簾入得天一閣，才發現今日大堂裡唱的竟是崑曲頭牌小鳳仙的堂會。

沈君兮不敢擠到最前面的桌子去，同紀雯在門邊一張桌子將就。

有奉茶的小二遞了一張大紅紙箋過來，箋上分三六九等地列出很多茶，便宜的只要幾文銅板，貴的竟然標上五十兩。

沈君兮想了想，點了兩杯紅箋上的大紅袍。

「妳瘋了！」待小二走後，紀雯在桌子底下拉住沈君兮的手，悄聲道：「妳沒瞧見那單子上的大紅袍都是幾十兩銀子一杯嗎？」

「雯姊姊，我點的可不是大紅袍。」沈君兮掩嘴輕笑，待紀雯的神色稍緩和後，這才繼續道：「我點的是頂級大紅袍，五十兩銀子一杯。」

這下，聽得紀雯是徹底笑不出了。「我可沒帶那麼多錢！」

「我請妳好了。」沈君兮掩嘴笑，然後扯了扯紀雯的衣袖道：「臺上唱的可是小鳳仙的《琵琶記》，妳真的確定要同我繼續掰扯下去嗎？」

紀雯想了想，不再作聲。相對那五十兩銀子一杯的頂級大紅袍，她還是覺得小鳳仙的堂會更難得。

在大家正看得喜孜孜的時候，沈君兮突然感覺一陣寒風鑽進來。

她朝大門方向看過去，只見一群五大三粗的漢子提著齊眉棍闖進來，而且都是一副氣勢洶洶的模樣，一看就是來者不善。

坐在門邊的紀雯驚叫了一聲。

那些提棍闖入的漢子們扭頭看過來，見門邊坐著的不過是兩個小孩，又不以為意地將頭扭回去。

「叫掌櫃的出來說話！」那群漢子中，一個長著一道眉的人站出來，並將手中棍子往地上一頓。

秦四手持一塊黑布走過來。剛才有人瞧中了店裡的一隻畫眉，兩人正討價還價。一見來者不善，他收了臉上的笑，正色道：「幾位這是什麼意思？帶著棍子來砸我的店嗎？」

為首的一道眉笑道：「算你有點眼色！你不知道在這東大街上開店，是要給我們交保護費的嗎？」

「保護？保護什麼？」秦四看著那人冷笑。「光天化日之下，竟然明目張膽地要錢，你們有沒有把順天府放在眼裡？」

在秦四與那些人理論的時候，紀雯便悄悄起身。她拖著沈君兮，不由分說地上了一旁通向閣樓的樓梯。

她們今天都是偷跑出來的，倘若出了什麼意外，回府都不好交代。

沈君兮原本不想走，卻看到秦四投過來充滿警告的眼神，只好跑到閣樓上，倚在欄杆邊，繼續關注著大堂裡的一舉一動。

「順天府算什麼，」那一道眉卻不屑地笑道：「你難道不知道我身後站著的可是黃老爺！我今日要是將你這兒砸了，別說是順天府，你到皇上面前去告御狀都沒有用！」

沈君兮原本還在想哪個黃老爺的面子這麼大，聽了一道眉的口氣，才知道他說的是黃淑妃的兄長、黃芊兒的父親，在內務府辦差的黃天元。

黃家的人竟這麼囂張？

在沈君兮發愣之時，後堂裡也衝出一群手持長杖的人，與一道眉帶來的人呈相持之勢。

「有什麼事，你我儘管交流，但不能傷著我店裡的人。」說著，秦四一攤手，示意一道眉將店裡的人先放出去。

沒想到一道眉卻蠻不講理地吼道：「既然他們有膽進來，應該想到會有今天！」

言下之意，竟然是連這店裡的客人一起打！

「太無恥了！」站在閣樓上的沈君兮一敲身前的欄杆，很氣憤地道。

剛巧她說話時，整個大堂內無人作聲，她的聲音便清晰地傳到一道眉的耳中。

一道眉有些挑釁地抬頭，嚇得紀雯連忙捂住沈君兮的嘴巴，將她從欄杆邊給拽開來。

「我們為什麼要怕他？」沈君兮卻掙脫了紀雯的手。「上一次晉王府的人我們都沒怕過！」

紀雯也知道沈君兮說得有道理。「可那跟我們有什麼關係？我們本是偷偷跑出來的，如果讓祖母知道我們在外面遇到危險，妳覺得祖母以後還會放心讓我們隨意出門嗎？」

沈君兮一想，便如洩了氣的皮球，癱坐在閣樓上。

就在兩邊一觸即發的時候，大門處的那道暖簾竟然被人掀開了。

只見一個面如冠玉，穿著錦紅色遍地金棉袍，頭上簪著白玉簪，腰間墜著香囊、荷包，奢華中透著矜貴的少年在一群人的簇擁下，踱著輕步進來。

見到店內的架勢時，少年非但不害怕，反倒挑眉道：「這是要上演全武行？」

躲在閣樓上的沈君兮和紀雯不約而同地咦了一聲，沈君兮更是站起來，衝著樓下的少年大喊一聲。「七哥！」

來人正是七皇子趙卓。

沈君兮一見著他，又見著他身邊的席楓和徐長清，好似見到救兵似地從閣樓上奔下來，站在他身邊指著一道眉，道：「是這個傢伙自稱是黃大人家的人，明目張膽地跑來收保護費！」

趙卓還正奇怪沈君兮為何也在？可一見到一身掌櫃打扮的秦四，以及站在秦四身後的黎子誠時，心下大概明白了幾分。

他也不動怒，而是轉身撩了暖簾，衝著門外輕描淡寫地說了一句。「四哥，這事恐怕得你來。」

話音剛落，沈君兮便瞧見四皇子趙喆在五皇子趙昱的陪同下，也進得店來。

「黃大人家？哪個黃大人家？」趙喆一進來便黑了一張臉。

他平日最恨黃家扯著他母妃的名義做大旗，一點都不懂得要收斂。看看人家秦國公府，平日裡卻是各種低調，都快讓人忘了他們家還出了一個貴妃呢！

一道眉並不知道進來的是什麼人，只是見他們衣著華麗、氣度不凡，說話時也收斂了幾分，但依舊囂張道：「自然是內務府的黃大人！」

趙喆氣得上前直接搧了一道眉一記耳光。

這麼些年，無論他和母妃在父皇跟前是怎樣裝乖賣巧，在父皇心中卻始終不如延禧宮的紀貴妃和三皇子，還不是因為他們身後有這群拖後腿的人！

他毫不留情面地道：「將這群人都給我綁了，送到順天府去！就說光天化日的，有人竟然假冒黃大人家的家丁為非作歹！」

趙喆的話音剛落，便衝進來一隊身著便裝的護衛，幾乎是一手一個，剛才還耀武揚威的那群人，瞬間好似小雞一般乖巧，紛紛束手就擒。

大堂內瞬間響起了雷鳴般的掌聲，和此起彼伏的叫好聲。

沈君兮有些不太明白地站在那兒，卻聽趙卓在她身後輕聲道：「妳這個樣子，恐怕又是偷偷跑出來的吧？還有這家店是怎麼回事？」

沈君兮立即轉身做了個噤聲的手勢。「你想知道什麼，我都悄悄告訴你，但千萬不能讓人知道我和這家店有關係。」

趙卓便沒有再說話。

冷靜下來的趙喆，顯然也發現了大堂內的沈君兮。

之前因為那隻雪貂獸的關係，他隱隱知道父皇待這個清寧鄉君不一般；豈知後來又是因為她，父皇竟然將珍藏的天極弓都賞給老七，讓他不得不正視起這個平日不怎麼顯眼的清寧鄉君。

以他的眼光看來，這清寧並沒有什麼出奇的地方，也不知她到底是如何博得父皇的青睞？

「沈公子！」見著一身男裝打扮的沈君兮，趙喆也不戳破她。「沒想到妳也是個好熱鬧的人？」

沈君兮笑了笑，想著他們大概也不想讓人識破他們的皇子身分，拱手回了句。「四公子。」

# 第六十三章

她有些神色尷尬地道：「天色不早，我想我得回府了。」

說完，她便拖著紀雯，在一眾皇子間飛奔而過，逃也似地離開了。

趙喆瞧見了，語帶調侃地看著趙卓道：「你不會是故意邀她在此相見吧？我們是不是壞了你的好事？」

趙卓聽了這話，心下卻有些惱火。

這是什麼意思？是想說自己和沈君兮私相授受嗎？這話傳出去對自己倒沒什麼影響，可對沈君兮呢？

「她還是個孩子。」趙卓冷冷地回應著。「而且今日不是四哥打賭輸了，拖著我過來的嗎？怎麼又成了我和別人有約？」

趙喆神情尷尬地咳了咳。

今日在上書房，師傅們給皇子們出題作對寫春聯，一句「天寒梅骨傲」，他對了句「寒風隨歲去」，豈料師傅們卻說他的這句不及趙卓那句「花開富貴春」，落了下乘。

而他們之前正好聽聞京城裡開了間叫「天一閣」的鋪子，便一起過來瞧個新鮮，輸的那位出錢，任由贏的那個挑。

秦四一眼瞧出了跟在趙卓身邊的席楓，自然也認出趙卓。

只是他們這些生意人向來是有眼力的，知道什麼能說、什麼不能說。因此只是上前拱手道：「感謝兩位公子為小店解圍，小店無以為報，就送兩位公子一件禮吧！」

說著便叫人去後堂取了一隻鷂子來。

趙卓一見那隻鷂子，便被牠凶狠的樣子吸引，問起了秦四怎麼賣？

「送給兩位公子了。」秦四卻笑道。

之前一直跟在趙喆身後的趙昱則冷笑起來。「我們來了三個，你卻只送一隻鷂子，我們其餘兩個怎麼辦？」

秦四滿懷恭敬，卻不放軟地笑道：「本店小本經營，可送不出那麼多鷂子，即便是這一隻，也是極為難得。至於我這店裡的其他鳥兒，只要公子看得上眼，也算我送給公子的好了。」

趙昱本也是隨口一說，真要他選，他也瞧不上鷂子那股凶狠勁。

他在店裡看了一圈，挑了隻通身綠毛的紅嘴鸚鵡，而趙喆則是本身不喜歡這些東西，選擇了空手而歸。

到了臘月二十四，是各家祭灶神、換新桃符、揚塵打掃，張燈結綵迎新春的時候。

過了這一天，街上鮮少有人在外走動，即便是有，也是行色匆匆，天一閣的生意也因此清淡許多。

秦四趁著這個機會盤了盤帳。不到二十天工夫，天一閣的帳上有了近一萬兩銀子的進帳。

除卻先前裝修店面、添置家什的一些開銷，淨賺了差不多五千兩，倒比一般店家辛苦一年賺得還多。

秦四不免感嘆，難怪當初清寧鄉君一直跟自己強調，一定得是珍奇品種，如果是西市的那種貨色，定是賣不到這個價錢，也得不到京城這些權貴們的追捧。

不過如此一來，他的思路越發清晰，對於如何經營好天一閣也越來越有信心。

而沈君兮那邊，也兌現了自己之前的承諾，不但從紅利中拿出一成給秦四，更作主給天一閣上下的夥計們各封了個大大的紅封。

一時間，大家都喜氣洋洋的。

可瞧著自己得到的紅封和店內的其他夥計無異，黎子誠卻突感失落。

當初為了張羅天一閣的事，他和秦四兩個跑前跑後地忙活，可現在天一閣開起來了，卻好似沒有自己什麼事了……

這讓他有種被卸磨殺驢的感覺。

如此一來，連秦四在春熙樓大擺席面，他都沒有心思去吃了。

他一個人在家喝悶酒，心想清寧鄉君到底還是太過年輕，厚此薄彼竟做得如此明顯！

「黎管事在家嗎？」就在他鬱悶自己是不是跟錯了主子的時候，卻有人在叫門。

喝得有點多的黎子誠高一腳、低一腳地去開門，豈料一開門就見到沈君兮身邊的丫鬟紅鳶，紅鳶身後則站著披著青蓮絨灰鼠斗篷的沈君兮。

沈君兮自是聞到了黎子誠身上的酒味。

「早知道你有酒喝，我就不給你買酒了。」她皺著眉頭，給紅鳶使了個眼色。

紅鳶將手裡提著的酒罈塞到黎子誠的懷裡，道：「剛才特意去你家隔壁買的。」

沈君兮也不待黎子誠相邀，走進院子。

上一次她來時，這裡還是一片草木繁盛，春意盎然；而這一次，四處白雪皚皚，只掃出院子正中一條石板小道。

她徑直進了屋，在臨窗的炕上坐下來。

「你對我有不滿？」黎子誠跟著走進來，只是人還沒站定，便聽沈君兮問了這麼一句。

「沒、沒有！」他有些言不由衷地答道。

「既是沒有，那今日為何不去春熙樓，而是一個人坐在家裡嗑花生米、喝悶酒？」沈君兮瞟了眼有些狼藉的炕桌，看著黎子誠笑道。

「我……我只是最近有些累……想自己一個人清靜一下……」黎子誠感受到一股強大的壓迫，以至於面對沈君兮的時候，連謊都有些說不索利。

沈君兮卻笑了笑，話鋒一轉。「不知黎掌櫃對江南熟不熟？」

還沒反應過來的黎子誠有些愣愣地瞧向沈君兮。

在這之前，鄉君一直叫自己為「黎管事」，這是第一次稱自己為「黎掌櫃」。

看著他那有些驚愕的神情，沈君兮笑道：「你不會真以為我就把你安排在天一閣做個掌櫃吧？」

見黎子誠沒有說話，她繼續說道：「天一閣有秦四就夠了，你要做的，是去泉州港幫我找一個叫陳福的人。我只知道他有幾條可以出海的船，是個做海貨生意的。」沈君兮有些後悔自己上一世沒能跟富三奶奶多打聽一些。「至於他有什麼喜好，我一概不知，全得靠你自己去打聽。尋著他後，想辦法跟他買一些香料回來。京城裡的事，你暫且放一放。」她做著安排。「待到明年春天便往泉州去。」

黎子誠聽了，神情變得肅然，對未來又燃起了期望。

待大年初一進宮拜了年，宮中便傳出話來，皇上想在上元節那天在宮中大擺賞燈宴。只是這一次，除了邀請宮中妃嬪的家人，京城中四品以上官員的家中女眷也在邀請之列。

因此還未出十五，京城裡銀樓的生意開始興隆起來，各家都在添置進宮的行頭，生怕被別人家給比下去。

到了十五日的日暮時分，皇城裡張燈結綵，宮城門口更是車水馬龍。

大家紛紛在宮城門口下車，聽從宮中內侍的安排，徒步進宮。

紀老夫人帶著沈君兮和紀雯下了車，一抬頭就見與齊氏共乘一車的紀雪正在那兒纏著齊氏，好似在乞求什麼。

「雪姊兒，妳又在鬧什麼？不知這是要進宮嗎？」紀老夫人壓低聲音訓斥道：「妳還以為這是在家中，能讓妳隨意使小性子的地方？」

紀雪一聽到紀老夫人的聲音，瞬間變得老實了。

紀老夫人便瞧著齊氏道：「妳今日約束著她點，可別在宮裡闖出什麼禍事來。」在齊氏跟前，紀老夫人素來強勢，加之齊氏被奪了管家權，更硬氣不起來，只能唯唯諾諾地應了。

一行人正準備隨著人流排隊進宮時，卻有人笑著衝她們走過來。

「紀老夫人，新年吉祥！」那人笑盈盈地在紀老夫人跟前站定。

「原來是吳公公。」紀老夫人待看清來人後也笑道。

「娘娘說今日的晚宴設在戌時，特意讓老奴候在此處，接老夫人進宮先說會兒話。」吳公公做了相請的手勢。

紀老夫人也有好一陣沒見過蓉娘了，心中正是想念。

於是她們在眾人羨慕的目光中，由吳公公領著從另一側的小門入宮。

一身盛裝的紀蓉娘早在延禧宮中等著，聽得有人傳報紀老夫人來了，便急急迎出來，將人領到自己平日宴席的偏殿。

大家久別重逢，自有一番契闊。

沈君兮幾個小輩給紀蓉娘拜過年後，各得了一個紅封，讓人領到另一間房裡去喝茶。

沈君兮知道大人們有話要說，特意將她們幾個小的支開。

因此她選了靠門邊的一張太師椅坐下來，靜靜候著。

房間裡燒著地龍，還升著火盆，正中的八仙桌上擺著新鮮的柑橘和佛手果，整個房間裡有著淡淡的果香流動，讓人聞了有些想打瞌睡。

與沈君兮不同，紀雪卻好似對什麼都好奇。

她這兒摸摸、那兒戳戳的，倒把一旁看著她的紀雯給急出一身汗來。

「這可是宮裡，妳可別當成家裡一樣地使小性子，真要是闖了什麼禍，到時候連祖母也救不了妳！」紀雯小心提醒著。

「即便是在宮裡，這也是在姑母的宮殿，難道姑母還會為了這些個死東西責備我們不成？」她也不是第一次入宮，自然覺得這是紀雯在故意嚇唬自己。

在紀雪滿臉不在乎地做鬼臉時，一不小心撞倒了身後一張高几，而高几上正擺著一盆開得正好的水仙花。

只聽哐的一聲，小房間的地磚上濺得四處是水。

宮女們聞訊趕進來收拾，而紀老夫人和紀蓉娘等人聽到聲音，也趕了過來。紀雪一下子嚇呆了，有些手足無措地站在那兒，一時竟不知如何是好？

聽見屋外的腳步聲越來越近，她渾然不顧地上有水，突然一屁股坐在地上，哭鬧起來。

沈君兮正奇怪她這是要玩什麼名堂時，卻聽她抹淚地哭訴著。「妳們欺負我！兩個打一個！」

紀雯也有些莫名其妙地瞧向沈君兮。紀雪這是什麼意思？自己撞倒了高几，還要賴到自己和沈君兮的身上不成？這分明是惡人先告狀！

齊氏聽到紀雪的哭鬧聲，自是第一個搶進來，一見到立在屋子中間的紀雯、坐在門邊的沈君兮，還有癱坐在地上的紀雪時，不分青紅皂白地責備道：「雯姊兒，妳是怎麼當姊姊的，怎能把人往地上推？」

紀雯聽了，更覺得冤枉。

「沒有啊！」紀雯也慌了神，連忙為自己辯解道：「我站在這兒，是她自己摔倒的，不信的話可以問守姑。」

「雯姊兒，妳這話是什麼意思？妳是說我的雪姊兒故意摔倒訛妳嗎？」齊氏卻不管那麼多。「誰不知道守姑平日與妳交好，自然會向著妳說話！」

沈君兮一聽這話，便知道自己沒有再開口的必要。反正不管她說什麼，大舅母都會認為她是故意幫紀雯出頭。

紀蓉娘隨後也進來了。之前她用來養水仙的是內務府訂製的官窯五彩筆洗，原本是一套的，現在砸了一個，剩下的筆筒、筆山什麼的跟著作廢。

只是東西砸都砸了，她還能說什麼？

「行了，這時候還在責備這些有什麼用？可給雪姊兒帶了換洗的衣服？這眼看著賞燈宴要開始了，總不能讓她這個樣子去赴宴吧？」紀蓉娘冷了臉道。

齊氏見紀蓉娘並沒有往下追究，連忙接話道：「帶了的、帶了的，只不過都在宮外的馬車上。」

紀蓉娘便喚來王福泉，讓他派人去幫紀雪取衣裳。

王福泉應聲而去，而沈君兮也跟在王福泉身後跑出偏殿。

「王公公！」她叫住正要去找人的王福泉。

王福泉一見是沈君兮，半躬著身子道：「原來是清寧鄉君，請問鄉君有何吩咐？」

這些年，王福泉一直跟在紀蓉娘身邊，自然知道不管是皇上還是貴妃娘娘對她都與常人不同。

沈君兮也不敢怠慢，笑盈盈道：「前些日子知道要進宮，便做了幾盒糕點，可剛剛進宮走得急，竟是忘在馬車上了。既然王公公要叫人去幫雪姊兒拿衣裳，不如讓他們幫我把糕點也帶進來吧！」

王福泉覺得這不過是小事，滿口應了。不一會兒工夫，兩個滿頭是汗的小內侍便跑回來，交給王福泉一個布包袱，又交給沈君兮幾個糕點盒子。

沈君兮笑著賞了小內侍一人一個五分的銀錁子，兩個小內侍各說了句吉祥話，歡天喜地地下去了。

王福泉瞧著，同沈君兮笑道：「還是鄉君出手大方。」

「這不是過年嗎？大家都圖個吉利。」沈君兮卻是掩嘴笑，然後將那些糕點都提到王福泉的跟前。「這些是我親手做的，想送給姨母還有三殿下、七殿下嚐嚐。」說著，又從那些糕點中提出一盒來，拿到王福泉的跟前。「這一盒是特意給王公公準備的。」

王福泉一聽，兩眼露出些異色來，沒想到自己也有。只可惜他得了消渴症，太醫還特意囑咐過他不能吃甜食。

因此，他笑著推辭道：「鄉君客氣了，只可惜老奴吃不得這些。」

「我知道。」沈君兮卻瞧著王福泉笑嘻嘻地道：「我聽宮裡的杜太醫提起過，所以這些我都是做成茶味的，王公公只管放心吃。」

王福泉聽了，心下大震。

他得了消渴症的事在宮裡並不是秘密，可沈君兮卻是唯一將此事記在心裡的人。

「老奴……這如何擔當得起？」

「有什麼擔得起、擔不起的？您是姨母身邊的老人，算起來也是守姑的長輩了。」沈君兮笑嘻嘻地道：「我也不會做其他東西，只能做些糕點了。」

王福泉聽她這麼一說，怎好再推辭，只得道：「鄉君有心，老奴卻之不恭了。」

隨後，他看著剩下的幾盒糕點道：「不知道這些糕點，可還有什麼講究？」

沈君兮先是一愣，隨後才發現王福泉是在問她那些糕點可有差別。

「沒有什麼講究，都是一樣的，只勞公公派人送給三殿下和七殿下即可。」

王福泉笑著點點頭，喚人來，將糕點送了出去。

既然清寧鄉君敬著自己，他不能什麼都不做，於是又叫來之前在沈君兮等人跟前服侍的宮女們詢問一番。

宮女們雖然在外間候著，可屋裡發生的事也不是全然不知，於是一五一十地說了。王福泉點點頭，去了紀蓉娘那兒。

同紀蓉娘耳語一陣後，她冷笑道：「我說，平日都是乖巧懂事的兩個人，怎麼突然惹到紀雪那丫頭？我那個嫂子也是個渾不吝的，哪有似她那樣護著孩子的？今日宮宴要緊，待過了這幾日再說。」

# 第六十四章

王福泉點點頭，然後看了眼一旁的自鳴鐘，道：「這都已經酉正了，娘娘是不是得去慈寧宮迎一迎太后娘娘？」

紀蓉娘起身，囑咐身邊其他人，待紀雪換過衣裳後，將紀老夫人一行人送至設宴的秋暖閣。

宮宴分成兩處，男賓們去了德興樓，女眷們則安排在秋暖閣。

等沈君兮她們行至秋暖閣時，秋暖閣內早已四處是人。

與紀老夫人相熟的人過來寒暄，點頭致意。

因為剛才那段不快，沈君兮和紀雯自然不想再理會紀雪，也在人群中尋找起相熟的面孔來。

只是還沒能尋到人，聽得殿外響起內侍們此起彼伏的聲音。「太后娘娘鑾駕到！」

剛還在殿內互相交談的各府女眷們紛紛出了大殿，並在大殿前的石板甬道旁跪拜迎接。

沈君兮也跟著出來，遠遠瞧見紀蓉娘低眉順眼地虛扶著曹太后往自己這邊走來。

曹太后的心情顯然不錯，如沐春風般地走進殿來，笑著與眾女眷點頭。待她走到紀老夫人身側時，還特意多看了眼站在紀老夫人身後的沈君兮。

「這小丫頭長得好生面善。」曹太后看著沈君兮，不免問道。

有人在曹太后的身邊笑道：「娘娘好記性，這位是前年秋獮時得了娘娘那支鳳釵的清寧鄉君。」

「哦！」曹太后恍然大悟道：「我說呢，只不過那時候瞧著她可沒有現在這般高。」說著，她還伸出手，將沈君兮的身高在自己胸前比劃一下，笑道：「現在的小孩子還真是長得快。」

可她一瞧見沈君兮身旁的紀老夫人，瞬間明白自己瞧著沈君兮像誰了。

於是，曹太后向沈君兮招手道：「來，到哀家身邊來。」

有些受寵若驚的沈君兮不知如何是好，先是看了眼身邊的紀老夫人，又瞧了眼曹太后身旁的紀蓉娘。

「妳這孩子，還東張西望什麼？」人群中有人笑道：「這樣的尊榮可不是人人都有的！」

沈君兮聽了，有些惶恐地將手放到曹太后的手中。

曹太后的手很瘦，在冬日裡更顯得涼，瘦伶仃的感覺，差點讓沈君兮以為自己握著的是個骷髏。

她一心控制著自己想將手抽回來的衝動，任由曹太后牽著，往大殿內的主座而去。

一時間，這大殿裡不知多了多少羨慕嫉妒恨的眼神。

即便是跟著曹太后而來的福成公主，都不似沈君兮這般尊榮。

「今日算是家宴，大家都不必太拘謹。」曹太后牽著沈君兮，衝著殿內的眾人笑道：

「都落坐吧！」

秋暖閣裡的一眾女眷各自回了座位，只有沈君兮有些尷尬地站在那兒。太后娘娘的身邊，可沒有她坐的地方。

曹太后像是瞧見了沈君兮的窘態，讓人去搬了張春凳來。「這孩子，哀家瞧著喜歡，讓她與哀家同桌吧。」

這話一出，秋暖閣裡便響起碎碎的驚嘆，大家看向沈君兮的眼神，有震驚的、羨慕的、擔憂的，還有不忿的。

羨慕的眼神自然出自紀雪和黃芊兒等人。

在她們看來，沈君兮小小的年紀，之前博得皇上的喜愛，現在連太后都喜歡上她，這運氣也太好了點吧？

不忿的是福成公主。太后娘娘是她的親祖母，這會兒卻拉著沈君兮的手，讓她坐在原本屬於自己的位子上，她越想越覺得氣不過！

而擔憂的，則是紀蓉娘和紀老夫人。

因為之前紀昭的婚事，紀家與曹家現在的關係變得很微妙，雖然誰也沒有將此事挑破。這時候，曹太后將沈君兮叫過去，究竟是為了什麼，不得不讓她們多想。

沈君兮也是緊張得不行。

「來吧，坐到哀家身邊來。」曹太后卻拍了拍身旁的春凳同她笑道：「今日可是家宴，不用太拘著自己。」

雖是這麼說，可沈君兮還是規規矩矩地行禮道謝，這才小心翼翼地坐了小半邊春凳，拘謹得從頭到尾都挑不出一絲錯來。

曹太后只是笑了笑，低聲問起她家裡還有什麼人，為何住到外祖家？

聽了曹太后問自己的話，沈君兮也是奇怪。

按理說，太后娘娘問自己的這些話，只要稍微打聽就能知道，根本沒有必要問自己這麼個黃毛丫頭。

可曹太后為什麼要問呢？

看著曹太后那微笑中帶著探究的目光，沈君兮一一據實回答，一邊說著，一邊小心翼翼地瞧著她臉上的神情，生怕自己一個不小心，惹到這位天底下最尊貴的女人。

好在曹太后的心情好像不錯，從始至終臉上都帶著笑。

這在別人看來，好似是沈君兮將曹太后哄得很開心一樣。

福成公主瞧著更不高興了。也不知這個沈君兮到底是從哪兒冒出來的，先是讓父皇對她寵愛有加，現在連皇祖母都要對她另眼相看了！

心中不忿的福成公主站起來，跑到曹太后的身邊，道：「皇祖母，讓福成也來陪您吧！」

說著，也不等曹太后反應，直接讓人搬了春凳在桌邊坐下，一臉挑釁地瞧著沈君兮。

沈君兮自然只能裝成沒有看見。在太后娘娘跟前與公主對著幹，她還沒有那個膽量。

福成公主特意湊過來，為的是給沈君兮難堪，可不會因為她故意示弱而有所改變。因此她先是在曹太后那兒撒撒嬌，又裝成不經意的樣子同沈君兮說道：「聽說妳又悄悄給我七哥送好吃的了？」

剛端起茶盅的沈君兮雙手一滯。

這話聽了好似只是隨口一問，卻蘊藏了心機。

什麼叫做「悄悄」？什麼叫做「又」？她豈不是想在曹太后的跟前挖個坑給自己跳嗎？

若自己真是個沒有心機的小孩子，說不定還真會滿口應下來。

雖說自己現在的年紀，並不會讓人有忌諱，可她故意在曹太后跟前這麼說，無非是想給自己安一個與皇子「私相授受」的罪名。

沈君兮自然不會如了她的意，抬頭笑道：「福成公主的消息還真靈通。我不過是前些日子得了些閒，便順手做了些糕點，用食盒裝進宮來讓姨母嚐嚐味。」

說著，沈君兮便從春凳上站起來，向一側的曹太后作了個揖。「因不知太后娘娘的口味喜好，因此清寧不敢貿然相送，若太后娘娘不嫌棄，清寧下次再特意為娘娘做一盒。」

曹太后聽了，卻笑著搖手道：「清寧的好意我心領了，只是我向來不喜吃那些甜滋滋的糕點，妳倒是不必為我張羅了。」

沈君兮聽了，輕輕應了一聲「是」，然後轉向福成公主。「只是今日這些糕點，我可是大大方方地送進延禧宮，然後拜託王公公轉交三殿下和七殿下，不知公主所說的『悄悄』是什麼意思？」

「對呀！」周福寧也不知從哪個角落裡跑出來，直接和沈君兮擠在同一張春凳上，笑嘻嘻地對曹太后道：「君兮她從來都是大張旗鼓地送，什麼時候偷偷摸摸過？」

說完，她對福成公主吐了吐舌頭，然後拿出個小食盒，那還是沈君兮入宮前命人守在宮門處特意交給她的。

「皇外祖母，您真的不嚐嚐嗎？」周福寧有些討好似地瞧著曹太后。「君兮做出來的糕點，和御膳房做出來的可是不一樣的。」

周福寧一邊說著，一邊將食盒打開，放在曹太后跟前。

「這是清寧做的糕點？」曹太后瞧著那一盒子紅紅綠綠、形態各異的小糕點，忍不住嚐了一塊。

一種似曾相識的感覺湧上曹太后的心頭，再一瞧見沈君兮那酷似紀芸娘的面容，原本被塵封在深處的記憶全都被翻出來。

兩個巧笑嫣然的面容重疊在一起，竟讓她產生錯覺。

曹太后的笑，就這樣凝結在臉上。

是不是因為這個原因，這孩子才特別得皇上的喜愛？

這麼多年了，難道他的心裡還沒有放下？

這突如其來的冷場，自然讓沈君兮和周福寧有些丈二金剛，摸不著頭腦。周福寧那些到了嘴邊的話，更是硬生生地嚥下去。

從小母親樂陽長公主就告誡過她，天家無骨肉，在哄得太后娘娘開心的時候，也得掌握分寸，懂得察言觀色。

而福成公主卻洋洋得意起來，正準備落井下石時，卻聽曹太后朗聲道：「人都到齊了吧？開始上菜吧，等下還要去看花燈，可別誤了時辰。」

話音剛落，端著食盤的宮女就魚貫而入，在各食桌間穿梭上菜。

一時間，秋暖閣裡響起了杯盞聲，大家都靜靜地用起餐來，倒是將剛才發生的事給揭了過去。

約莫半個時辰後，德興樓傳話過來，那邊已經散宴，昭德帝已帶著眾人往湖邊水榭而去。

得了信的曹太后揮揮手，同坐在身邊的人道：「既是如此，我們也散了吧，讓皇帝他們久等也不好。」

眾人自是附和，然後簇擁著曹太后往水榭而去。

見太后娘娘不再惦記自己，沈君兮和周福寧故意落後幾步，待秋暖閣裡的人散去過半，才緩緩地跟在眾人身後往水榭而去。

「太奇怪了，妳說剛才太后娘娘怎麼好好的突然變臉？」始終有些想不明白的周福寧拉著沈君兮悄悄問道。

沈君兮搖搖頭，但她看了看四周，覺得眼下不是討論這個的時機，同周福寧換了個話題。「我們還是趕緊去水榭那邊吧，若是被人發現我們不在，而讓人興師動眾地找來的話就不好了。」

「知道了、知道了！」周福寧求饒似地看著沈君兮。「明明妳比我還小呢，但有時候我真的有種錯覺，覺得妳比我娘還會念叨！」

聽了這話，沈君兮自是微微一愣，隨即搖頭笑了笑。在前世，自己的年紀可不是可以做福寧的娘？

為了準備宮裡的賞燈宴，整個內務府早在年前就忙碌起來，不但從宮外買進顏色各異的花燈，將整條水榭都裝點得張燈結綵，在彩燈下更是頗費心思地「擺」出一條夜市街來，穿著民間服飾的販夫走卒們，不停在夜市街上叫賣著，也是熱鬧非凡。

「怎麼回事？他們將宮外的夜市搬進宮來了嗎？」兩世為人的沈君兮卻是第一次見到這樣的夜市，不免有些興奮地同周福寧說道。

豈料周福寧卻是一副見怪不怪的樣子。「不過都是些宮女和內侍假扮的，沒有一點市井的煙火氣。」

然後她一臉神秘地左右看了看，湊到沈君兮的耳邊道：「我可是聽說了，福成她們打算今晚偷偷地溜出宮去，去真正的街市看花燈。她們連衣服都準備好了，妳說我們要不要也偷溜出去？」

沈君兮剜了周福寧一眼。「我才不想跟她們一起。」

周福寧笑嘻嘻道：「我知道妳和她們不對付，所以自然是我們自己出去玩。」

「妳還是安生些吧！」沈君兮卻戳了戳周福寧的額頭。「今日宮裡這麼大的宴飲，無事自然是好，可若是出了什麼事，可是滿京城都會知道了。」

周福寧有些失望地翻了個白眼，懨懨地應道：「知道了。」

二人正說著話，周福寧卻瞧見有三、四個做小內侍打扮的人，摸黑地溜著牆角走了。她扯了扯沈君兮的衣角，衝著那幾道黑影努了努嘴。

沈君兮在那黑影中依稀發現紀雪的身影，不免有些大驚。「怎麼，紀雪也跟著她們一起？」

福成公主想幹什麼，沈君兮自然管不了，可紀雪不一樣，她的一言一行關乎著秦國公府的聲譽；而自己作為秦國公府的一分子，知道了還不加以制止，那便是自己不對。

周福寧卻稀奇地瞧著沈君兮。「妳又不是第一天才知道紀雪和她們走得近。」

「妳可知道她們是要去哪條花燈街嗎？」沈君兮問道。

京城裡有兩條有名的花燈街，一條在護國寺前，另一條在北苑運河旁。一般南城的人習慣去護國寺，北城的人則聚在北苑運河旁，只是這兩處都經常聚集著三教九流的人，魚龍混雜。

在沈君兮的印象中，上一世，這兩處但凡有熱鬧的廟會都沒少丟過大姑娘和小媳婦，即便自己之前端午節時女扮男裝地上街，也一樣遇到了拍花黨。

紀雪跟著福成公主她們偷偷摸摸地出去玩，身邊帶的人自然不會多，而且他們的關注自然都在福成公主身上。紀雪跟著她們真要是出了什麼事，怕是誰也不知道！

但沈君兮一轉念，便想到紀雪之前還誣陷她和紀雯，瞬間沒了再管她的心情。

「不管她了，我們自己去玩！」沈君兮甩甩頭，拉著周福寧的手往花燈街跑去。

雖然知道那些小商小販都是宮人假扮的，可她依舊樂此不疲地同他們討價還價，然後用身上的碎銀兩買東西。

只是她剛買得兩串糖葫蘆和一盞小花燈後，便發現自己的口袋裡沒錢了。

「紅鳶！」沈君兮隨口叫道，見半天沒人回應，這才想起自己還在宮裡，有些後悔沒多帶些銀子出來。

豈料一個身影晃到她的跟前，擋住她的去路。沈君兮抬頭看去，卻見趙卓挑眉站在那兒，周福寧則在一旁「七哥」、「七哥」地叫著。

「街上的糖葫蘆兩文銅板一根，在宮裡你好意思收鄉君五分的銀錁子？」趙卓雙手負在身後，冷著臉瞧那賣糖葫蘆的內侍。

這些內侍可能不認識沈君兮，卻沒有不認識七皇子的，因此那人有些尷尬地笑道：

「這……這不是找不開嘛……」

說著把塞到腰帶裡的那枚銀錁子翻出來，交還給沈君兮。

「算了，本是過年，大家都圖個高興，當我賞你了。」瞧著內侍戰戰兢兢的樣子，沈君兮解圍道。

趙卓瞪著沈君兮，心想，自己這是好心幫她出頭，她卻不領情？

沈君兮更是衝著小內侍眨眨眼，示意他快走，自己則拖著趙卓走到另一側，小聲地笑道：「七殿下，不如借我些錢，以後我再還給你？」

「怎麼著？妳還想去揮金如土啊？」趙卓沒好氣地道：「妳知不知道，這條街上的東西都是不要錢的，妳要是喜歡，拿走就是。」

# 第六十五章

「那樣的話還有什麼意思？」沈君兮卻有不同想法。「逛街的樂趣，自然是把錢都花出去！光拿東西不給錢，那有什麼意思？難怪福寧說這條花燈小街沒有煙火氣。」

趙卓聽了，倒好像是說自己不對。他也不與沈君兮相惱，而是叫人去弄了一貫銅錢來，交到沈君兮手上。

沈君兮得了這一貫銅錢，帶著他在這條花燈街上逛起來。趙卓也察覺到這給了錢和不給錢的感覺，確實差了不只那麼一星半點。

沈君兮很想這樣無憂無慮地逛下去，可一想到偷溜出去的紀雪和福成公主，心下總是透著不安。

她們應該不會有事吧？

沈君兮心裡不斷地安慰，可眼睛卻不斷在水榭上掃過。

昭德帝在湖邊聚上了一群臣子，他們正以花燈為名，吟詩作樂；而曹太后這邊則由紀貴妃、淑妃和其他妃嬪擁著，身後還跟了一大群女眷，彼此說笑著，不斷引得曹太后發笑。

外祖母和大舅母也各自遇著自己的故友，開心地聊著，大家都是一副其樂融融的樣子，並沒有人注意到福成公主不見的事實。

「君兮、君兮，妳要不要去冰嬉？」在她正瞧著人群發愣時，周福寧有些興奮地湊過來。「我剛才遇到三哥，三哥說要下湖去冰嬉！」

現下正是初春時節，京城裡的水域基本上都已經結了差不多半尺厚的一層冰，正是冰嬉的好時節。

瞧著周福寧的笑臉，沈君兮心裡卻變得越發焦慮起來。

「我還是不去了，妳自己去玩吧！」

周福寧卻有些不依不饒，拖著沈君兮道：「去吧、去吧，平日可沒有這麼好的機會。」

「福寧，妳到底去不去？不去三哥可要下湖了！」遠遠的，趙瑞朝她們這方向喊了一嗓子。

生怕被他們落下的周福寧對沈君兮一跺腳。「哎呀，我不管妳了！」然後提起裙子，追著趙瑞而去。

「怎麼了？覺得不舒服？」趙卓卻湊過來。「妳的臉色現在瞧著很不好。」

「不是。」沈君兮下意識想掩蓋，可她一見著趙卓滿眼真摯，如同見到救命的稻草一樣，便將之前瞧見的事都同他說了。

「她們這樣偷跑出去，侍衛什麼的肯定不會帶太多……」沈君兮將自己的擔憂也一併說了。「我怕到時候出了什麼事，根本照應不過來。」

與拍花黨交過手的趙卓知道沈君兮不是危言聳聽，雖然每到這種日子，五城兵馬司和巡防營都會加強巡邏，可是百密一疏，總還是有婦人和兒童走失。

趙卓凝色道：「妳怎麼這時候才想到說這個？」

沈君兮面色一紅，將下午在延禧宮的那些不快也說了。

「明明是她自己犯錯，卻誣陷我和雯姊姊，我一想著心中就有氣。」她有些賭氣地道。

「可妳現在又想管了？」趙卓看著鬧彆扭的沈君兮，忍不住笑道：「她們離開很久了嗎？」

沈君兮想了想。「約莫半個時辰。」

「這麼久了？」趙卓算了算時間。半個時辰，早夠她們跑到花燈街上走個來回了。「這件事妳別管了，我這就派人去尋她們。」趙卓一臉正色地同沈君兮道：「妳趕緊到紀老夫人的身邊去。」

說完，趙卓便轉身離開，可剛走出兩步又跑回來，站在沈君兮的跟前道：「忘了告訴妳，妳今天送來的糕點很好吃。」

然後不等她反應過來，他又跑開了。

沈君兮站在原地眨了眨眼，臉上泛起一絲紅潤。

想著趙卓剛才叮囑的話，她在人群中尋找紀老夫人的身影，發現她正和幾位年紀相仿的老夫人移至湖邊一處暖閣裡，烤火煮茶聊天。

沈君兮趕緊尋了過去。

紀老夫人對沈君兮突然到來有些意外。「怎麼不去看花燈，反倒跑這裡來陪著我們幾個老婆子？」

沈君兮先是給暖閣中坐著的幾位老夫人請安，笑著同紀老夫人撒嬌道：「凍死我了，想著到外祖母這兒來討杯茶喝。」

因為此刻正是初春時節，京城裡的氣溫不高，而這花燈街又設在戶外，雖然宮人們在四處都生了燒得紅彤彤的柴火，可正月裡的寒風還是讓人覺得有些瑟瑟，所以她們這些老夫人才躲進暖閣喝茶。

因此紀老夫人聽了沈君兮的話，只是呵呵地笑，並沒懷疑話裡的真偽。

一旁侍候茶水的宮女聽了，更是拿出一套杯盞，從燒得滾燙的茶缸裡舀了一盅茶給沈君兮。

她笑著接了，乖乖巧巧地坐在紀老夫人身邊。

暖閣外傳來周福寧他們在湖面上嬉鬧的聲音。

紀老夫人眉眼彎彎地看著暖閣外，同另外幾位夫人笑道：「正是她們這個年紀最好玩，再過兩年，都要被家裡拘起來了。」

「對呀，我還記得小時候與家裡的兄長一起在草地上捉蛐蛐兒。」另一位老夫人也有些羨慕地笑道：「還是那個時候好啊，無憂無慮的，像這群孩子一樣。」

「清寧鄉君為何不一起冰嬉？」更有老夫人關心起沈君兮來。

沈君兮則乖巧地笑道：「因為我想陪著外祖母。」

紀老夫人很欣慰地撫了撫沈君兮的頭。

不一會兒工夫，齊氏帶著紀雯也進到暖閣來。

「還是這暖閣裡暖和。」齊氏一進來，同眾人笑道：「正月裡的風還是太冷了。」

暖閣裡的人笑著在火爐邊讓了個位置出來，齊氏也不客氣地坐了。

紀老夫人瞧著她們幾人，卻獨不見紀雪的身影，便隨口問一句。「雪姊兒呢？」

「她不就在屋外？」齊氏衝著暖閣外努嘴，笑道：「她今天可一直都在我的眼皮子底下呢。」

聽了齊氏這話，沈君兮心生奇怪，於是朝暖閣外看去，只見紀雪正背對著自己，獨自站在暖閣外發呆。

這是怎麼回事？自己明明瞧見紀雪跟著福成公主一道扮作小內侍，混出宮去，那眼前的這個紀雪又是誰？

「這天怪冷的，她一個人站在外面做什麼？」暖閣裡同紀老夫人一塊兒烤火的林夫人奇道：「還不快些進屋來暖和暖和。」

說著，她出得暖閣去，想要將紀雪給拉進來。

就在她拉住紀雪的一瞬間，突然驚道：「咦？妳是誰？為何會穿著雪姊兒的衣服站在這兒？」

因為和紀家同住在清貴坊，林家素來與紀家走動得多，所以林夫人才能一眼瞧出小宮女不是紀雪。

她的話一下子驚動了暖閣裡的人，紀老夫人等人更是走出暖閣一看究竟。

只見林夫人正抓著一個小姑娘不鬆手，而那小姑娘身上的衣衫和頭上的髮飾，皆是今日紀雪進宮時穿戴的；特別是小姑娘耳畔的一朵珠花，正是今早齊氏親手簪在女兒頭上的，因此齊氏一見便嚎起來。「妳到底是誰？我們家的雪姊兒呢？妳把我們家雪姊兒怎麼樣了?!」

那假扮紀雪的小姑娘原本只是個小宮女，今年也不過才七、八歲年紀，因為身量和紀雪長得差不多，才被福成公主「抓」來頂包。

依照福成公主的吩咐，她只需穿著紀雪的衣裳，出現在齊氏瞧得見的地方便成，而且不能跟任何人透露她們的行蹤。

小宮女慌得想跪下來求饒，但一想到自己還穿著紀雪的這身衣裳，要是給跪壞了，自己可賠不起。再一想到福成公主的囑咐，只能呆呆地站在那兒，顯得有些不知所措。

齊氏卻管不得那麼多，快步上前，抓著小宮女不問青紅皂白就揍起來，讓她把紀雪給交出來。

如此大的動靜，一下子吸引不少人詫異的目光。

紀老夫人微微皺眉。齊氏的樣子確實太不成體統，被人瞧見了，還不知道怎麼看秦國公府。

在紀老夫人準備發話時，林夫人則湊到齊氏的身側，一邊拉著她，一邊勸道：「現在還沒弄清發生了什麼事，大夫人還是先冷靜些好。」

說著，她用眼風掃了一下周圍那些滿心探究的人群，藉此提醒齊氏這還是在宮裡。

誰知齊氏卻不管那麼多，好似什麼都沒瞧見一樣，繼續不依不饒，並揚言要拖著小宮女去找紀貴妃娘娘評理。

小宮女一聽，也急了。她只是奉命行事，現在出了事，她也是一問三不知呀！於是急著為自己辯解。「不關我的事啊！我只是個依命行事的小宮女，我真的什麼都不知道啊！」

齊氏顯然不信她的說辭，堅持要拉著她去見紀貴妃。

沈君兮忽然聽到身後有人發出輕笑。

她循聲看去，只見三、五個夫人正站在一處，掩嘴輕笑。隱約之間，沈君兮還聽見有人說道：「……怎麼瞧著這秦國公夫人有些四六不通的樣子，難道她真以為自家出了個貴妃娘娘就能越過天去？要知道這宮裡還有皇上，還有太后娘娘呢……」

沈君兮多瞧了那人一眼，發現那人正是北威侯府的人。

之前因為紀昭的婚事，秦國公府與北威侯府的關係變得有些微妙，現下大舅母不顧形象地在宮中大鬧，別指望北威侯府的人會說出什麼好聽的話。

她暗地裡嘆了一口氣，正想著要如何才能擺脫眼前的尷尬時，卻聽花燈街的另一頭突然變得喧鬧起來。

反正是看熱鬧，眾人的注意力又被那邊的熱鬧給吸引過去。

只見幾個小內侍被幾個宮中護衛押送著從遠處走來，其中一人還顯得很不耐煩，一邊走還一邊高聲咒罵身邊的人。瞧著這架勢，大家不免皺起眉頭，暗道這小內侍也太不懂規矩了。

只有近旁的幾個人才看清，小內侍竟然是女扮男裝的福成公主，她身後還跟著黃芊兒等人。

「這是怎麼了？」昭德帝在紀蓉娘和黃淑妃的簇擁下，有些不悅地朝這邊走過來。路上的人紛紛像潮水一樣地退往兩邊，給皇帝讓出一條道來。

瞧著福成公主一身小內侍的打扮，昭德帝不免皺了皺眉。「福成，妳這是什麼樣子，成何體統？」

紀蓉娘看向福成公主身後，瞧見沒有紀家的人便放下心來，並理智地保持沈默。

而黃淑妃一見著福成公主的模樣卻是驚呼一聲，只是她的這聲驚呼和紀蓉娘相比起來，顯得有些大驚小怪。

昭德帝就有些不悅地掃了她一眼，嚇得黃淑妃立即噤聲。

聽了昭德帝的質問，福成公主自是習慣性地想為自己辯解兩句，只是還沒開口，卻抬頭瞧見黃淑妃衝她警告地搖頭。

這讓福成公主到了嘴邊的話又嚥下去。

「這到底是怎麼回事？」昭德帝也懶得再問她，而是瞧向走在後面的趙卓。

趙卓從她們幾人身後走出來，對昭德帝拱手道：「回父皇的話，剛才兒臣途經正陽門時聽見有爭執聲，過去瞧了一眼，卻瞧見福成正與守門的門將在爭論。兒臣過去多問一句，福成稱是奉淑妃娘娘之命出宮辦事，兒臣覺得這話有蹊蹺，淑妃娘娘怎麼會在今晚這時候派幾個小姑娘出宮辦事？因此將福成她們給帶回來。」

「替淑妃出宮辦事？」昭德帝聽了，挑眉一笑，轉頭對身旁的黃淑妃道：「淑妃啊，妳倒是跟朕說說，妳有什麼事需要這幾個小丫頭出宮替妳辦的？」

黃淑妃一聽，知道這不過是福成她們隨口應付宮門守衛的話，因此也是一臉尷尬地衝著昭德帝福了福身子，道：「不過是幾個孩子貪玩的玩笑話，妾身能有什麼事要她們去辦的？」

「朕也是這麼想。」昭德帝的唇角翹了翹，隨即一臉嚴肅地看向福成等人。「說吧，妳們出宮到底想幹什麼？妳們可別想著糊弄朕。」他又掃了那幾人一眼，然後道：「否則，那可是欺君之罪！」

福成公主還強著脖子地站在那兒，身後的黃芊兒等人早已嚇得跪下來。

幾人中，黃芊兒年紀最大，自是知道如果不把責任推到別人頭上去，最後受重罰的一定會是自己。

因此，她在心裡醞釀著要如何回話才最好，卻不料身邊的人已經嚇得在那兒磕起了頭。

「回……回皇上……的話，我們只是想……想……」

她們平日雖然是天不怕、地不怕的貴女，可面對不怒自威的皇帝卻還是有些膽怯。

「妳們想幹什麼？」

昭德帝一瞪眼，有的人嚇得一哆嗦，不打自招。「我們想出宮看花燈……」

福成公主在心裡罵了句。之前不是說好了，只要自己不招，其他人都不准說話嗎？

黃芊兒也在心裡道了一聲「不好」，沒想到有人竟然會搶了她的先機。

「看花燈？」昭德帝抬頭看了看頂上懸掛的各色彩燈，瞪眼道：「宮裡的花燈不好看嗎，值得讓妳們興師動眾地跑出去？」

這次的賞燈宴是去年十月的時候定下來的，因此內務府特意派人去山東訂製這些上元節花燈。

正也因為是做給宮中的花燈，那些做花燈的手藝人更是使盡渾身解數，不但要紮出形態各異的花燈，還儘量想著推陳出新，紮出來的花燈也比往年的繁複，花樣也是越玩越多；像走馬燈這種在民間還覺得新奇的花燈，早已入不了宮中貴人們的眼。

因此，聽得福成她們竟然想捨本逐末，昭德帝顯得有些不能理解。

「不好看就是不好看嘛！」福成公主畢竟還只是個孩子，被昭德帝問得緊了，也發起了小脾氣。「宮中的花燈再好看，也比不過民間的熱鬧啊！民間的除了各色花燈外，還有各種各樣好吃的，可不像御膳房，翻來覆去就那幾樣……」

福成公主的這番指責，讓陪侍在昭德帝身旁的福來順忍不住用衣袖蹭了蹭額角。

在御膳房當管事太監的可是他弟弟福來暢，福成公主這樣一說，明顯在指責御膳房的差當得不好！

# 第六十六章

「胡說！」不想昭德帝卻是一瞪眼。「妳在哪裡聽得這些亂七八糟的事？而且妳不知道宮外有許多宵小之輩嗎？妳們這樣貿貿然然地跑出去，出了事怎麼辦？」

「怎麼會！」福成公主卻跳起來反駁昭德帝的話。「誰不知道在父皇的治理下，咱們北燕是夜不閉戶，路不拾遺，又怎麼會有宵小之輩？」

被福成這麼一說，昭德帝倒覺得自己無話可說起來。如果自己否認福成的說法，那這些年彪炳的文治武功豈不成了笑話一句？

黃淑妃瞧出昭德帝的語塞，衝著福成道：「怎麼和妳父皇說話的？咱先別扯那些其他的，單說妳們今兒個出宮，到底是誰的主意？」

黃芊兒聽了心中一緊。

誰的主意？自然都是她的主意！可這個時候，她又怎麼敢認？

恰在此時，福成公主剛好轉過身來要指認她的時候，她卻微不可見地衝著福成搖搖頭，有些後悔沒將紀雪給帶回來。

若將此事全推到紀雪身上，就什麼事都沒有了。

沈君兮擠在人群中，目光卻在福成公主身後跪著的那些人臉上掃來掃去。

沒有……沒有！怎麼會沒有?!

自己親眼瞧著紀雪跟她們一起跑出宮去的，為何單單沒有紀雪的身影？

沈君兮便趁大家都沒注意的時候找到趙卓。「這些人裡沒有紀雪呀！」

聽她這麼說，趙卓心中一緊，果然在那些人裡沒有瞧見紀雪。

「怎麼會這樣！」他有些懊恨地跺腳，然後趕緊將席楓和徐長清等人召集過來，問道：「還有一個人沒找回來！」

「什麼？」席楓和徐長清就說自己的運氣不可能這麼好，他們剛到城門，瞧見了回宮的福成公主等人，幾乎是不費吹灰之力地將人給帶回來。現在卻被告知還丟了一個，這要他們上哪兒尋去？

「你們在五城兵馬司可有相熟的人？」沈君兮也跟著一塊兒出謀劃策。「今日城中也有花燈會，那些拍花黨們定不會放過這個機會，說不定他們之中有人知道。」

席楓一聽到「拍花黨」三個字，拍著手道：「我知道一個！」

「你帶我去。」趙卓便同席楓道。

沈君兮想跟著一起去，趙卓卻道：「妳還是留在宮裡安全一些。」

她還欲說什麼，趙卓卻拍拍她的肩，然後帶著席楓等人消失在夜色裡。

另一邊，福成公主依舊在昭德帝的跟前狡辯。

齊氏卻把假冒紀雪的小宮女給拖出來。

宮中的宮女雖多，可服侍福成公主卻是那麼幾個，讓人一瞧便知道這事與福成公主脫不了干係。

福成公主眼見躲不過去了，只好招認道：「紀雪她……她被人給擄走了……」

紀蓉娘聽了一個踉蹌，齊氏則眼前一黑，直接暈倒過去。

「她在哪兒被人擄走了？」殘存著一絲理智的紀蓉娘咬牙問道。

福成公主卻癱在地上，哇地哭起來。「我不知道、我不知道……我們剛到北苑河邊，就遇到一群人，他們有人說黃芊兒長得好看，可以帶回去當小相公養著……黃芊兒氣不過，與對方對罵起來，後來不知怎的，罵著罵著便互相打起來；我們打不過，紀雪說她是將門之後，讓我們先跑，她斷後……」

「所以，妳們丟下她，就這樣跑回來？」昭德帝聽了這有些匪夷所思的事，一巴掌呼在福成公主的臉上。「所以，剛才妳們跑回來之後，還在想盡辦法掩蓋自己犯下的錯，而不是想辦法去救那個掩護妳們、讓妳們先走的紀雪？朕……怎麼養了個這樣的混帳！」

氣急的昭德帝下令道：「搜！給朕全城搜！」

天子一怒，整個京城也要為之抖三抖。

齊氏被人抬到暖閣內，由太醫診治，而紀老夫人則坐在一旁，默默地撚起佛珠來。

紀雯有些不知所措地坐在那兒，沈君兮卻始終盯著門外，期盼著趙卓的好消息。

所有人都是度日如年。

紀老夫人不知唸了多少遍般若波羅蜜多心經後，紀蓉娘身邊的王福泉終於出現。

「紀雪姑娘尋著了，貴妃娘娘讓老夫人過去一趟。」王福泉笑著同屋裡的人道。

紀老夫人有些欣喜地站起來，許是坐得太久，或許又是起得太急，她的身形晃了晃，好在沈君兮眼疾手快地扶住她。

「外祖母，我扶著您過去吧！」

紀老夫人自然不敢擅自作主，便瞧向王福泉。

王福泉笑道：「難得清寧鄉君一片孝心，那一同前往吧。」

沈君兮衝著王福泉感激地福了福身，扶著紀老夫人一道去了水榭旁的千秋殿。

千秋殿裡，昭德帝和曹太后坐在正中，紀蓉娘和黃淑妃在下首的太師椅上坐著，趙卓一人站在那兒，腳邊還跪著一個人，正是之前不見的紀雪。

離紀雪大概四、五尺遠的地方，則跪著福成公主和黃芊兒。

見紀老夫人過來，昭德帝便命人端椅子過來。

紀老夫人微微推辭一把，側著身子坐下來；沈君兮則規規矩矩地立在紀老夫人身後。

昭德帝清了清嗓子。「幾個小孩子貪玩，竟然擅自出宮，好在今日發現得及時，並未釀下什麼大禍。雖然她們今日也被嚇得不輕，但朕還是要好好地教訓教訓她們。」

坐在昭德帝身側的曹太后微微一抬眼。「不知皇上打算如何處置？」

對這件事的處置，本是可大可小，既可一句話揭過，又可大肆發落一番。

原本想著今日還是過節，昭德帝只是想口頭告誡一下幾個孩子，可一想到今日福成的表現太讓他失望，又變得有些不悅起來。

「未經允許私自出宮，其罪一；假傳旨意蒙蔽守衛，其罪二；出事之後，竟然企圖掩蓋罪責，其罪三！」昭德帝冷眼瞧著福成公主，細數她的罪狀。「福成，妳自己說，我該如何處置妳？」

沈君兮瞧見跪在地上的福成公主整個人都瑟縮了一下。

從小到大，父皇從不曾這樣與她說過話，今日顯然是生氣了。

若說問她該如何處置，自然是從輕發落的好，可她又覺得父皇不會如此輕易地放過自己；可若往重裡說了，她又不願意。

因此福成公主在那兒扭捏起來，半晌都不說話。

昭德帝也難得耐心地等著，好似並不急著她給自己答案一樣。

這樣一來，氣氛變得詭異起來，整個大殿裡甚至讓人覺得有些壓抑。

「此事你也別為難孩子了，既然福成有錯，懲戒一番便是。」見著雙方都這麼僵持著，曹太后便發話。「妳們幾個，今日回去後，將《女誡》和《女則》各抄上二十遍。皇帝日理萬機，妳們也不必再去叨擾他了，三日後，呈至我的慈寧宮來。」

紀蓉娘在一旁聽了，面上雖波瀾不驚，心中卻掀起了驚濤駭浪。

自曹皇后仙去後，後宮的大小事務便都是由她說了算，不過是小小的懲戒一下幾個小輩，曹太后不但親自出馬，而且還擺出一副「不用你們插手」的架勢，到底是她想庇佑幾個孩子，還是擔心自己會處事不公？

但不管她是出於何種意思，可在旁人看來，這無異是在打自己的耳光。

紀蓉娘覺得臉上有些火辣辣的，偏生這個時候還不能表現出來。

紀老夫人聽聞之後，便站起身來替紀雪領罰。

福成公主心裡雖然還有些不願，也只能乖乖地認罰。

在大家以為此事差不多可以到此為止時，不料曹太后卻突然問道：「這件事，是誰最先發現的？」

站在紀老夫人身後的沈君兮微微一愣。

卻見趙卓上前一步道：「回皇祖母的話，是孫兒。」

「哦？是嗎？」曹太后面上依舊笑盈盈的，可沈君兮卻覺得她的目光帶著寒意。「既是如此，為何不先告知你父皇或是你母妃？好在這是沒有出事，若是出了什麼事，因你而耽誤，你也要一肩擔了嗎？」

曹太后的斥責，連站在一旁的沈君兮都覺得有些吃驚。

聽這話裡的意思，反倒在責備七皇子不該多管閒事？難怪之前他一直不讓自己出頭，難道他早預料會遇到這麼一齣？

一想著他是替自己揹鍋，沈君兮就想上前為七皇子辯白一番。

只是剛剛張了張嘴，還沒來得及說話，卻見趙卓已經先她一步，深深地給曹太后作了個揖，道：「皇祖母教訓得是，是孫兒一時失察，並未思慮良多……」

趙卓他幾乎沒有為自己辯解，二話不說地將罪責都給擔在了肩上。

也正是趙卓的態度讓曹太后的臉色好轉了不少，這才面色和煦地對趙卓道：「既然你已知錯，便將〈禮運〉也抄上二十遍吧，同福成一樣，三日後交到哀家的慈寧宮來。」

「是！」趙卓想也沒想地應下來，曹太后這才帶著些許滿意地離開了。

紀蓉娘瞧著趙卓，微微嘆了一口氣，起身走到他身邊道：「你這孩子，就是太實誠了些，其實你不必全都應下的……」

「不妨事的，皇兒全當是練字了。」趙卓卻笑著應承。

「即便是這樣，你自己也要多加注意休息。」紀蓉娘像慈母一樣地叮囑著趙卓。「千萬別為了抄這個而熬壞了眼睛……」

趙卓自是滿心應著。

昭德帝見到他們母慈子孝的一幕，也不再多說什麼，而是對黃淑妃道：「平日不是讓妳將福成好生管教嗎，怎麼還會在這麼重大的日子做出如此不知輕重的事來？」

黃淑妃一聽，就算有心為自己辯解，也不知該如何開口，只得默默站在一旁受了，擺出一副很委屈的表情。

瞧著她這副模樣，昭德帝心裡還有什麼不明白的？每次只要自己訓責她，她便會像個受了氣的小媳婦一樣，以前他還覺得有趣，願意逗一逗、哄一哄，可如今早失了這番興致，便裝成沒有看見的樣子，一甩衣袖走了。

紀蓉娘自然要跟上去。

她同紀老夫人等人微微點頭，又叮囑了幾句，便緊隨著昭德帝的身後離開了。

覺得自己已經被下了臉面的黃淑妃，生怕紀蓉娘因此在昭德帝跟前得臉，也不管三七二十一地拽著福成公主離開。

賞燈宴雖然發生了些不快，可畢竟是虛驚一場，不久之後，宮城內便響起散宴的鼓聲。

得知女兒平安歸來後，齊氏也悠悠轉醒，隨著紀老夫人出宮去。

馬車上，沈君兮在心裡盤算著幫趙卓抄書的事。

這件事，他原本可以置身事外的，都怪自己把他拉下水。

他費心費力地找回紀雪，不但沒能討到句好話，還要跟著紀雪一起受罰，真是讓她也瞧不下去了。

「外祖母，我想幫著七殿下一塊兒抄書。」沈君兮把自己找趙卓幫忙，反倒害趙卓受罰的事給說了。

紀老夫人聽了也是大感意外。

「還有這樣的事？妳之前在宮裡怎麼不說？」紀老夫人瞧著沈君兮道。

「我本來想說來著，可七殿下卻一直用眼神壓著我。」沈君兮有些不好意思地低頭。

剛才的情形，紀老夫人自然也瞧在眼裡。

對於曹太后，她想到的只有「無理取鬧」四個字，便嘆了口氣。「真沒想到，七皇子本是出於好心，卻反倒被太后娘娘責罰……也不知這孩子的心裡會怎麼想……」

自從紀蓉娘收養七皇子後，他時常隨著三皇子一道來探望「外家」，這一來二去的，紀老夫人便將他視為自家的孩子一樣疼愛。現在七皇子受罰，她心裡跟著一起疼起來。

而且曹太后為什麼會針對七皇子，紀老夫人倒也是略知一二。

當年張禧嬪被查出謀害太子，曹太后一直不喜張禧嬪所出的七皇子，誰知道她這次是不是又故意借題發揮地責罰？

只因她是太后，連皇上都不好出言反駁，其他人更不好說什麼了。

「既是如此，妳得找個機會同七殿下商量一下，用什麼墨、用什麼紙、寫什麼字體、寫多大？」紀老夫人想了想，囑咐沈君兮道：「可不能在這樣的小事上穿幫。」

沈君兮在一旁聽了，忍不住瞪大好奇的眼瞧向紀老夫人。

紀老夫人笑道：「妳兩個舅舅小時候可調皮了，我可沒少讓他們罰抄。可他們一抄不完，就請屋裡的小廝陪著一塊兒抄，有時候還會去找外面的書信先生，那用的紙啊、墨啊，雜七雜八的，一眼就能讓人瞧出來。」

坐在車裡的紀雯聽了也自告奮勇，稱她也可以幫忙抄上一些。

第二日一早，沈君兮便找了麻三，讓他帶話給席楓，自己要見七皇子。

二十篇〈禮運〉並不是個小數目，因此趙卓特意起個大早來抄書。

聽聞沈君兮要見自己，他放下手中的筆，騎了匹馬去清貴坊。

沈君兮沒想到趙卓竟會親自登門，但也知道他時間緊迫，因此開門見山道：「那二十遍的〈禮運〉，我幫你抄一半吧！」

趙卓原本還以為她有什麼要緊事，一見只是為了抄書的事，他浮起一抹會意的笑。「不用，三天抄個二十遍，對我而言不是難事。」

「我知道這對你而言自是不難，可是此事卻是因我而起，若不是你幫我擔了去，還不知今日落在我頭上的責罰是什麼。」沈君兮同趙卓急道：「你讓我抄一半吧，也好減輕我的負罪感。」

說著，她雙手合十在趙卓跟前做乞求狀。

趙卓原本還想拒絕，因為在他看來，自己領的罰，又怎好推脫到他人頭上？可一見沈君兮那真摯的眼神時，又覺得如果能同她抄一篇〈禮運〉，也是件頗有意思的事。

至於她抄得好不好、能不能用上，便不是他要考慮的事了。

# 第六十七章

正如沈君兮自己所說，讓她陪著抄一抄，減輕點心裡的負罪也好。

「十遍對妳而言是不是多了點？」趙卓打量著沈君兮，畢竟她還是個七、八歲的孩子。

「那妳幫我抄五遍吧，我原本是想讓席楓他們幫我抄十遍的。」

沈君兮瞧見趙卓的眼中閃過一絲狡黠，啞然失笑。

她怎麼會覺得趙卓真會乖乖地抄上二十遍呢？

沈君兮乘機說了一些紀老夫人告訴她的「注意事項」，趙卓一想，紀老夫人說的還真有幾分道理。

回宮後，趙卓便讓席楓託麻三帶回一大疊澄心紙和徽墨，以及一篇他抄來做範文的〈禮運〉。

沈君兮掂了掂那紙，少說也有大半刀。

「我不過只抄上五遍而已，用不了這麼多紙吧？」沈君兮奇道。

「七殿下說了，能用多少用多少，餘下的算他付給姑娘的辛苦費了。」麻三卻討好似地說道。

沈君兮有些咋舌。市面上的澄心紙已經賣到二、三十兩銀子一刀，宮廷特供的只怕價錢更貴。但一想到趙卓素來大方，想必這些錢在他眼裡也算不得什麼。

既然決定開抄，沈君兮便叫來了紀雯。

二人拿著趙卓用楷書抄的那篇〈禮運〉，細細研究起來，包括在哪兒起筆、在哪兒收峰，又有什麼運筆習慣……

將這些在心中揣摩不下十遍後，兩人才準備動筆一試。

紀雯一邊磨墨，同沈君兮道：「妳看紀雪那邊，我們是不是也幫著抄上一些？」

「我們為什麼要幫她抄？」沈君兮用毛筆蘸了墨，在紙上仿著寫了個字，反覆對照趙卓寫的那篇，覺得沒什麼差別後，繼續往下抄。「若不是她，我們現在都不用抄這些。」

「話是這麼說沒錯，可是她一個人怎麼抄得完？」紀雯卻擔憂著。

「那又怎麼樣？難道我們幫她抄了，她便會念著我們的好？」她才不願意做這種吃力不討好的事。「妳忘了她之前是怎麼誣陷我們的？但凡她行事之前多想想我們、多想想秦國公府，也不會犯下這樣的事來。」沈君兮不以為意地道：「平日外祖母也沒少罰她，也沒見她長什麼記性，正好讓大舅母看看，這天下不是所有人都會幫她慣著她的寶貝女兒，紀雪闖了禍，她一樣兜不住。」

聽了沈君兮這番話，紀雯有些語塞。這些年，大伯母對紀雪的寵溺她也是看在眼裡，只因對方是長輩，她也不好明說。

「難道這事……我們不管了？」紀雯試探地問。

「自然不用管，」沈君兮點頭道：「除非大舅母或是外祖母開口，讓我們幫紀雪一把，否則我們好心將文抄了過去，指不定紀雪會怎麼想，保不齊她還以為我們是在故意譏笑她呢！」

紀雯一想，這可不是紀雪的性子嘛，自己還真的差一點吃力不討好。

她嘆了一口氣，也拿起筆，靜下心抄起書來。

次日，沈君兮便把抄好的十遍〈禮運〉交到麻三手上。

麻三麻溜地去尋席楓，交差去了。

另一邊，齊氏的東跨院裡，紀雪卻抄得一把鼻涕一把淚。

這都過了一天半，莫說《女誡》和《女則》各抄二十遍，她連五遍《女則》都沒能抄出來。

眼見只剩下一天半的時間，紀雪越想越覺得這是個不能完成的任務，因此越發哭得傷心起來。

齊氏自是心疼女兒，可一瞧被紀雪扔了滿地的紙團子，她更心疼這些白紙。

齊氏肉疼地彎下腰拾起一團，展開來一看，發現一張白紙上不過剛被紀雪寫了兩、三個字，便揉成一團給扔了。

「好好的紙，妳扔了做什麼？」齊氏又撿了三、四張起來，發現那幾張也只寫一、兩個字，有一張甚至只沾了個墨點，也被紀雪扔了。

豈料跪坐在臨窗大炕上的紀雪卻滿不在乎地道：「寫得不好，當然扔了！」

「寫得不好？」齊氏撣了撣手中的紙道：「哪裡寫得不好了？我看妳這是成心要浪費我

的紙吧！妳知不知道，這澄心紙在外面的筆墨鋪子都已經賣到十兩銀子一刀了！這還是次的，好的那種五、六十兩銀子一刀，哪禁得起妳這樣揮霍？」

因為心急，紀雪本有些心浮氣躁，再被齊氏這麼一數落，心情更糟了。

她啪一聲，將手中的狼毫筆拍在案桌上，筆上沾著的墨汁四濺，更有不少都沾到自己身上。

紀雪根本不在乎這些，而是癟嘴道：「您的眼裡只有錢錢錢，您倒是管管我，幫我想想這二十篇《女則》和《女誡》如何才能完成得了？要知道，太后娘娘給的期限只剩下明天一天了！」

「這事能怪我嗎？」聽了女兒這類似指責的話，齊氏也是一肚子火氣。「昨日我便讓妳去同老夫人說好話，讓守姑和雯姊兒幫妳分擔著點，是妳自己強著脖子說寧願抄死也不去求守姑的，這會兒倒怨起我來了？」

紀雪聽了也負氣道：「府裡那麼多人，難道連找兩個幫我抄文的人都沒有嗎？」

齊氏冷笑道：「府裡是人多啊，可妳指望那些目不識丁的丫鬟、婆子來幫妳嗎？她們怕是連筆都不會抓。」

「可前院那些學徒和小廝呢？」紀雪依舊不死心。

齊氏則是瞪大眼睛，瞧著紀雪道：「難不成妳還想把此事鬧得闔府皆知？」

「闔府皆知、闔府皆知！」一心只想抄夠二十遍《女則》和《女誡》的紀雪也顧不得那麼多。「那也總比交不了差，然後被太后娘娘再度責罰來得強。」

齊氏被紀雪一搶白，反倒覺得女兒說得也有幾分道理。

不管怎麼說，先把眼前的難關度過再說。

可齊氏並不想到大兒媳婦文氏跟前去服軟，便去找二兒媳婦謝氏。

她這邊還沒開口，謝氏便知道婆婆的來意，只是她素來也不喜歡紀雪這個小姑子，便稱了病。

齊氏自然瞧出二兒媳婦是在敷衍自己，氣不過的她讓人去請個郎中來。她本想戳穿媳婦的謊話，豈料那郎中給謝氏號過脈後，直同齊氏道喜。

「少奶奶這可是喜脈！」郎中喜孜孜地道：「這孩子剛上身，少奶奶要多注意休息。」

一句話絕了齊氏的念想，只得讓人去外院找幾個識文認字的小廝進來，讓人挑燈夜書。

那幾個被喚到後宅的小廝，原本只是跟著前院管事的認得幾個字，以及會算帳而已，他們寫的那一手字，只有自己才認識，現在陡然被叫來抄書，幾個人俱是緊張。

倒是其中為首的一人道：「既然東家都不嫌棄我們字醜了，我們只管先抄了是……」

於是幾人不管三七二十一地抄寫起來，如此熬了一天一夜，倒也將紀雪那各二十篇的《女則》和《女誡》給補齊了。

到了曹太后所定的三日之期時，生怕紀雪再闖禍的紀老夫人親自帶著紀雪和齊氏入宮。

當她們到達慈寧宮時，趙卓已將二十遍〈禮運〉呈交上去。

因為一開始特意用了一樣的紙、一樣的墨和一樣的正楷字，曹太后一張一張看下來，雖然覺得每張紙上都有著細微的差別，倒也尋不出其他錯來。

可輪到紀雪的時候，她便沒這麼幸運了。

原本是趕抄出來的，抄書人的筆法輕重各有不同，字跡更是千差萬別，曹太后當場看得黑了臉。

因為之前沒能尋出趙卓的錯，曹太后便將所有怨氣都發到紀雪身上。

「妳們都當哀家老糊塗了不成，竟敢拿這種東西來糊弄哀家！」曹太后將紀雪交上來的一沓紙劈頭蓋臉地砸下來。「光從筆跡上看，就有五、六個人！」

紀老夫人看了眼那如雪花般落下的紙張，只一眼，便覺得齊氏母女還真不會辦事，連這麼點小事，因為沒有自己過問，都能給辦砸了。

見著帶著些許怒氣的曹太后，紀老夫人只好上前道：「都是老身監管不力，倒讓這孩子鑽了空子……不如請太后娘娘再寬限幾日，讓這孩子將這些東西都重新謄抄一遍？」

既然有人識相地搭梯子，曹太后的臉色也跟著緩和幾分，可紀雪的臉色卻變得鐵青。

她原本以為只要將這些交上去便可以交差，豈料祖母的幾句輕描淡寫，她竟然要將這些再重新抄一遍！

她到底是不是自己的親祖母啊？

齊氏有些不敢置信地看向紀老夫人，可紀老夫人卻一副眼觀鼻、鼻觀心的恭敬模樣，一心一意地等待曹太后發話。

「總算家裡還有個明白人。」曹太后不陰不陽地冷哼一句。「我再寬限她三日，若三日後拿來的還是這種東西，可別怪我不留情面了。」

紀老夫人滿口應下來，又聽了曹太后一陣「教誨」之後，才帶著紀雪母女出宮。

一路上，紀老夫人一直閉著眼坐在馬車裡，而齊氏和紀雪陪坐在一旁，大氣也不敢出一口。

馬車一路噠噠噠地駛回清貴坊，守門的婆子一見著馬車便下了角門的門檻，讓馬車徑直趕到紀老夫人的翠微堂前。

一早便得了信的沈君兮迎出來，見著一車的人臉色都不豫，便知道她們這一趟進宮交差並不順利。

只是不知道七皇子那邊的情況怎麼樣？自己要不要派個人去探聽一番？

她一邊想著，一邊上前給紀老夫人道過安，然後便虛扶住她。

紀老夫人欣慰地拍了拍沈君兮的手。好在這屋裡還有一個懂事的。

素來都是被人敬著的她，這麼些年來還是第一次如此下面子。

她思考了一路，覺得這件事再不能對紀雪聽之、任之，於是轉身對身後的齊氏道：「這三日，雪姊兒暫時搬到我屋裡來住，我來盯著她把這些書文抄完；若是不能按時完成，我看每日的吃飯、睡覺也都可以免了。」

齊氏聽了倒吸一口涼氣。「母親，這怎麼行……」

紀老夫人冷冷地掃了她一眼。「怎麼不行？禍是她自己闖出來的，不幫她熬過這三日，難不成妳還想引得太后娘娘的雷霆萬鈞？」

齊氏一聽，嚇得噤聲。

紀雪則有些緊張地依偎在齊氏懷裡，聲音細弱地喊了一聲「娘」。

齊氏卻也無法，只得叮囑紀雪要聽話。

紀老夫人像是沒看見她們「母女情深」，而是同一旁的李嬤嬤道：「妳讓珍珠她們去把東次間收拾出來，這幾日讓雪丫頭在裡面抄書。然後妳親自去小祠堂裡將先帝御賜的戒尺拿來，這幾日雪姊兒但凡有偷懶的時候，妳只管拿著戒尺打她便是。」

紀雪這下更緊張了。

小祠堂裡的戒尺她是見識過的，不過一尺五寸長，卻是由竹韌製成，打在身上特別疼。現在祖母讓李嬤嬤拿著那御賜的戒尺打自己，自己還能得個好去？

李嬤嬤有些猶豫地看了眼齊氏，應聲而去。

待李嬤嬤從小祠堂裡取了戒尺再回到翠微堂時，珍珠她們已將東次間收拾出來，並且擺上炕桌，備下了文房四寶。

紀雪則愁眉苦臉地站在一旁，想哭又不敢哭的樣子。

齊氏看了有些心疼。

「娘，要不還是讓雪姊兒回我那屋吧？」她繼續為紀雪討饒道。

「回妳那屋？」紀老夫人卻不留情面地掃了齊氏一眼。「然後三天後又和今天一樣嗎？這三日可是我豁出老臉不要，幫妳們求來的，妳還道和先前一般輕鬆？」

說完，紀老夫人更是看向紀雪。「脫鞋，上炕！時間很寬裕不成？今日若是抄不出十篇《女則》來，妳不用睡了。」

紀雪之前一直忍著的淚水，哇一下哭了出來。但紀老夫人在一旁冷冷瞧著，用眼神止住本欲上前寬慰紀雪的齊氏。「妳有時間還是去忙別的事吧，可別讓咱們家因此落了個不敬皇家的罪名。」

齊氏神色訕訕的，然後隨便尋了個藉口，戀戀不捨地退下去。

紀雪見自己哭了好一會兒都無人理會，便由先前的嚎啕大哭變成啜泣，到最後只是站在那兒無聲抽泣著。

「哭完了？」紀老夫人也不理會她那麼多。「哭完了趕緊把眼淚擦擦，現在離午膳還有半個時辰，足夠妳抄上一篇《女則》了。」說完，她又交代李嬤嬤。「妳在這兒守著她，但凡她不認真抄書，直接拿戒尺打。」

李嬤嬤欠了欠身子，捧了那戒尺道：「四姑娘，請您不要為難老奴，還是趕緊抄書，妳好我也好。」

抽泣了好一陣的紀雪才癟著嘴地爬上大炕，拿起筆乖乖地抄起來。

沈君兮見狀，覺得自己也不好再留在紀老夫人的屋裡，在紀老夫人跟前告退，回屋繼續為母親抄寫佛經。

因為紀老夫人的「嚴加看管」，紀雪在翠微堂裡一把鼻涕、一把眼淚地抄完了二十遍《女則》和《女誡》。

雖然字跡較之前還是一樣難看，但勝在字跡一致，曹太后並未再多說什麼，只是告誡紀雪以後行事切不可魯莽，一定要三思而行。

紀雪哪敢多說什麼，除了一味應承，連頭都不敢抬一下，直到曹太后將她放出宮。

好在這件事就這麼揭了過去，正月也這樣悄悄地過完了。

到了二月，收拾好行囊的黎子誠來同沈君兮辭行。

「你想好怎麼去了嗎？」因為不能大張旗鼓，沈君兮很為黎子誠這一路的安全擔憂。

「我找了個鏢局，他們正好有一批貨要押往泉州，我與他們同行。」黎子誠坦然笑道。

因為不能親自去送黎子誠，她私下給了他五百兩銀票。

「窮家富路，多帶些錢在身上，遇著事，你也不必驚慌。」

黎子誠還能說什麼？只得結結實實地給她磕了個頭。「定不辱命！」

# 第六十八章

沈君兮那邊剛送走黎子誠，秦四這邊也傳來好消息。大家對天一閣的熱情未減，又加之年前四皇子親自送了一批人去順天府，大家只道這天一閣是由四皇子罩著的，閒幫什麼的不敢上門找麻煩，生意做得更順暢了。

接到這樣的消息，她自然是滿意的。

照這樣的勢頭發展下去，自己變成富甲一方的小富婆簡直是指日可待！

二月一過便是三月，沈君兮和紀雯隨著紀老夫人參加了幾家春宴後，便到了四月。

四月初八的浴佛節，紀老夫人受隔壁林太夫人邀請，又帶著沈君兮和紀雯去寺裡吃了一回齋飯。

因為每次都沒有帶紀雪出去，她在家中有些不太高興。

紀老夫人聽了，卻淡淡地道：「她脾性太大，帶出去我怕闖禍。」

一句話堵得齊氏也不好說什麼。

日子一轉眼便到了端午節。

沈君兮在平姑姑的指點下，跟著紀雯一起做五毒荷包；宮裡的紀蓉娘也賞了五毒絨花下來，那蠍子、蜘蛛做得是栩栩如生，放在炕几上，倒把剛進屋來的鸚哥嚇得哇哇直叫。

沈君兮掩嘴笑。

「是假的！」她拿起其中一隻蜘蛛簪子在鸚哥面前抖了抖，只見那蜘蛛的黑色絨腿還跟著抖起來。

「咦，這也做得太精巧了些吧！」終於看清沈君兮手裡的蜘蛛簪子，鸚哥這才敢拿到手上把玩起來。

只是誰也沒想到，一團白影竟然從房梁上跳下來，一眨眼工夫就把鸚哥手裡的蜘蛛簪子給咬去。

鸚哥喊了聲哎喲，卻發現小毛球竟然躲在炕頭矮櫃的角落裡，對那簪子撕咬起來。

一屋子人都暗道不好。這蜘蛛簪子可是宮中的御賞之物，若是弄壞，宮裡追究下來，可是要吃不了兜著走的。

沈君兮眼疾手快地將炕几上另一隻蠍子髮簪收進抽屜裡，鸚哥則取來平日用來餵小毛球的肉乾，哄起小毛球來。

而小毛球今日也不一樣，平日拿小肉乾逗一逗，牠便會乖乖聽話，這次卻死咬住那隻假蜘蛛不肯鬆口，連沈君兮都覺得有些奇怪。

她親自上前抓了小毛球，想要從小毛球口中將簪子拔出來，豈料一使勁，竟然將那隻蜘蛛鼓鼓囊囊的肚子給撕破，滾出一個小艾葉包來。

小毛球一見到那個小艾葉包，便丟開嘴裡已經癟了的假蜘蛛，轉而又咬起那個小艾葉包來，不一會兒工夫就撕得滿炕頭都是。

原來雪貂獸是地域感很強的小動物，聞到帶著濃烈氣味的假蜘蛛，還以為自己的領地被侵占，因此奮力一搏，直到將對手撕個粉粹，才回頭找起另一支髮簪。

幸好沈君兮已將蠍子髮簪收起來，可蜘蛛髮簪也算是徹底沒救了。

「這下糟了！」沈君兮瞧著滿炕頭的艾葉沫子，苦笑道：「弄成這樣，怕是補也補不好了。」

「拿來給我看看吧。」平姑姑說道。

沈君兮只得死馬當成活馬醫，將已經癟了的蜘蛛髮簪交給平姑姑。

平姑姑瞧了瞧，皺眉道：「若是填點碎布頭什麼的，應該還是能將這簪子給撐起來，然後在上面繡上點紋飾，倒也看不出曾經被撕壞過。」

說著，她從針線笸籮裡抽出一段黑色絲線，補起那隻蜘蛛來。

好在那隻蜘蛛髮簪做得也不算大，平姑姑沒用多長時間便將其補好了。因為是用同色絲線，繡出的花紋若隱若現，倒比之前顯得還要精緻一些。

沈君兮便讓鸚哥看好小毛球，將另一隻蠍子髮簪拿出來，同紀雯道：「雯姊姊，我原本還想讓妳先選的，既然小毛球弄壞了蜘蛛髮簪，便只能給妳這隻蠍子的了。」

「這有什麼關係！」紀雯卻笑著將那支蜘蛛髮簪插到自己頭上。「不過是應個景而已，而且平姑姑的手藝這麼好，誰又瞧得出來呢？」

說完，她繼續低頭做起手裡的五毒荷包來。

因為母親和弟弟都不在府裡，紀雯只做了兩只五毒荷包，一只做給紀老夫人，另一只則做給小姪兒芝哥兒。

可沈君兮卻一口氣做了五、六個。一個做給姨母紀蓉娘、一個做給三皇子、一個做給七皇子，東府的紀霜和紀霞要各送一個，還有周福寧那兒也不能落下……

紀雯有些咋舌，瞧著沈君兮那平整的針腳，都不知道沈君兮的針線活什麼時候變得這麼好了？

看著紀雯有些懷疑的目光，沈君兮只能訕笑道：「大概是熟能生巧，做得多了，針腳平整了……」

是這樣嗎？紀雯有些懷疑地看了看自己手裡的荷包。

其實她的針腳也算平整，可是速度卻遠不及沈君兮。

「妳是慢工出細活嘛！」沈君兮打哈哈，將自己做的那堆荷包收起來。「我做得很粗糙的……」

平姑姑豈會看不出沈君兮那拙劣的掩飾。

這兩個人都是自己教的，可沈君兮領悟力卻好得驚人，往往自己只要示意一遍，她便能跟著做出來，可說已經是奇才了。

但讓她不明白的是，沈君兮好似不想讓人知道自己有這樣的本事，今日的她總算瞧出了些端倪。

於是，平姑姑裝成隨意地拿起沈君兮做的荷包看了看，又看了看紀雯做的，隨後道：

「鄉君做東西還是顯得有些毛糙，不如大小姐做得細緻。」

紀雯聽平姑姑也這麼說，暗自吁了一口氣。她這個做姊姊的，還真的擔心自己事事都被沈君兮給比下去。

平姑姑將這一切都看在眼裡，不免感嘆沈君兮心思細膩。但也覺得像沈君兮和紀雯這樣的表姊妹很是難得，姊姊懂得照顧妹妹，妹妹也知道顧忌姊姊，彼此都懂得照應對方。

沈君兮做好那些五毒荷包後，叫人趕在節日前送出去。

到了五月初五那日，齊氏自然要帶著紀雪回娘家，文氏也帶著已經一歲七個月大的芝哥兒歸寧，紀昭也陪大腹便便的謝氏回娘家。

紀雯原本想留在府裡陪紀老夫人和沈君兮，不料紀老夫人卻道：「既然妳母親不在京城，妳應該替她回一趟舅舅家，去探望妳外祖母……」

紀雯便聽從紀老夫人的話，帶著八色禮盒和一些節禮回了舅舅家。

待紀雯走後，紀老夫人便有些失落地摟著沈君兮道：「這樣一來，又只剩我們倆了。」

瞧著紀老夫人情緒有些低落，沈君兮道：「外祖母，不如今日讓守姑親自下廚，為您做一道白斬雞怎麼樣？」

「哦，我的守姑還會做白斬雞呀！」紀老夫人一下子被她帶起了興致。

「我自然是會的！」沈君兮自信滿滿地拖著紀老夫人去了廚房。

因為今日府裡的主子們大多不在，紀府的廚房難得清閒，幾個婆子笑呵呵地圍坐在一起，一邊摘菜，一邊口無遮攔地說著些渾話。

幸好她們中間還有個眼尖的，老遠瞧見清寧鄉君扶著紀老夫人，身邊還跟著李嬤嬤等人往這邊來了。

「哎喲，趕緊別鬧了，老夫人和清寧鄉君過來了！」那婆子趕緊站起來，雙手在自己圍裙上擦了擦。

其他婆子卻繼續調笑道：「妳這沒意思了，說不過我們，竟然還將老夫人給抬出來，老夫人又豈是會到我們這骯髒地方來的人？」

那婆子說這話時，紀老夫人一行人剛好到了廚房門口，李嬤嬤乾咳一聲，提醒她們可不要再口無遮攔。

剛才還在說笑的幾人一見著紀老夫人還真的來了，嚇得一個個噤聲。廚房裡的管事嬤嬤更是趕緊迎出來，見著紀老夫人的時候，一邊請安，一邊不安地問道：「可是我們又有什麼不周的地方，竟然驚動您老人家？」

紀老夫人揮手道：「妳們不必緊張，不過是守姑想為我親手做一道白斬雞而已。妳們這裡可有雞和佐料？」

「有的、有的！」管事婆子忙不迭地應著，趕緊命手下的人去廚房後面菜園裡抓雞燒水，不一會兒工夫，剛才還顯得清閒的廚房一下子忙碌起來。

「這裡竟然還有個菜園？」沈君兮卻像是有了新發現一樣，趁廚房在殺雞拔毛的空檔，往菜園裡去了。

廚房裡的管事嬤嬤連忙跟上去，在後面小聲囑咐道：「鄉君可要仔細些腳下，菜園裡都是泥地，可別污了您的鞋。」

「不妨事的。」沈君兮瞧著那片長得綠油油的菜地，心情不是一般的好。她讓人拿了個竹編的小筐過來，親手摘了些菜心，打算待會兒再炒個菜心。

紀老夫人瞧著在菜園裡生龍活虎的沈君兮，寬慰地同身邊的李嬤嬤道：「這孩子，倒不是一般的活潑。」

待沈君兮從菜園裡沾了一身露水出來時，廚房裡的婆子們早已將處理好的雞放在砧板上。

她將手中盛滿菜心的小竹筐交給身邊的人，並囑咐她們洗了，自己則站到砧板前，抓起案板上的菜刀揮舞兩刀，手起刀落之間，兩隻雞腿便被她卸下來。

這下連紀老夫人都有些看呆了。

她原本以為沈君兮的「下廚」，不過是站在一旁「指點」廚房裡的僕婦行事，沒想到她還真的親自操起刀來。

沈君兮熟練地將雞腹切開，將剛才剁下的兩隻雞腿塞進雞肚裡，又同管事嬤嬤要了一口大甕缸，將雞給塞進去。

「可有蔥薑蒜？」她問管事嬤嬤。

「有有有！」剛才見著沈君兮一氣呵成，連管事嬤嬤都給鎮住了，剛回過神來，趕緊讓人將蔥薑蒜都送上來。

「還有香菇、丁香、冰糖、鹽、香油、醬油……」沈君兮一項一項地報著，一股腦兒地全部扔進大甕缸裡，然後再加水，直至整隻雞都被水蓋住。

她又細細地檢查一番，確認沒有遺漏之後，才蓋上蓋子，讓人將甕缸搬上灶臺，並命人用大火煮，自己則淨了手，等候在一旁。

紀老夫人見了，同她笑道：「守姑在哪裡學的這些好本事？外祖母都看呆了。」

沈君兮卻呵呵一笑。

上一世的時候，她也不記得是從哪裡聽得一句「抓住男人的胃，就是抓住男人的心」，對此深信不疑的她努力學做各種菜餚，想藉此籠絡住傅辛。可惜對方對自己的努力非但視而不見，還在言語中譏諷她是個「廚娘」。

從那之後，她變得不愛下廚，也白白浪費這好不容易學來的好手藝。

只是在外祖母跟前，她自然不能實話實說，只得裝傻充愣地笑道：「自然是余嬤嬤嘍！」

生怕外祖母繼續問下去，她裝成查看火候的樣子，直到水翻滾了差不多一盞茶時間，便讓人將甕缸從火上搬下來。

「這樣燜上兩刻鐘，再放入井水，待雞冷下來後切塊，配上用香油、醬油和食醋調配的三合油即可。」沈君兮扶了紀老夫人，同廚房裡的管事嬤嬤交代。

廚房裡的管事嬤嬤連忙記下來。

沈君兮準備再做個炒菜心的時候，翠微堂一個小丫鬟卻尋過來。「啟稟老夫人，七皇子來了。」

「哦？」紀老夫人掏出身上的琺瑯瓷懷錶看了看時間。「怎麼這個時辰過來了？行了，妳把這個交給她們吧。」她指了指灶臺上已經洗好的菜心。「我的守姑不用太能幹。」

說著，她牽著沈君兮，回了翠微堂。

翠微堂的前廳裡，趙卓一人坐在那兒，細品著丫鬟上的茶，顯然已經等候一段時間了。

「老身見過七殿下。」紀老夫人先行了個君臣之禮，而趙卓則對紀老夫人行了個晚輩之禮。

「為何只有七殿下一人？三殿下呢？」見過禮，落坐後的紀老夫人客套問道。

「三皇兄臨時被些小事給絆住，他囑咐我先過來，不可失了禮數。」趙卓淡然答道。

紀老夫人素來是個聞弦歌而知雅意的人，聽他這麼一說，不再追問，而是問起宮中的貴妃娘娘是否安好？

趙卓有些心不在焉地回話，兩人有一句、沒一句地閒聊一陣，不一會兒工夫，便有婆子過來問是否擺飯。

「擺飯、擺飯！」紀老夫人笑呵呵地應著。「七殿下今日可有口福了，守姑親手做了白斬雞。」

聽了這話，一直沒有抬眼看沈君兮的趙卓，有些意外地看向她。

沈君兮則抿嘴輕笑，親自去引丫鬟們擺飯。

因為七皇子到來，廚房裡又特意加了幾個菜，倒也滿滿當當地擺了一桌。

也許是因為趙卓沒有趙瑞善談，或許到底紀老夫人待他不如趙瑞那般親厚，一頓飯吃下來顯得有些沈悶，再美味的白斬雞肉嚼在嘴裡，也好似在嚼蠟一般，索然無味。

這讓沈君兮不禁想念起那個總是談笑風生的趙瑞來。如果有他在，至少不會浪費她好不容易煮出來的白斬雞。

趙卓嚐過桌上所有菜色後，又多挾了一筷雞肉，便放下筷子。

紀老夫人勸他再多吃一些。「像殿下這樣正長身體的年紀，怎麼只能吃這麼一點？」

「平日用得少，習慣了。」趙卓卻客氣地答，紀老夫人只好命人撤了飯桌，上了茶。

趙卓只小坐一會兒，便告辭了。

紀老夫人本欲送他至院門，沈君兮卻攔在紀老夫人跟前，笑道：「還是我去吧！」

紀老夫人自然從善如流，任他們小孩子去了。

# 第六十九章

從翠微堂的正廳到院門要經過兩道抄手遊廊，趙卓心事重重地在前面走著，沈君兮則悄無聲息地在後面跟著。

見他幾次都是欲言又止，沈君兮主動道：「七殿下等下還要去看龍舟賽嗎？」

「嗯。」趙卓有些心不在焉地應著，隨即反應過來。「吳恒他們說每年都是那麼玩的，覺得沒意思，今年便不大想去了……」

沈君兮聽了，卻笑了笑。「莫不是因為七殿下兩次都贏太多，他們不敢同七殿下玩了吧？」

趙卓回過頭看了眼，卻發現她眼裡的狡黠。

他跟著會心一笑，但臉上的笑容並沒有持續多久，又淡了下去。

「殿下有心事？」她偏了頭問。

趙卓看著沈君兮，卻不知心裡的話該不該說出來？

這兩日，宮裡都在傳，父皇想將幾個皇子封王，並為他們單獨開府。

得知可以分府單過，他曾在心裡期待了一把。可沒想到的是，那些封王的皇子中，並沒有他！

他的心好似被絞了一樣。

從小便知，因為生母，自己同其他皇子是不一樣的，所以不管做什麼事，他都特別努力，想藉此博得父皇好感。

可每次，在他以為自己快要博得父皇的歡心時，現實卻總是無情地打擊他，告訴他那不過是他的一廂情願而已。

他心裡越來越憤懣，攢了一肚子的話，也不知該同誰說？

然後，他腦海裡便浮現出沈君兮的樣子……

不知道為什麼，他總覺得如果自己把這件事告知她，她一定不會出去亂說。

因此，他才特意尋過來。

豈料一頓飯的工夫都沒能讓他尋到一個開口的機會，現在好不容易有了機會，他又不想說了。

「能陪我去跑會兒馬嗎？」趙卓看了看起風的天，這是個跑馬的好日子。

沈君兮聽了，有些蠢蠢欲動，也不知道自己的技術有沒有退步？

「好呀！」她清脆地應道，先是回去換了一身大紅的騎裝，又去同紀老夫人報備，才到馬廄裡牽了自己的棗紅馬。

待她翻身上馬時，趙卓早已在門外等著。

見她動作嫻熟地控馬，趙卓嘴角輕翹，雙腿一夾馬腹，往城外的草場跑去。

沈君兮也不甘落後，輕輕策動胯下的棗紅馬，一路追上去。

一人一騎，鮮衣怒馬，策馬狂奔，不知惹了多少羨慕的眼光。

汗。

天藍，草碧，微風和暖，在草場上同趙卓瘋跑一陣的沈君兮只覺得背上已經冒出一層細汗。

眼見不遠處有個小山坡，坡上種了一棵歪脖子樹，她便翻身下馬，在樹下躺下來。陽光透過樹梢灑下來，照在身上暖暖的，沈君兮頭枕著雙手，微笑著閉眼。一切都顯得剛剛好。

趙卓又獨自跑了兩圈後，才覺得胸中的抑鬱之氣發散得差不多。他拉住轠繩，回頭一看，便見著沈君兮的棗紅馬正在一棵樹下低頭吃草，而棗紅馬的身旁，躺著一團火紅的身影。

趙卓笑著翻身下馬，牽著自己的馬也走到樹下。

他剛想著，一個女孩子怎能這麼無所顧忌時，卻瞧見沈君兮已經熟睡過去。淡淡的陽光下，她的長睫毛像把小扇子，在眼皮下留下一片陰影，映襯得她肌膚雪白，唇如桃花。

趙卓輕手輕腳地在她身邊躺下來，生怕驚擾她一樣。

待沈君兮美美地睡了一覺，再睜開眼時，便發現身旁一臉睡容的趙卓。她素來知道他是個好看的，卻從來沒機會靠得如此近，看得如此清晰。

她順手扯了一根狗尾巴草，拿在手上，順著他光潔的額頭、高挺的鼻梁，一路輕掃下來。

正當她憋著笑，忍不住發出聲響時，趙卓卻一把抓住她頑皮的手。

就像所有做錯事被抓住的小孩一樣，沈君兮想抽回手，豈料趙卓卻抓得死死的。

「妳知道嗎，我父皇要給皇子們封王了。」趙卓躺在那兒，聲音極輕極淡，語氣彷彿在說今天的天氣真好一樣。

沈君兮便不再掙扎，看向了趙卓。「這不是件好事嗎？」

她不明白他怎麼瞧上去卻有些不高興。

趙卓扭過頭來看她，瞧著她那黑白分明的大眼睛，忍不住道：「可是封王的名單裡，沒有我。」

沈君兮愣了一下。

上一世，昭德帝的七個兒子可都是封了王的呀，至於哪個皇子封了什麼王，她卻是記不太清的。

「或許是皇上覺得你年紀還不夠吧？」沈君兮一邊猜測著，一邊開導他。

「怎麼會？老六只比我大半歲而已。」趙卓卻苦笑道：「他卻被封了順王。」

沈君兮聽了，只能反握住趙卓的手，笑道：「其實……不封王也沒什麼吧？封不封王，都不能改變你是皇子的事實呀，誰還敢輕視你不成？」

趙卓瞧著沈君兮一臉天真，只能無奈地笑了笑。

有些事，她還是不懂。

但無所謂，他也不期望她會懂，只要現在能陪著他說話就行。

趙卓長吁了一口氣，瞇著眼睛看向天空。「還記得我同妳說過的，關於我生母的事嗎？

我這一世再努力，也許都不能翻身了。」

「怎麼會！」沈君兮卻驚呼著。「你一定是想太多了，若是讓皇上知道你在揣摩聖意，一定不會輕饒了你。不說雷霆雨露，均是君恩嗎，你如此患得患失，若是瞧在皇上眼裡，皇上會怎麼想？」

她一句無心的話卻點醒了趙卓。

據他所知，福來順所掌管的御書房一向口風甚嚴，即便有心打聽，如果不是父皇想要透個音出來，定是什麼都打探不到的。

封王之事尚未昭告天下，而他卻好巧不巧地提前知道，難道是有人故意為之？是誰？是誰故意把這話告訴自己？又為什麼要告訴自己？

沒有父皇的授意，福公公的手下是斷不敢亂說的，難道這是一種試探……

趙卓猛地從草地上坐起。父皇想要試探自己什麼？

想到最近父皇總是有意無意地掛在嘴邊的「平常心」，他似乎明白了什麼。

正如沈君兮所說，封王又怎樣，不封王又怎樣？他總是昭德帝的兒子，是北燕的皇子！

他們這些人的前程和富貴都是父皇給的，若是父皇不願給，搶也無用。

心口堵了好一陣子的那口濁氣，就這樣地散開了。

一瞬間，他只覺得天高地闊，風也輕了，四處都是鳥語花香。

到了六月，宮中終於傳出旨意，昭德帝賜封三皇子趙瑞為惠王、四皇子趙喆為康王、五皇子趙昱為莊王、六皇子趙旭為順王，並在京城中為他們選地賜宅，大興土木，只待這些宅院修繕一新後，皇子們便可以搬離皇宮，開府而居了。

消息一傳來，滿朝文武皆譁然，更有細心的人發現，除去早年間被封了簡王的大皇子趙禹，和已被冊封為太子的二皇子趙旦，昭德帝的七個兒子中，只剩下七皇子趙卓未曾封王。

如此一來，朝中便議論開來，說什麼話的都有。

趙卓卻充耳不聞，每日照常去上書房讀書，還似往常一般去延禧宮給紀蓉娘請安。

因為事先得了昭德帝的叮囑，紀蓉娘不好同他多說什麼，只得囑咐趙卓平日多注意休息，一日三餐更是不可廢。

趙卓一一應了，與平日無異。

待趙卓走後，紀蓉娘找到昭德帝，嗔道：「好好的一個孩子，皇上何苦這樣待他？」

「他與其他皇子不一樣，有個那樣的生母，注定他背負的要比別人多。」昭德帝同紀蓉娘道：「這件事妳就別管了，朕自有主張。倒是有件事，恐怕得抓緊了。前些日子，太后娘娘特意將朕叫到慈寧宮去喝茶，言語之間幾次都提到要為太子冊立太子妃。」

太子已經十九，翻了年便是二十，想想被封了簡王的大皇子在這個年紀，孩子都已經在地上跑了。

這些年，太子一直未立太子妃，全因中間還隔著個曹太后，因為她一心想要選個曹家的女兒。可是為皇族再選一個姓曹的皇后，昭德帝又有些不願意，因此這事就這樣擱置下來，沒想到一拖就是這麼多年。

這一次，昭德帝舊事重提，到底是因為太后娘娘讓步，還是因為皇上自己先讓步了呢？紀蓉娘有些拿不定主意。

「這事太后娘娘怎麼說？」她遣了屋裡的人，同昭德帝輕聲細語道。

「她依舊屬意曹家的女孩子。」昭德帝輕嘆一聲。

紀蓉娘瞬間明白過來。在這場母子博弈中，昭德帝準備讓步了。

不料昭德帝卻道：「既然她一定要選個曹家的女孩子，那就選一個最溫吞的好了。朕已經讓戶部造冊，將京城所有四品以上官員、外地三品以上官員，家中適齡女子的名字都報上來。朕不信，這些人裡會尋不著一個能與曹家分庭抗禮的。」

紀蓉娘的笑容一下子僵在臉上。

入宮這麼多年，她自然明白帝王之術便是平衡之術，用勢均力敵的雙方或是多方相互制衡，以保安全。一如當年皇上用她來牽制曹皇后，又如現在用黃淑妃來牽制自己。

可憐她和紀家這麼多年來一直保持低調，依然無法讓昭德帝完全放心。

她在心裡悠悠地嘆了口氣，打起精神道：「戶部現在造冊，恐怕也得兩、三個月的時間吧？再加上甄選的時間，怕是要拖到明年去了。」

「拖到明年就拖到明年，」昭德帝卻是滿不在乎的語氣。「正好給老三、老四他們也找一個，這都分了府，不能再像個孩子一樣了。」

沒幾天，戶部奉命造冊，為皇子們甄選皇子妃一事便傳得天下皆知。

有些家中有適齡女子的人家，恨不得削尖腦袋也要把自家閨女的名字寫上去，好似這樣便能攀龍附鳳，從此一飛沖天了。

到了十月底，戶部造了三個多月的花名冊終於呈上來。

昭德帝略微翻了翻後，便將花名冊移交到延禧宮。

因為之前便得了昭德帝的吩咐，紀蓉娘細細翻閱起來，可當她見到一個名字的時候便頓了手，急忙讓人去秦國公府尋紀老夫人。

紀老夫人急急地進宮。

紀蓉娘一見到紀老夫人，便開門見山地問道：「母親打算讓雯姊兒配皇子嗎？」

這突如其來的問話，讓紀老夫人一時沒能反應過來。

紀蓉娘將戶部呈上的花名冊拿給她看，只見紀雯的名字赫然在列。

不知不覺間，紀雯已經確實到了可以談婚論嫁的年紀。

當初董氏沒有將她帶去山東，是想著在京城幫她尋個門當戶對的人家。對此，紀老夫人不是沒上心，可總是沒尋著適合的人選。但她萬萬沒想到，戶部那邊竟然會將雯姊兒入了名單。

「怎麼會這樣?!」紀老夫人急道：「我現在回去給雯姊兒定一門親還來不來得及？」

紀蓉娘卻是搖頭。「雯姊兒的名字已經上了戶部的選妃名單，誰還敢給她寫訂婚文書？」

在北燕，婚喪嫁娶雖是自由，卻也要去官府備案。況且紀蓉娘也知道，以紀雯的資質加上自己的緣故，應該很難入曹太后的眼，成為太子後宮中的一員，但她不敢肯定曹太后會不會胡亂將紀雯指給其他皇子做側妃？

現在要確定的是家裡人的想法，若他們也無意讓紀雯婚配皇子，那她趁早把紀雯淘汰出去。

「這可如何是好！」讓紀雯婚配皇子？紀老夫人從來沒這麼想過。

若說她這輩子最後悔的是什麼，便是將蓉娘送進皇上的潛邸。

若是時間可以重來一次，她寧願讓蓉娘嫁個普通人，過普通人的生活，這樣的話，後來也不會有芸娘的那些事。

可現在再說那些，也已經沒有意義了。

「在我看來，我們家出了一個皇妃就夠了。」紀老夫人握住紀蓉娘的手，眼中含著淚光，同她道：「這些年妳吃的苦，娘都知道。」

紀蓉娘瞧著，眼眶一濕。「可這件事，二嫂是怎麼想的？母親要不要先問過二嫂的意見？畢竟雯姊兒是二嫂的孩子。」

這件事，紀老夫人本可以自己作主，但她覺得蓉娘的話也有道理，問一問二兒媳婦的意見也好。

「這事反正還不急，選皇子妃至少也得等到明年開春後。」紀蓉娘跟紀老夫人交底。

「母親在那之前告訴我便成。」

紀老夫人點點頭，卻又想起了家中的沈君兮和紀雪。

「那守姑和雪姊兒呢？」她依舊有些不放心地問道。

「她們兩個還好，一個九歲，一個十歲，年紀太小了，戶部沒有把她們的名字寫上來。」紀蓉娘寬慰著紀老夫人。

紀老夫人便給遠在山東的董氏去了一封信，那邊也很快給了回音，他們夫妻二人只希望女兒這輩子平平安安、順順利利的，能嫁個普通人、做個富家太太便知足了。

就是說，他們和紀老夫人都想到一塊兒去。

紀老夫人便將董氏寄來的信遞到宮裡，紀蓉娘則是叫人回了三個字「知道了」。

相對於紀老夫人的焦頭爛額，沈君兮卻顯得輕鬆愜意許多。

年初被她派去泉州的黎子誠終於回來了，不但帶回她想要的各色香料，還帶回一些北燕罕見的五顏六色的寶石。

「我們這是要開香料鋪子嗎？」黎子誠試探地問道。這次他帶回來的香料可是裝了兩大箱子，若是製成香，也夠一個普通香料鋪子賣上一、兩年了。

沈君兮卻笑著搖搖頭。

秦四果然是個能幹的，自己的這個寶還真是押中了。

這大半年的時間，他硬是將天一閣經營得風生水起，現在京城裡那些有頭有臉的人，都喜歡有事沒事去天一閣坐一坐，不說別的，連天一閣的茶水價格都跟著水漲船高。

因為每日茶葉的消耗量巨大，秦四又跟南邊幾家大的茶商簽訂了供貨協議，現在天一閣裡不光賣活寵，茶葉也一樣賣得紅紅火火。

「既然天一閣的碼頭這麼好，我們沒有理由再費人力另開店鋪。」沈君兮同黎子誠說起自己的打算。「咱們製好了香，一樣可以放在天一閣賣，畢竟這些東西都是越有錢的人越講究。」

黎子誠低頭咂摸起沈君兮的話來，發現還真是這樣。

# 第七十章

秦四利用京城這些達官貴人對「珍品」的追逐，將生意做到了極致，以至於讓人覺得，只要是「天一閣」賣的東西，一定是好的！

當人們有了這種認知之後，就變得有點可怕了。

他甚至懷疑，秦四哪怕將一堆牛糞美美地包裝一番後，也能賣出天價。

「這麼說來，現下最重要的並不是考慮開店的事，找到一個製香師傅才是重中之重。」黎子誠想了想道。

沈君兮笑著點頭。

黎子誠像突然開竅一樣，明白自己接下來該怎麼辦了。

沈君兮也給遠在貴州的父親去了一封信。因為不能遠去江西給母親上墳，她想在京城的寺廟為母親辦場法事遙祭。

沈箴因為在貴州任上，正愁無法脫身前往，便覺得沈君兮的主意不錯，於是趕緊回信一封，待信件從貴州到達京城時，已是十一月底。

紀芸娘的祭日是臘月十三，這留給沈君兮準備的時間不多了。

好在之前她為母親抄的經文早已備好，便藉著秦國公府的名頭，讓萬總管帶了五百兩銀子跑一趟法華寺，寺裡的住持大師欣然同意。

這件事就這樣安排下來。

待她除了服，便又到了新年。

因為不似以前只能穿素色衣裳，沈君兮換上一件新做的肉桂粉桃繡銀紅花朵錦緞對襟長褂，戴上紀老夫人讓人新打的金項圈，全身粉嫩嫩的模樣，很是招人喜愛。

從宮裡拜年出來後，平日不怎麼愛走動的紀老夫人，又連著幾天帶沈君兮和紀雯去走家串戶地拜年。

紀雯對此不覺得有什麼，沈君兮卻瞧出了端倪。

她揀了個紀雯不在的時候，同紀老夫人笑道：「外祖母這是幫雯姊姊相看婆家嗎？」

紀老夫人嗔怪地看了她一眼，小聲道：「妳可別聲張出去。」

沈君兮的眼睛笑成一條縫，並摀著自己的嘴道：「我肯定不會說出去的。」

笑鬧一陣後，紀老夫人便藉口有點乏，想在炕上歪一會兒，將沈君兮給打發出去。

李嬤嬤從內室拿了薄被，一邊幫紀老夫人蓋被子，一邊擔憂道：「不是說大姑娘的名字寫在選妃名單裡嗎？那老夫人您這樣忙進忙出的有什麼用？」

紀老夫人閉著眼，揉著自己的太陽穴，道：「我之前只道姑娘家嫁到別人家都是去吃苦的，所以想在身邊多留雯姊兒兩年，對她的婚事不太上心，豈料會遇上選皇子妃這樣的事……現在想著多看兩個人家，待宮裡一把雯姊兒的名字給刷下來，我就給她訂婚。」她緩緩睜開眼道：「我已經送了一個蓉娘過去，可不能再送第二個了。」

如此說說笑笑、你來我往的，很快就到了元宵節。

因為去年元宵節差點出紕漏，而今年宮中又要忙著選妃大典，便沒有設宴。

紀蓉娘坐在書案前，看著各宮娘娘交過來的甄選名單，顯得有些舉棋不定。

不管是衍慶宮的黃淑妃還是如意宮的李靜妃，都留下了紀雯的名字。

自己若是在這時候去掉紀雯的名字，會不會做得太明顯而被人質疑？若是這樣，那可適得其反了。

一旁侍候的王福泉瞧了，躬身道：「娘娘，奴才有幾句話，不知當說不當說？」

紀蓉娘看向他。「你在我身邊這麼多年了，怎麼還有什麼當說不當說的？」

王福泉笑了笑，道：「依奴才看來，紀家大姑娘落選宜晚不宜早。」

「哦，此話怎講？」紀蓉娘放下手中的事，指著一旁的矮凳，擺出一副要同王福泉深談的架勢來。

王福泉也沒有過多謙讓，他在矮凳上側身坐下，輕聲道：「奴才明白娘娘和紀老夫人的意思，既然不想讓紀大姑娘配皇子，那紀大姑娘在落選後，遲早是要嫁人的。這前一百人，甄的都是各位姑娘的家世、人品，倘若在這時候落選，您讓紀大姑娘將來的婆家怎麼想？」

紀蓉娘細細思量王福泉的話。這一百人不是最終人選，這時候將紀雯剔除出去，確實不是最好的時機。

「這一點，我倒沒有想得這麼仔細。」她有些慶幸地同王福泉道：「所幸你提醒了我。」

於是她便將入選的一百人名單讓人謄抄一遍，轉呈給曹太后。

畢竟上了年紀，曹太后看東西有些吃力，便讓身邊人將入選名單一一唸給她聽。

聽到「山東巡撫紀容若之女紀雯」的時候，她睜眼笑道：「這一位是紀貴妃的娘家人吧？」

有人在一旁忙稱是，曹太后輕輕地冷笑一把。

看來，紀家也要來湊這個熱鬧嗎？

「曹家來人了嗎？」曹太后問及身邊的心腹胡嬤嬤。「讓他們找個時間把萱兒領回去吧，那丫頭不適合留在宮裡，反倒是珂兒的個性，可以試一試。」

曹家祖上並不顯赫，只因為近年相繼出了一個太后和一個皇后，才漸漸被京城這些世家接納。

曹家要想繼續保持這種尊榮，得想辦法在宮中留有自己的人，因此，他們給曹太后送來兩個年紀相仿的女孩，曹萱兒和曹珂兒。

本是想藉著曹太后的近水樓臺，讓她們有機會多接觸太子趙旦。

曹太后怎麼會不懂他們的心思？正是明白曹家現在所處的境地，曹太后不但默許這種做法，甚至還在幕後推波助瀾。

可是皇家卻不是想待便能待的。

經過曹太后這些日子的觀察，發現這對姊妹像極了當年的紀蓉娘和紀芸娘，只是姊姊曹萱兒性格溫吞，遠不及妹妹曹珂兒來得強勢。

可在後宮這種地方，像曹萱兒這樣的，遲早會被人吃得連骨頭渣都不剩，將來能不能自保還是個問題，更別說在關鍵時候保護、提攜曹家了。

因此曹太后想留下妹妹曹珂兒，讓他們把姊姊曹萱兒接回去，將來自己再為她指一門好親事。

「可我瞧著，太子殿下好似和萱姑娘更合得來。」胡嬤嬤卻小聲提醒曹太后。

曹太后眼神一黯。

女子在後宮的尊榮，靠的是帝王的寵愛；失了帝王的寵愛，縱是再有翻雲覆雨的能耐也是徒勞。

這樣一來，倒教她有些不好抉擇了……

曹太后看向窗外還覆著雪的枯枝，嘟囔一句。「不知什麼時候才會春暖花開呀，我倒是有些想看碧泉湖邊的桃花了。」

一屋子的人都不知道如何接這話才好？於是，你看看我、我看看你，誰也不敢說話。

胡嬤嬤因為在曹太后身邊服侍的時間長，壯起膽子道：「往年都得過了三月三，碧泉湖邊的桃花才會開……」

「是啊，」曹太后微笑著應道：「碧泉湖邊的桃花總是開得最好，層層疊疊地只見桃花不見葉。傳我的話下去，今年碧泉湖的桃花開了後，我們辦一場桃花宴，將這些小姑娘們都邀進宮來賞花。」

胡嬤嬤知道，太后娘娘這是要親自相看這些姑娘的意思。因此，便把此事交代下去。

待到三月桃花初開時，之前的一百人名單變成了五十人，紀雯的名字依然在列。

曹太后又惦念起桃花宴來。

「將那個清寧鄉君也一併邀進宮來吧！」曹太后看著最終名單，像是突然想起了什麼。「哀家也有很長一段時間沒見過那丫頭了，都快忘了她長什麼模樣。」

因此，當沈君兮和紀雯同時接到宮中的請帖時，吃了一驚。

「既是宮中相邀，妳大大方方地赴約便是。」早已從紀蓉娘處得了消息的紀老夫人跟她們兩人道：「雯姊兒素來穩重，而守姑又老成，妳們姊妹結伴而去，我沒有什麼不放心的。只是有一點，進宮後一定要聽貴妃娘娘的，不管遇到什麼事，切不可強行出頭。」

到了入宮赴宴那日，紀雯穿了一件新做的藕荷色提花褙子，配一條月白色的挑線襦裙，將頭髮綰成朝雲髻，然後插了一支紫荊蝴蝶釵，隨著她的一顰一笑，那蝴蝶也會微微顫動翅膀，倒也栩栩如生。

沈君兮卻是一身湖綠，再配上兩個雙丫髻，雖是戴著兩支玉蘭花頭的銀簪，可看上去竟像是紀雯的丫鬟一樣。

「妳這樣也太素淨了些。」坐在馬車上，紀雯忍不住同沈君兮抱怨道。

「這有什麼關係，我們只是去賞花，又不是賞我的。」沈君兮卻俏皮地笑道：「反倒是雯姊姊妳，身為皇子妃的候選人，為何也跟我一樣穿得這般樸素？」

「妳這小妮子學壞了，什麼皇子妃候選人？」紀雯不依地同沈君兮鬧道：「看我不撕爛妳的嘴！」

沈君兮在車廂內躲無可躲，只得求饒道：「這話又不是我說的，滿京城的人都知道，太后娘娘這次宴請的都是皇子妃候選人。」

「哦，滿京城的人都知道？」紀雯看著沈君兮道：「那妳呢，難道妳也是皇子妃的候選人嗎？」

紀雯的一句話，讓沈君兮變得無心玩鬧起來。因為她也想知道，為何曹太后會邀她一同前來？

待她們入宮，被宮人引至御花園的碧泉湖邊時，映入她們眼中的全是掩映在桃花叢中、若隱若現的衣香鬢影，大家都穿得隆重，環珮叮噹之聲不絕於耳。

相比之下，紀雯的打扮都算清淡，更別說穿得像個小丫鬟的沈君兮了。

紀雯有些後悔地瞧了沈君兮一眼。

雖說她不想鶴立雞群，可這雞立鶴群，也算不得什麼明智之舉！

沈君兮卻豁達地同她笑笑，然後微微踮起腳在她耳邊道：「怕什麼，妳本沒想撈個皇子妃的名號回去，我更加不想了，所以我們今天只管吃好、喝好就成了。」

紀雯瞧著她那俏皮的樣子，一時倒不知道該說什麼才好？

不管怎麼說，這總是皇家宴請，怎能表現得那麼隨興灑脫？

沈君兮瞧著紀雯一臉慎重，故作驚訝道：「咦，難不成外祖母和二舅母都想錯了，其實雯姊姊還是想當皇子妃的？那怎麼得了，我們要不要去尋一尋姨母，讓她幫幫忙？」

「妳怎麼越說越不像話？看我不撕爛妳的嘴！」紀雯一下子羞紅了臉，佯裝要追著沈君兮打。

沈君兮自然在桃花林中躲閃起來。

兩人一前一後地在桃花林中追逐打鬧，一不留神，沈君兮就撞進一人的懷裡。

「大膽！竟然敢衝撞四殿下！」只聽見有人尖著嗓子厲聲道。

因為還未舉行分封大典，宮中眾人不曾改口，依舊像先前一樣稱呼皇子們。

沈君兮慌忙站直身子，只見趙喆正玉樹臨風地站在那兒，笑盈盈地看著自己，顯得心情不錯。

紀雯趕緊拉扯著沈君兮請安。

趙喆則雲淡風輕地笑道：「難得今日風和日麗，兩位姑娘不必太過拘謹。」

說著，他看向沈君兮，打量她一、兩眼後，笑道：「許久不見清寧鄉君，不想竟出落得這麼多。」

沈君兮連忙低頭道：「以前年幼無知，衝撞了四殿下，還忘四殿下大人有大量……」

不料她的話還沒說完，趙喆卻揚了揚手。「說什麼衝撞不衝撞，誰還沒有個年少的時候？」竟是與沈君兮談笑風生起來。

而離她們大約兩、三丈遠的地方，一位黃衫女子卻板著臉看向沈君兮和紀雯，問身邊的人。「那兩人是什麼人？」

黃衫女子身邊的人畢恭畢敬地回答。「那兩位都是秦國公府的人，穿湖綠色衣裳的那位，便是前些年皇上親封的清寧鄉君。」

「哦，原來她就是讓人如雷貫耳的清寧鄉君？」黃衫女子冷笑道：「那我今日可要好好地會會她！」

黃衫女子身邊的人聽了，卻是臉色大變，連忙勸阻道：「姑娘，您忘了今日臨出門前夫人的囑託了？夫人可是讓您收斂好自己的脾氣，千萬不可使小性子，壞了太后娘娘對您的印象啊！」

「妳放心，我又不傻！可剛才妳沒瞧見四殿下同那清寧鄉君有說有笑的樣子嗎，他幾時對我這樣和顏悅色過？」

有了剛才那段遭遇，紀雯可不敢繼續同沈君兮在桃花林中瞎跑了。

「祖母都說了讓我們多注意著些，」紀雯拉了她道：「沒想到這剛一入宮就衝撞了四殿下。」

沈君兮卻是癟癟嘴，瞧著這到處都是垂手而立的宮人，也不好多說什麼。

「兩位姑娘竟然在這裡！」說話間，紀蓉娘身邊的宮女扶柳有些氣喘吁吁地趕過來。

「扶柳姊姊？」沈君兮見著她，伸出手虛扶她一把。「扶柳姊姊為何這副模樣？可是姨母有什麼重要的事託妳轉告我們？」

扶柳卻搖搖頭，平緩自己的氣息道：「今日娘娘得陪在太后娘娘身邊，恐怕無心顧及兩位姑娘，於是特意囑咐我過來陪著，因此今日一早我便候在宮城門口，沒想還是與兩位姑娘錯過了。」扶柳解釋。「剛還是聽人說鄉君遇著了四殿下，才知道兩位姑娘已經到了桃花林。兩位姑娘還好吧？」

說著，扶柳打量起沈君兮和紀雯來，見她們安然無恙，才放下心來。

「今日的宴請設在碧泉湖邊的碧水閣。」扶柳在前方引路。「娘娘特意將兩位姑娘的席位排得靠後，不容易引起太后娘娘的注意。只是這樣一來，兩位姑娘的席位臨近湖邊，所以娘娘特別囑咐我，要我注意兩位姑娘的安全。」

說話間，扶柳引著沈君兮和紀雯到了一張席地的几案前，几上擺滿各色瓜果和酒水，她們在几案旁的蒲團上坐下來。

坐落在桃花林中的碧水閣依著碧泉湖而建，坐在碧水閣中，便能隔著碧泉湖看到對岸桃花林與水中的倒影相映成景。

太后娘娘的寶座自然安放在碧水閣中，而她們這些人，則是坐在臨時搭起來的帷帳裡。好在三月陽光並不強烈，照在身上還暖暖的，似有似無的風從湖面吹來，倒也讓人有種說不出的愜意。

待她們落坐後，之前那些在桃林中三五成群、嬉笑玩鬧的姑娘們也陸續被請過來，將這碧水閣前的帷帳慢慢地坐滿。

# 第七十一章

「太后娘娘駕到！」一聲尖厲的嗓音響起，剛剛落坐的姑娘們又紛紛站起來，雙手疊握在身前，朝碧水閣躬身站著。

只見插著滿頭珠翠的曹太后，在紀蓉娘和黃淑妃的簇擁下，儀態萬千地緩步而來。見著碧水閣前這些經過精心打扮、亭亭玉立的姑娘們時，臉上露出欣慰的笑容。

而她的身後還跟著兩個和紀雯差不多年紀的姑娘，一個神色倨傲，另一個卻是眼角眉梢都帶著笑意。

一見到那個神色倨傲的姑娘時，沈君兮心下一驚。

那分明是前世的太子妃曹珂兒！只是當時的她，眼角、眉梢都帶著風霜，不似現在這般年輕氣盛。

在沈君兮發愣之時，眾人依禮請安，她忙跟著一起拜下去。

曹太后笑著揮手。「免禮，賜坐。」

「謝太后娘娘！」謝過曹太后，大家再次坐下來。

沈君兮留心到碧泉湖畔的人雖多，可除了衣服摩擦的窸窣聲和環珮叮噹聲，再也聽不到其他聲音，可見大家都抱著十二萬分的小心。

「真是如花的年紀呀！看到她們，讓我想到年輕的時候……」曹太后看著眼前一個個如花似玉的小姑娘不禁感慨著，朗聲道：「大家不必拘謹，都飲宴起來……」

曹太后的話音剛落，沈君兮身前的酒盅內便被斟上新釀的青梅酒，而絲竹聲起，帷帳前的空地上也有舞姬跳舞助興。

沈君兮看著她們，輕飲了一口杯中的青梅酒，未覺酒味，卻聞到一股梅子的清香，讓她忍不住又多嚐了幾口。

「少喝點。」一旁的紀雯不忘提醒她。「這種青梅酒喝多了，也會讓人喝醉的。」

沈君兮不以為意地笑了笑。這種酒，她還真沒放在眼裡。

她往上首的碧水閣看去，只見曹太后笑盈盈地坐在那兒，好似專心看著那些翩翩起舞的舞姬。可她留心到曹太后身畔的嬤嬤一直說著什麼，而曹太后的眼神總會在不經意間掠過她們所在的帷帳，好似什麼都沒看，又好似什麼都看到了。

沈君兮有意將紀雯往後拽了拽，希望把自己和紀雯「藏」在別人身後。

豈料曹太后巡視一周之後，卻朗聲道：「不知今日清寧鄉君可有來？」

碧泉湖旁剛熱鬧起來的氣氛一下子凝滯，大家的目光朝沈君兮投過來。

「為何清寧鄉君坐得離哀家那麼遠？」曹太后有些不悅地扭頭看向紀蓉娘。

紀蓉娘的眼中閃過一絲尷尬。

沈君兮只得起身，在曹太后的跟前跪下拱手道：「清寧年紀小，不敢擋在諸位姊姊身前。」

曹太后聽了沈君兮的話，只是笑。「還是那個伶牙俐齒的小丫頭！」

說著她拍了拍自己身邊的蒲團，示意沈君兮坐到她身邊來。

雖然是來參加桃花宴的，可大家都心中有數，知道自己是來做什麼，因此心裡都懸著一口氣，也留心別人的一舉一動。

今日到場的諸多貴女都參加過宮中舉辦的那場賞燈宴，自然還記得發生過的事。見沈君兮在曹太后跟前一如既往地受寵，多少有些心生不忿，瞧向她的目光更是羨慕又嫉妒。

沈君兮卻感覺如芒在背。

她心中雖然不願意，可瞧著曹太后那不容抗拒的面容，只得硬著頭皮，低眉順眼地走上前去。

和上次一樣，曹太后只是看著她，問了些許無關痛癢的話，便把她丟開，然後和身邊的其他人說話去了。

雖然今年沈君兮才十歲，可身形卻比同齡的孩子高出半截，和已經十五歲的紀雯相比也只差半個頭了。

她一個人杵在那兒，神情有些不自然，悄悄瞧向紀蓉娘，想要暗中求救。

可在曹太后跟前，又哪裡有紀蓉娘多話的餘地？她也只能衝著沈君兮微微搖頭，示意她不要忤逆曹太后。

就在沈君兮覺得進也不是，退也不是的時候，自己的衣角被人扯了扯。

她低頭看去，發現那個嘴角、眉梢都帶著笑意的姑娘淺笑著挪了挪，將自己身邊的位置讓出來。「來，坐這兒。」

沈君兮不敢貿然上座，而是站在一旁低頭謙讓著。

「鄉君不必客氣，大家姊妹一場，相識也是緣分。」那姑娘掩嘴笑著，然後拉著沈君兮的手，讓她在自己身邊跪坐下來。

正被黃淑妃哄得笑咪咪的曹太后將目光掃過來，衝著沈君兮道了一聲。「妳坐那兒吧。」

沈君兮這才如釋重負。

就在她剛剛坐下，整理自己的裙襬時，卻聽另一側的曹珂兒語帶譏笑地低聲道：「哼，妳就會做好人，還真是有母儀天下的風範。」

聽了這話，沈君兮瞧過去。

「就妳話多，這麼多好吃的都堵不住妳的嘴。」卻見那姑娘笑著塞了一枚蜜餞到曹珂兒的嘴中，兩人顯得關係很好的樣子。

曹珂兒卻頗為嫌棄地將蜜餞吐出來，然後對著她們翻了個白眼，冷哼著將臉撇到另一邊去了。

見沈君兮滿是驚愕，那姑娘笑道：「我叫曹萱兒，這是我家中的族妹曹珂兒，平日有什麼事都喜歡直來直去，妳別理她。」

曹萱兒？

沈君兮搜遍自己上一世的記憶，卻沒有關於曹萱兒的半點訊息。

按理說，曹萱兒先有個貴為皇太后的姑祖母，後來又有個當了太子妃的族妹，即便當不成皇子妃，也可嫁入公侯世家，當個世子夫人並非難事，可後來她怎麼在京城的貴婦圈裡銷聲匿跡了呢？是自己兩世為人，讓這世間的事有了偏差，還是其中又發生了什麼？

沈君兮一個人坐在那兒呆呆想著，以至於曹萱兒遞了水酒過來也沒有發現。

「妳在想什麼？」曹萱兒輕輕推了推沈君兮。

好在此時眾人面前正有宮娥在起舞助興，沈君兮便推脫自己是看她們跳舞看得出神。

「嚐嚐這個，宮裡新釀的酸梅酒。」曹萱兒笑道：「珂兒不愛這酸梅的味道，可不便宜了我一個！」

沈君兮推脫不過，只好接了酒盅和曹萱兒對飲起來。

這一幕被坐在下首的黃芊兒見著了，氣得手裡的帕子都要被她絞碎。

「她倒是個走到哪裡都有人喜歡的！」她有些不滿地和硬要擠在身旁的福成公主道。

「是啊，也不知道她到底哪裡好！」福成公主也不滿地嘟囔著，但在太后娘娘跟前，她也不敢太過造次。

「妳們在說清寧鄉君？」之前便對沈君兮心生不滿的黃衫女子也湊過來。「她到底是個什麼來頭？我之前怎麼都沒聽說過她？」

「呵，她能有什麼來頭？」黃芊兒卻譏笑道：「也不知道是紀家從哪裡挖出來的窮親戚，莫名其妙地封了鄉君。」

「可我怎麼聽聞她厲害著呢，前年的萬壽節上不還贏了妳一把嗎？」黃衫女子有些譏諷地瞟了黃芊兒一眼。「那年我若在，絕不會讓她討了巧去。」

黃芊兒自是不服氣。自從上次輸給沈君兮後，覺得沒有面子的她便不耐煩身邊的人提起此事。

現在這黃衫女子竟然踩在自己的痛腳上，黃芊兒便笑道：「靈珊姊姊既然這麼有信心，為何不去找清寧鄉君比試一把？」

黃衫女子卻只是冷哼了聲，沒有接話。

別以為她瞧不出黃芊兒是想拿自己做筏子，當年他們莫家還住在京城時，憑藉著「莫家三箭」的名聲，這射箭比賽的魁首從未旁落他人。

而他們離開後，這京城裡的事他們更管不著了。

這一次，她既然能夠藉著選妃大典的盛事回來，自然要在眾人面前露上一手，重現「莫家三箭」的聲威！

但是該什麼時候比、又該怎麼比，可不是她黃芊兒隨意挑撥一、兩句就行的。

莫靈珊暗暗地想著，一邊裝作毫不在意地自斟自飲，一邊卻時時關注著碧水閣中曹太后的一舉一動。

不多時，便聽內侍們傳喚道：「太子殿下和諸皇子到！」

碧水閣內外霎時像濺了水的油鍋一樣炸開了。

今日來赴宴的女子們一早便得知宮中為何會辦這場桃花宴，又為何會單單邀請她們五十個人。

帶著少女天生的嬌羞和好奇，赴宴的貴女們既想一睹皇子們的尊容，又害怕自己因為舉止輕佻而被剔出名單，於是一個個心裡都好似有貓爪子在撓，想看又不敢看，最多也只能半扭著頸子，偶爾瞟上那麼一眼。

可是這一眼，都讓她們的心裡有了莫大的滿足。

皇子們一個個玉樹臨風、風度翩翩，瞧著直讓人春心蕩漾。

「孫兒們見過太后娘娘，願太后娘娘萬福金安！」走在最前面的自然是太子趙旦。他一入碧水閣便給曹太后跪下請安，其他幾位皇子，自然只能跟在趙旦身後也跪下來。

曹太后笑著點頭。其他幾位皇子怎麼樣，她自然不會心疼，卻捨不得趙旦在她面前久跪。

於是她笑著道了一聲「免禮」，詢問一些諸如「功課如何」、「太傅們如何」之類的話後，示意皇子們也入席。

因為身分尊貴，趙旦的席位自然擺在閣中左上首的第一座，如此一來，便和跪坐在曹太后左手邊的沈君兮毗鄰。

趙旦不免多看了沈君兮兩眼。

「妳是紀昭的表妹，清寧鄉君？」他雖然一早聽聞沈君兮的名字，可見著她本人，恐怕是第一次。

沈君兮低頭應聲，卻不敢多話。

「妳們兩個怎麼坐到了一起？」這話卻是趙旦同曹萱兒說的。

曹萱兒用袖子掩嘴，悄聲同趙旦說了剛才發生的事。趙旦則是笑著點頭，又同曹萱兒說了些別的。
沈君兮坐在二人中間，覺得自己很多餘。
曹萱兒另一側坐的是神情倨傲的曹珂兒，沈君兮又不想往她的跟前靠。
可眼下這情形讓她無法安然處之，只得悄悄往身後挪了挪，儘量不讓自己擋在趙旦和曹萱兒的中間。
待一向細心的曹萱兒發現她的異樣時，她已經從炕桌邊挪開一尺遠。
「妳這是做什麼？」曹萱兒瞧著她笑道。
「我怕擋著您二位。」沈君兮輕聲細語地說道。
曹萱兒聽了笑起來，不但將沈君兮往桌邊拉了拉，還同趙旦笑道：「她還真是個有意思的人。」
趙旦也這麼覺得。
「紀昭最近怎麼樣？」因為與紀家其他人不相熟，趙旦只好問起紀昭。「聽說他當了爹？」
沈君兮點點頭，笑道：「去歲三表嫂生了一個兒子，取名叫榮哥兒，已經快半歲了。」
趙旦卻咦了聲，顯得很意外。
「這個紀昭沒把我當兄弟呀！這麼大的事，竟然也不知會我一聲！」趙旦有些不滿地道：「妳回去幫我帶個話，讓這小子速速滾到東宮來覲見！」然後他又對曹萱兒笑道：「到時候我們一同去策馬。」

曹萱兒自是微笑著點頭。

像是擔心沈君兮會忘了此事，趙旦又特意囑咐一番。

沈君兮聽了，只能汗涔涔地應下來。

瞧著她拘謹的樣子，曹萱兒便瞋了趙旦一眼，同沈君兮笑道：「我也是聽聞紀僉事的騎射了得，想要見識一番。」

坐在曹萱兒身旁的曹珂兒見著聊得正歡的三人，又是一聲冷哼，然後越過沈君兮和曹萱兒，同趙旦道：「殿下近些日子可有去打馬球？近來春光明媚，不如我們約個日子一同去？」

不料趙旦卻婉拒。「近日正同父皇學著批摺子，恐怕沒有太多閒暇。」

敷衍之意溢於言表，沈君兮坐在他們之間聽了都覺得有些尷尬。

前一刻還在同人說著去跑馬，下一刻便沒了閒暇打馬球，任誰聽了都會覺得不舒服吧？

「我知道，果然只有姊姊才是殿下心尖上的人！」曹珂兒冷笑著。

她的聲音雖不大，可是與他們坐得相鄰的幾位皇子們，卻把這些話都給聽進去。

趙旭有些幸災樂禍地用手肘捅了捅坐在自己身旁的趙昱，同時朝上首方向一番擠眉弄眼。

趙旭和趙昱的母妃位分都不高。趙旭的生母原本只是黃淑妃的宮女，意外被昭德帝臨幸，懷了龍種，這才升了個更衣；而趙昱的母親原本是個貴人，因為當年不小心在言語上冒犯曹皇后，被貶為常在。

脫。

因為有趙卓的前車之鑑，他們兩個平日行事頗為忌憚，不如其他幾位皇子來得隨興灑脫。

因此遇到今日這事，他們也只敢私下嘀咕兩句，並不敢真正拿到檯面上來說。

趙喆卻看不得他們這種小氣的模樣，於是笑話道：「你們別光忙著羨慕太子殿下，今日來的這些貴女中就有你們未來的皇子妃，不如你們自己留個心，瞅中了誰，去向父皇請旨好了。」

趙旭和趙昱雖然都已經十五、六歲，於情事上卻不如趙喆那般開竅。

二人面色一紅，低下頭來。趙昱則戳了戳和趙瑞同桌的趙卓。「你可有瞧中的？」

不待趙卓開口說話，趙旭卻面帶譏誚地笑道：「我可是聽說父皇的意思是給封了王的皇子選妃，至於沒有封王的麼……那說不清了……」

言語中，滿是調侃。

因為趙昱的生母原是黃淑妃身邊的宮女，他可說是跟在黃淑妃身邊長大的，便和黃淑妃一樣不喜趙卓。

這麼多年了，趙卓又豈會不知？因此並未理會他。

有些人是越搭理越來勁，不如從一開始不聞不問，他覺得沒意思了，自然會散去。

趙昱見趙卓對自己又是這樣一副愛理不理的樣子，不免怒火中燒。

其他的皇子他不敢惹，可老七他還真從來沒放在眼裡。

「老七，你這是什麼意思？」若不是顧忌曹太后也在場，趙昱恨不得拍著桌子跳起來。

雖然他特意壓低聲線，一樣引來曹太后的目光。

不過她只是輕瞟了眾人一眼，又回過頭去與其他人說笑。

坐在他們附近的沈君兮自然將口舌之爭都瞧在眼裡，心裡不免為趙卓捏了一把汗。

# 第七十二章

趙卓也好似與沈君兮有感應一樣，不但朝她看過來，更是衝她微微揚起嘴角。

沈君兮為他懸著的心也放下來。

二人暗中互通款曲，卻被趙喆瞧了個正著。

他之前還真未曾想過，清寧鄉君一介孤女，竟然能影響到昭德帝，讓父皇在毫無預兆的情況下，將他們眾兄弟都想得到的那把天極弓賜給老七。

他可不願意這樣的事情在將來再發生……至少不能讓老七專美於前。

因此他特意將身子攔在沈君兮和趙卓之間，對趙旦笑道：「皇兄難道忘了我們這裡還有位巾幗不讓鬚眉的奇女子嗎？我們若是出去騎射，定不能少了她。」

趙旦擺出一副願聽其詳的姿態，趙喆便意有所指地看向沈君兮。

「皇兄不會忘了兩年前，正是這位清寧鄉君博得頭籌，贏走了太后娘娘的一支鳳釵？此事我可一直記憶猶新。」趙喆笑道。

趙旦想著，好像確有此事，只是當時的他被樹林中的黑熊所傷，根本無心顧及帷帳外發生的事。

因此他笑著看向沈君兮。

沈君兮聽了，頭都是大的。那年她之所以能取勝，一是得益於趙卓的特訓，再一個是因為黃芊兒的輕敵。

若不是黃芊兒大意，自己還不一定能贏過她。

有些事，可一不可二，而且她也沒打算將「神射手」的名號在身上揹一輩子。

沈君兮婉言推辭著，可趙喆卻很堅持。

見著閣內的皇子們有說有笑，自己卻只能遠遠地瞧著，莫靈珊的心裡壓著一團火氣。

一旁的黃芊兒也看向碧水閣，幽幽地嘆了口氣。「我們這些人的風光怕是都要被她一個人給搶光了，皇子們記得的恐怕也只有她一個。」

莫靈珊淡淡地瞧了黃芊兒一眼，起了身，徑直走到曹太后跟前，英姿颯爽地單膝跪地道：「太后娘娘，臣女莫靈珊有一事懇請您作主。今日春光如此好，只看歌舞未免太可惜。先前我聽聞清寧鄉君箭法了得，還因此得了太后娘娘賞賜，靈珊之前無緣得見，不知今日可否與清寧鄉君切磋？」

曹太后特意將這群貴女聚在碧泉湖邊，自然不會只是邀大家來賞花這麼簡單。

她更想知道的是，這群貴女對於成為「皇子妃」的意願有多強？

在後宮浸淫了四、五十年的她再明白不過，只要女人紮堆的地方，絕不會是一團和氣，而她也不想瞧見她們彼此姊妹一家親的樣子。

她正是想看她們「鬥」起來，然後再將這些鬥起來的女子們分頭安排進皇子府裡，讓她們繼續鬥。

這樣一來，光是後宅的事便能讓皇子們頭疼了，將來又豈會再有精力做什麼危及太子地位的事？

曾親手將兒子扶上帝位的她，從來不信坐上太子之位就能高枕無憂。從太子之位到帝位，這中間有多少艱難險阻，只有經歷過的人才知道！

預則立，不預則廢，她得防範這群半大的小子們。

因此她才特意將沈君兮提到自己身邊，就是想看看這裡面會不會有沈不住氣的人？只有她們亂了，那些皇子們的後宅就亂了，他們才沒有心思危及太子的地位，她也才能穩穩地將太子扶上皇帝的寶座。

終於有人站出來，她又豈會不同意？

只是曹太后這邊剛點頭，皇子們那邊也開始議論起來。

「這莫靈珊是莫老將軍的嫡孫女，不知莫老將軍有沒有將莫家有名的『莫家三箭』傳給她？若她也習得莫家三箭，那有看頭了！」趙喆笑道。

這麼些年，他還是小時候跟隨父皇去莫將軍府時見過，三枝箭同時搭在弓上，拉滿、射出，三箭要同時命中靶心，直教人看呆了眼。

那時的他想讓莫老將軍教自己這套箭法，可莫老將軍卻笑稱，這套箭法只教莫家後人，除非他願意做莫家的女婿。

當年年幼的他哪裡懂得這麼多，只知道滿口應承著，將當時在場所有人包括昭德帝都逗得哈哈大笑。

即便他當年答應得乾脆，可最終還是沒習得這套箭法，因為自那之後，莫老將軍便帶兵去了西北戍邊。

一想到此，趙喆忍不住多打量了莫靈珊兩眼。

恰好莫靈珊也看過來，趙喆在她眼神中讀到一股志在必得的篤定。

莫名地，他覺得這莫靈珊是衝著自己來的。

但他釋懷地笑了笑，覺得是自己想多了，自己與這莫靈珊又不曾謀面。

聽聞莫靈珊要與自己比試，沈君兮更是一陣苦笑。

這些人今日都是與自己槓上了不成？難道這就是所謂的「木秀於林，風必摧之」？

前世，她也曾聽聞過「莫家三箭」的鼎鼎大名，只是那時戍守邊境的莫家軍剛吃了敗仗，之前被吹得神乎其神的莫家三箭，一下子跌落到塵埃裡。

畢竟在戰場上，面對著鋪天蓋地、騎馬揮舞著大刀的韃子兵，一次射一箭還是三箭，差別並不大，重要的是調兵遣將、謀篇布局的那個人。

然而，莫家人好似忽視了這一點。

正是莫家的這場敗仗，讓關外的韃子兵長驅直入，對西北一番燒殺搶掠，才讓驚起了西北流民之變。

回想起上一世的種種，沈君兮依舊心驚肉跳，對所謂的「莫家三箭」也沒了敬畏心。

只是不想出風頭的她，多少還是在曹太后的跟前推託了一番。

「不過是大家一起助個興而已。」曹太后發了話，並且讓人拿來三錠金元寶。「今日我們再賽一場，得了前三甲的，我便賞她金元寶一枚。」

太后娘娘的話一出，全場譁然。

因為金元寶瞧上去差不多五十兩一個，按照北燕的金價，一兩黃金換十兩銀子，這是五百兩銀子！

對於這些平日每月只有五到十兩脂粉錢的貴女而言，已經是一筆很大的獎賞了。

眾人不免有些躍躍欲試，曹太后更是吩咐下去，讓人去準備弓箭和靶子。

不一會兒工夫，便有人將平日宮裡用來遊樂的弓箭搬出來，分給了諸位貴女。

沈君兮和紀雯各得了一把。

沈君兮已經很長時間沒有摸過弓箭，拿在手上，不免有些手生。一旁的紀雯也好不到哪裡去，更是跟沈君兮苦笑道：「真是拳不練手生，曲不練口生，真怕待會兒會辱沒了大伯父的名聲。」

沈君兮試著拉了一把滿弓，還好不怎麼費力。

她又看了看其他人，覺得大家的情況不會比她們好太多，便同紀雯笑道：「反正我們又不指望拿那幾個金元寶，只求不脫靶。」

說著，她對著離自己二十步開外的一個箭靶試射了一箭。

正如她之前所說，雖未脫靶，可也沒中靶心，便聽到身後有人在輕笑。

「妳這個樣子，怕是贏不了我的。」那個聲音越來越近，回頭一看，正是莫靈珊。

只見她隨手搭了一箭，便穩穩地射在沈君兮的箭靶上，並且正中紅心。

「不愧是莫家箭，真是名不虛傳！」她拍手稱讚道。

雖然不明白對方為何會對自己有著莫名的敵意，可她也不會吝嗇誇讚。

莫靈珊卻高傲地昂首。「真正的莫家箭妳還沒有見到，收著妳的稱讚，待會兒用也不遲！」

說完，莫靈珊便一甩頭，高束在腦後的馬尾辮從沈君兮面前一掃而過，若不是她躲避及時，便要甩到臉上。

可莫靈珊卻輕笑著離開，對剛才發生的事不以為意。

「她怎麼這樣？」一直陪站在沈君兮身側的紀雯不滿地道：「不說莫老將軍治家極嚴嗎？」

沈君兮卻聳肩道：「那又怎麼樣？外祖母的要求也嚴苛，可紀雪和她不也一樣？」

因為紀雪幾次三番的挑釁和冒犯，沈君兮在同輩面前也不再隱藏自己對紀雪的不喜，而且在沒有長輩在場的情況下，都是直呼紀雪的名字。

對此，紀雯早已習以為常，也不以為意，她更擔心的是剛才莫靈珊對沈君兮的奚落。

沈君兮卻很豁達地笑道：「我管她！」

姊妹倆正說著話，扶柳卻悄悄地湊過來，在沈君兮的身旁道：「鄉君，剛才七殿下讓我告訴您，鬆肘沈肩，手眼心於一線，平心靜氣，放！」

沈君兮聽了，神情微愣，一抬頭，卻見著站在不遠處的趙卓好似不經意地看過來。

他肯定是見著自己剛才射出的那箭，因為不好親自過來，便招了扶柳代為傳話。

沈君兮只覺得面色微紅，好似自己今日若是射不好這幾箭的話，倒有些對不住七皇子這位師傅了。

曹太后留給眾人熟悉弓箭的時間並不長，不一會兒工夫便又將大家聚在一起。有個宮女抱出籤筒，而湖邊擺了三個箭靶，眾人要按照抽籤，分成七組來比賽。

因此姑娘們暗暗祈禱著，自己千萬不要和莫靈珊抽到一起。

沈君兮也是這麼想的。

可當她看到莫靈珊手中那根竹籤上的「柒」字和自己的一樣時，便知道老天並沒有眷顧於她。

莫靈珊顯然也看到她手中的竹籤，嘴角輕翹地衝沈君兮揚了揚手中的竹籤，露出一個勝利者的笑容。

紀雯卻是分在第一組，在胡亂射出幾箭後，被沈君兮拉著躲到一旁。

因為平日都是養在深閨的女孩子，雖然對射箭也有涉獵，但到底不精通，大多數人的箭都射得七零八落的，紀雯夾雜在其間，反倒還過得去。

在所有人都「應付了事」之後，很快輪到了沈君兮所在的第七組。

其他人見到自己和莫靈珊、沈君兮分在一組，早失去了鬥志，只想著快點把箭射完了事，反正有莫靈珊和沈君兮在，沒有人會注意到自己。

七個人各懷心思地搭箭上前，不一會兒工夫就聽到了嗖嗖的射箭聲。

沈君兮也跟著舉起弓箭，然而一連兩箭，雖然都牢牢地釘上箭靶，可離靶心卻還有些距離。

她不免有些灰心喪氣。

一旁的莫靈珊發出一聲淺笑，快速地抽出三枝箭搭在弓上，射了出去。

三枝箭都射在靶心上，引來圍觀人群一陣低呼驚嘆。

沈君兮有些洩氣了。本就無心與莫靈珊比試的她，只想著快速將箭匣中的箭射完，然後去一旁休息。

就在她低頭取箭時，眼角餘光卻在人群中掃到一個人影。

她抬頭看去，只見大約兩丈遠的地方，趙卓正站在人群中，用唇語與她說著什麼。

沈君兮微微皺眉，想要猜出他到底對自己說了什麼。

無奈場上的人實在太多，四處都是鬧哄哄的？

忽然，她聽見人群中有人大喊一聲：「穩住！」

沈君兮猛地一抬頭。

七皇子剛跟自己說的，正是「穩住」二字。的確，自己剛才是有些走神了。

她閉上眼，凝聚了一會兒心神，然後穩穩地抬臂，心裡默唸著扶柳轉述給她的話。

鬆肘沈肩，手眼心於一線……心平氣和……放！

正是這個念頭閃過腦海時，她扣住弓弦的兩指輕輕一放，弦上的箭順勢飛了出去，穩穩地扎在箭靶的紅心上。

她似乎又找到一些射箭的感覺，趁勢連發了五、六箭，全都穩穩地扎在靶心上。

「呵，還有兩把刷子嘛！」與沈君兮相鄰的莫靈珊輕瞟了她兩眼，輕笑道：「可即便這樣，妳也贏不了我！」

說完，莫靈珊再次搭起三枝羽箭，射了出去。

沒有意外，再次三發齊中。

可沈君兮卻發現了些異樣。

莫靈珊身前的箭靶上，靶心上的羽箭插得像隻刺蝟。除非她放棄先前的三箭齊發，否則她需要一個非常刁鑽的角度，才能將接下來的三箭射在那布滿羽箭的靶心上。

莫靈珊顯然也發現了這一點。

她盯著自己的箭靶，一時竟覺得無法再下手，除非她不再使用三箭齊發。

可她剛才露的那兩手，早已將四周的人震撼到了，從她們臉上的神情來看，無一不被自己折服。倘若這個時候換了箭法，她們還會不會像現在這樣，眼帶欽佩地看著自己？

想著祖父總是數落自己學藝不精，她若是能靠著「莫家三箭」奪得今日的頭籌，回去也能揚眉吐氣一番。

莫靈珊便在心裡打定了主意。

在她猶豫不定的時候，沈君兮已經將手中的十枝箭都射了出去。

因為一開始便沒想博得頭籌，她對自己射箭的結果還算滿意。待她收了弓，準備交還給一旁的內侍時，忽然聽得周圍的人發出驚嘆聲，更有人搖頭嘆著。「可惜了，可惜了。」

不明白發生什麼事的沈君兮回首看去，只見莫靈珊臉色鐵青地站在那兒。

她順著莫靈珊的視線看過去，只見原本應該插在箭靶上的箭，此刻正七零八落地掉在地上，而箭靶上剩下的那幾枝更是搖搖欲墜地掛在那兒，隨時都有可能掉落下來。

沈君兮挑了挑眉。這下莫說前三，莫靈珊想進前十都難了。

之前還喜孜孜圍觀的人群中，更是有人道：「原來這是莫家箭法呀，也不過如此嘛！」

說著，大家都默默散開，各自歸位。

因為最開始那兩箭的失誤，讓沈君兮與前三無緣，好在她本就沒想著去得彩頭，倒也算不上失望。

可莫靈珊的心情卻與沈君兮完全不一樣。

因為之前大家對莫家的期望甚高，加之她的失誤，以至於她只要見到有人在竊竊私語，便覺得對方是私下裡笑話她。

這樣的猜測讓莫靈珊像隻炸了毛的貓一樣，眼神都變得不太友好起來。

曹太后坐在高臺上，自然將莫靈珊臉上的神情都收在眼底。

這種像刺頭一樣的女孩，正是她喜歡的。

曹太后便讓人將莫靈珊叫到跟前。

莫靈珊不免有些心虛地低頭。誰教她剛才還是一副趾高氣揚、非我莫屬的模樣。

「讓太后娘娘看笑話了。」莫靈珊垂著眼，有些手足無措地站在那兒。

豈料曹太后不但沒有生氣，反倒眉眼彎彎地笑道：「我瞧著妳前面那兩下子挺厲害的，怎麼，後面開始驕傲自滿了？」

# 第七十三章

「不、不是！」莫靈珊急忙為自己辯解。「是我功夫還沒練到家！」

「這樣啊……」曹太后笑道：「那回去繼續好好練。」說著，她從自己手腕上褪下一串碧璽手串來。「這個拿回去玩吧。」

莫靈珊顯然沒想到太后娘娘竟然會打賞自己，站在那兒不知所措。

還是曹太后身邊的嬤嬤提醒她。「這是太后娘娘給姑娘的賞賜，姑娘還不趕緊謝恩？」

莫靈珊才如夢初醒般地跪下來，向曹太后謝恩。

在場的人無不驚訝於曹太后對莫靈珊的態度。

太后娘娘此舉是什麼意思？透過抬舉莫靈珊來抬舉鎮守邊疆的莫家嗎？

同樣出身將門的紀蓉娘坐在一旁，沒有說話；黃淑妃卻像隻蝴蝶似地飛到曹太后的跟前，說起了漂亮話。

曹太后只是笑盈盈地聽著，顯得心情很好的樣子。

沈君兮也覺得自己有些看不懂了。

曹太后在給皇子們選妃的節骨眼上辦了這場桃花宴，相邀的都是最終入圍五十人名單的各府小姐。

大家都覺得自己能猜出曹太后的意圖，特別是當曹太后特意帶著曹萱兒和曹珂兒出來時，沈君兮還以為這場桃花宴是為了給她們造勢的。

豈料剛才的比試，無論是曹萱兒還是曹珂兒都未曾下場。

對此，曹太后也不以為意，這就有些耐人尋味了……

沈君兮正兀自想著，曹萱兒卻湊過來。

她瞧著沈君兮有些糾結的神情，笑道：「怎麼，羨慕人家嗎？其實剛才妳也很不錯了，若不是最開始那兩箭有些偏，獎賞的這些人中，未必不會有妳一個。」

沈君兮只能笑了笑。

曹萱兒也沒將她的反應往心裡去，而是拖著她又入席，給她斟了杯青梅酒。「不管怎麼樣，妳今天已經很厲害了。」

說著，她便向沈君兮敬酒，然後飲了一小口。

沈君兮瞧著，也舉了杯，只是當小酒盅要靠近雙唇時，卻聽曹萱兒道了一聲。「我好像有些醉了……」

話還沒說完，她便往一邊倒去。

沈君兮心中一驚，也顧不得那麼多，扔了手中的杯子就去牽扶曹萱兒。

只是曹萱兒年紀要年長一些，身形自然也比她高了不止一點點。沈君兮去拉她時，跟著一塊兒歪倒下去，兩人摔成一團。

如此大的動靜，莫說是宮女，連曹太后也給驚動了。

「這是怎麼了？」曹太后臉上的笑意還沒有褪去，見著在地上滾成一團的沈君兮和曹萱兒，笑著問道。

沈君兮連忙從地上爬起來。「回太后娘娘的話，萱兒姊姊好像喝醉了……」

「哦？」曹太后使了身邊一個嬤嬤過來查看。

只見曹萱兒臉色緋紅地躺在那兒，身上還帶著些許青梅酒的酒香，分明是一副酒醉的樣子。

嬤嬤在查看一番後，和曹太后如實回話。

曹太后先是點點頭，隨後道：「雖是醉酒，也不可大意，妳們找幾個人將萱姑娘抬到淑妃的宮裡稍事休息，再叫個太醫來看看。」

黃淑妃的衍慶宮就在離碧水閣不遠的地方。

黃淑妃一聽，忙跟著站起來，笑道：「我也跟著一起去吧，有我在，有什麼事也方便一些。」

之前還坐在一旁好似看熱鬧的曹珂兒也跟著站起來。「我也一塊兒去吧，至少我能幫著看護下姊姊。」

碧泉湖邊微風陣陣，吹皺了一池湖水。

因為這插曲的發生，宮裡的樂工和舞姬們有些不知所措地停下彈奏和舞蹈，這也讓曹珂兒的聲音聽起來特別大。

曹太后想著自從兩姊妹進宮後，一直都是待在一起，便欣然點點頭。

曹珂兒跟著黃淑妃一道退下去。

待她們走後，曹太后示意樂工們繼續彈奏，一時間，碧泉湖邊再次熱鬧起來。

只是曹珂兒和曹萱兒這一走，沈君兮一個人坐在那兒便顯得很突兀，自然也有些不安。

在她想著要如何才能回到紀雯身邊時，黃淑妃卻一臉行色匆匆地趕回來，伏在曹太后耳邊說了幾句話。

坐在一旁的沈君兮親眼瞧見曹太后的神情從平和變為震驚，更讓她不解的是，曹太后偶爾投向她的目光中，竟透著狠戾之色。

她的心也跟著莫名地跳起來。

然後曹太后給身邊的嬤嬤們使了個眼色，幾個身強力壯的嬤嬤圍到沈君兮身邊，對她不由分說地一頓亂摸。

沈君兮自是又急又氣，只是還不待她說話，有個嬤嬤好似從她腰間搜出了什麼，直接呈給曹太后。

曹太后一拍案桌地站起，指著沈君兮道：「來人啊！將清寧鄉君打入大牢！」

之前來搜沈君兮身的幾個嬤嬤便趁勢箝住了她，讓她不能動彈。

到底發生了什麼？剛才嬤嬤又從自己身上搜到了什麼？為什麼要抓自己？

沈君兮只覺得自己滿腦子的都是問題，可惜卻沒人回答。

突來的變故讓她不知所措，而碧泉湖邊的熱鬧氣氛又再次被中斷。

「敢問太后娘娘，清寧鄉君犯了什麼錯？為什麼好端端地要被打入大牢？」紀蓉娘一見這架勢不對，起身護到沈君兮跟前。

「好端端的？」說話的卻是黃淑妃。「貴妃姊姊知不知道，清寧鄉君竟然在眾目睽睽之下下毒害人，現在可是人證、物證皆在！」

下毒害人？這下莫說是紀蓉娘，連沈君兮都是一頭霧水。

「我沒有！」沈君兮大聲辯解。「我沒有害人！」

「妳有沒有害人，可不是妳說了算。」黃淑妃瞧著沈君兮，卻得意洋洋地笑道：「此事恐怕還得稟明皇上後，交由刑部或大理寺審理後才知道。」

刑部和大理寺……在她上一世的印象中是出酷吏的地方，據說很多人都熬不住裡面的酷刑，屈打成招，難道自己也要去經歷一番？

沈君兮情不自禁打了個寒顫。

儘管紀蓉娘想護住她，可在曹太后跟前，她這個貴妃說話也是作不得數的，只得眼睜睜地見沈君兮被人押走。

紀蓉娘想去昭德帝跟前求救，豈料曹太后卻像是瞧透她的心思一樣，對她道：「紀貴妃，妳還是隨哀家一道去淑妃的宮裡瞧瞧吧！」

紀蓉娘只得看了眼碧水閣中的趙瑞和趙卓。

好在兩位皇子都讀懂了她眼中的意思，衝著她輕輕點頭，紀蓉娘才放心地跟著曹太后離去。

一場桃花宴變得不歡而散。

在大家紛紛離去時，紀雯則滿心焦急地尋過來，拉著趙瑞道：「怎麼會這樣？你們離得近，倒是說一說發生了什麼事呀！」

趙卓和趙瑞互看了一眼。事情發生得太突然，可以說誰也沒有留心到底發生了什麼？

但要說沈君兮會出手害人，趙卓卻是萬萬不相信的。

之前他和沈君兮在田莊的時候，杭宗平是那樣囂張可恨，沈君兮都只想著要嚇一嚇他，並沒有取他的性命。

這裡面定有什麼蹊蹺，可為何偏偏是沈君兮？

要知道，她在今日這些貴女中，除了多了一個清寧鄉君的頭銜，並不比其他那些人尊貴或拔尖。

雖然曹太后好似特別喜歡她，將她叫至碧水閣中坐了，可明眼人只要稍微留心便知道，太后並未搭理她，全程加起來也沒有說上幾句話。

倒是那個暈倒的曹萱兒顯得與沈君兮很投緣。

是誰？背後出手的是誰？是曹太后還是黃淑妃？或是曹珂兒？

趙卓站在那兒思索起來。

衍慶宮中，曹萱兒的情況很不好。

經驗老到的孫院使一見她的模樣，便推測她是中了蟲花毒。可這蟲花毒不比一般的毒藥，解毒全靠以毒攻毒。

但蟲花毒光配方有七種之多，如果不知道曹萱兒中的是哪種配方的毒，貿然解毒，很可能讓她因此中更多毒，反倒將情況越弄越糟。

因此一群太醫們聚在外殿已討論好長一段時間，都沒能拿出個方案來。

「為今之計，恐怕只能用銀針幫曹姑娘先護住心脈，暫且不讓她毒發攻心。至於解毒的法子，得再慢慢尋。」有太醫建議道。

「不是說已經抓住下毒的人嗎？」也有太醫不滿道：「去問那下毒之人，毒從何來，並讓她交出配方不就行了？」

聽了太醫們的討論，杜太醫卻不太贊成他們的說法。

他雖然還是幾年前見過清寧鄉君，卻總覺得她不會是做出下毒這種卑鄙事的人。

只可惜他在太醫院人微言輕，這樣的話即便說出來，恐怕也沒有人會信。

因此他選擇了沈默。

那些太醫們互相討論了好一陣，還是想派個人去監牢裡找沈君兮碰碰運氣。只是這個人選……大家不約而同地看向資歷最淺的杜太醫。

杜太醫在心中一陣苦笑。他就知道會是這樣。

於是他只好清了清嗓子。「既是如此，那我跑一趟吧。」

眾太醫將他恭維一番，還特意為他去曹太后那兒求了懿旨。

曹太后一聽是為了救曹萱兒，二話不說便讓人給了權杖。

曹太后將沈君兮關進大理寺的監牢。

沈君兮是個女娃兒，自然是進了女監。

這是個向下挖了丈餘深的地坑，地坑裡沒有窗，只在頂上開了幾個用來透氣的小孔，臨近土牆的一側更是用木柵欄隔成許多小間，用來關押不同的犯人。

地牢裡的光線很暗，僅在地牢正中央的地方，點了一枝好似隨時都會熄滅的火把。

也是靠著這枝火把，沈君兮才知道地牢裡關著的不止她一人。

只是在這暗無天日的地方，大家不約而同地選擇倒頭大睡，只有女監們來送飯時，大家才會慢吞吞地爬起來。

沈君兮滿臉是淚地蜷縮在屋角的草垛上。

其實她也不想哭，可內心的恐懼卻讓眼淚情不自禁地往下滾。

雖然兩世為人，卻也是第一次被關進監牢。

曹太后怒不可遏的神情在她腦海中一遍遍地過著，讓她不知道等待自己的將會是什麼？她也不知道，自己還有沒有再出去的可能？

這個時候，也不知道姨母怎麼樣？曹太后有沒有為難她？還有外祖母，在知道自己被抓之後，肯定會擔心得不得了吧？可別因為自己而急出什麼毛病來才好……

沈君兮蜷在那兒，一個人靜靜想著，卻感覺有什麼活物從她腳背上跳過去，嚇得她大叫一聲。

原本安靜的地牢裡有人吭了聲。「誰在那兒鬼吼鬼叫的，都到這裡來了，還不讓人消停會兒?!」

沈君兮咬著唇，低下頭。

雖然很睏，可聞著這監牢裡的尿騷味和漚草味，卻又難以入睡。既然睡不著，索性將白天的事好好地捋一捋。

不用細想也知道自己被人設計了，但是誰設計了自己、又為何要設計自己，卻又讓她百思不解。

沈君兮最先懷疑的是曹太后。

她與曹太后接觸不多，雖然每次曹太后對她總是笑盈盈的，可她從未從曹太后的眼神中感覺到溫暖，反而總是教她看得不寒而慄，在曹太后的跟前總是有些戰戰兢兢。

而且這一次，若不是曹太后對自己的特殊照顧，又哪裡遇得著這麼多事？

但她隨後一想，又覺得以曹太后今時今日的地位，若是真想弄死自己，簡直易如反掌，何必如此費事？

可除了曹太后，皇宮中還有誰？黃淑妃嗎？

若說是黃淑妃，沈君兮還真的相信這是她能幹出的事。

畢竟她曾經讓黃淑妃和福成公主碰過不少軟釘子，這讓黃淑妃遷怒於她也不是不可能。

可黃淑妃又是如何下手？要知道這場桃花宴雖然是應曹太后的要求舉辦，可經手的人卻是姨母，雖說裡面免不了有內務府辦的事，但中間隔了層手，黃芊兒的父親即使受黃淑妃所託，想做些什麼手腳，恐怕也不那麼容易。畢竟今日到場的貴女這麼多，他總不能把所有人都給毒翻了吧？

而且她和曹萱兒所坐的這桌在曹太后的眼皮子底下，身後的宮女、嬤嬤、內侍不計其數，要在這些人面前下手害人，還要不被發現，可沒這麼容易。

這麼一想，竟是連黃淑妃也被排除了嫌疑，因為她沒有作案的機會。

那還能有誰？

許是因為坐得久，沈君兮只覺得盤著的雙腿有些麻，於是站起身來在牢房裡又走動了一會兒，活動一下筋脈。

可她的腦子裡卻一刻也沒有放鬆。

不知怎的，曹珂兒那張冷冰冰的臉突然出現在她腦海裡。

雖然之前沒和曹氏姊妹接觸過，可她今日看著她們的相處，卻覺得曹珂兒是不怎麼喜歡搭理曹萱兒的，即便曹萱兒有意無意地和曹珂兒說上那麼一、兩句話。

可當曹萱兒暈倒後，曹珂兒卻突然在意起了曹萱兒。

之前她並沒有注意這麼多，現在回想起來，卻覺得曹珂兒跟著黃淑妃離開時的眼神，有些說不清、道不明——很是急切，卻讓人看不到關心。

也許她們就像自己和紀雪的關係吧！

沈君兮想著，自己平日也挺煩紀雪的，可萬不會因為討厭她而對她下毒手，除非……

前一刻，她還在嘲笑自己異想天開，可後一刻卻為腦海裡冒出的一個念頭給驚呆了。

而且越想，越覺得不是沒有可能。

曹珂兒和曹萱兒是為什麼被送到曹太后身邊，別人或許不知道，可重生的她卻不會不知道，特別是她還知道曹珂兒是未來的太子妃。

既然曹珂兒當了太子妃，那曹萱兒呢？

之前她好奇過這個問題，現在，答案卻好似要呼之欲出。

她們二人很可能也清楚自己為何進宮。

太子妃只能有一人，在只有一人會中選的情況下，另一個人會怎麼做？

在沈君兮看來，太子殿下明顯對曹萱兒更和顏悅色，如果這時候曹萱兒出現什麼意外，曹太后在別無選擇的情況下，太子妃的名分自然只能落在曹珂兒頭上。

而且上一世，曹珂兒確實也坐上了太子妃的位置。

上一世，她是不是也做了什麼，只是這一世剛巧被自己撞上了！

# 第七十四章

一想到這兒，原本在監牢裡來回走動的沈君兮走得更快了，因為動靜太大，也驚擾到關在隔壁監牢裡的人。

「我說新來的，妳怎麼又折騰上了？」之前那個不悅的聲音再次響起。

「對……對不起……」沈君兮出言道歉。

雖然快十歲了，可她嗓音依舊是女童聲。

「咦，怎麼是個娃兒？」隔壁牢房裡響起了鐐銬相互撞擊的的聲響。

聽到響動，沈君兮忍不住又往牆角縮了縮。

能被關到這兒來，沒有幾個是善茬。

那人顯然也看到了沈君兮的害怕，幽幽地道了一句。「別折騰了，到這兒來的都是活一日賺一日了。」

沈君兮聽了那人的話，整個人都傻了。

她的事還沒有三堂過審，應該不會……但一想到曹太后那不怎麼友善的眼神，又覺得不會有什麼不可能。

她不禁在心中苦笑。自己怎麼捲進這樣的事端裡來了？

她想著新開墾出來的大黑山，想著蒸蒸日上的天一閣，想著母親留下來的那些田莊和鋪子……她的日子，早過得衣食無憂了。

忽然，叮啷哐啷一陣響，女監的大門打開了，一束明晃晃的光線照進來，讓監牢裡適應黑暗的人不禁瞇了眼。

只見一個長得如漢子一般高大的胖女監執著火把走進來，身後則跟著一個披著黑斗篷的黑衣人。

那人的斗篷很大，竟將整個臉都給罩住。

胖女監也不含糊，直接將火把插在牢門上的火把托上，拿鑰匙打開沈君兮的牢門。

「老規矩，只有一刻鐘！」胖女監面無表情地說道。

黑衣人從腰間摸出一張銀票交給女監。「辛苦了，這些錢請差爺買酒吃。」

聽那聲音，竟像是個少年郎。

胖女監也不講客氣，拿了銀票離開了。

沈君兮聽得少年的聲音，不敢置信地看過去。果然是七皇子趙卓。

「七……」她掙扎著要站起，豈料腿腳上的氣血不暢，竟讓她趺了個踉蹌。

趙卓三步併作兩步地上前將她扶住，並打了個噓聲的手勢。「我是悄悄過來的，千萬別聲張。」

沈君兮點點頭。

「時間不多，咱們長話短說。」趙卓扶著她坐下。「今日之事，我和三哥都離得有些遠，妳自己有沒有瞧出什麼不一樣的地方？現在衍慶宮的人號稱自己手裡有人證又有物證，對妳很不利。」他伏在沈君兮的耳邊輕聲道。

衍慶宮？這事還真和黃淑妃脫不了干係？那曹珂兒呢？

沈君兮的眼中露出猶疑。

「怎麼，妳可是想到了什麼？」雖然只是藉著微弱的火光，趙卓依然沒有放過沈君兮的神情。

她皺著眉，將自己剛才所想的事同趙卓說了。

「妳是說曹珂兒？」因為這件事一直是黃淑妃在蹦躂，趙卓沒有想過這其中竟然還牽扯到曹珂兒。

沈君兮重重地點點頭。

「現在我們先別管是誰下的手，單看曹萱兒出事後是誰最受益。」沈君兮抓住趙卓的手臂道：「不是我，也不是黃淑妃，反倒是一直在曹太后跟前不顯山、不露水的曹珂兒最得利，曹太后定是想在她和曹萱兒之間選一個做太子妃的。」

這麼一說，趙卓便忽然覺得茅塞頓開。

之前他只想著有誰故意同沈君兮過不去，而現在看來，沈君兮分明是被人嫁禍了！

兩人在監牢裡說話，卻不承想牢門那兒又有了動靜，之前領著趙卓進來的那個胖女監正極力阻擋著什麼人。

「我奉太后娘娘懿旨過來詢案，妳也要阻著我嗎？」聽聲音，來者年紀不大，語氣卻是不容置疑。

沈君兮同趙卓俱是神情一緊。

因為曹太后下令，在審問前不准任何人探視沈君兮，趙卓還是因為趙瑞出面打點了一些人，才能趁著夜色摸進來。

沈君兮有些緊張地拽住趙卓的衣袖，輕道：「你趕緊找個地方躲一下吧！」

可這地牢裡，四面都是緊鎖的牢房，根本無處可藏。

因那人拿著宮中的權杖，胖女監也不好繼續攔著，只能硬著頭皮把人給放進來。

趙卓一見躲是躲不了了，便站起身來，將沈君兮護在自己身後。

來人見牢房裡竟然還有一個人，意味深長地看了眼跟在身後一同進來的胖女監。

只是他並未多說什麼，而是低著頭進了監牢。

「杜太醫？」

「七殿下？」

趙卓與那人剛一打照面，俱是一驚。

胖女監見二人相識，而且也沒有要追究她的意思，便輕手輕腳地退出去。

杜太醫也沒有耽擱，同沈君兮說起自己此行的目的。「我與鄉君偶有接觸，雖然我不信鄉君是下毒之人，卻不得不受院使之託過來詢問一番。鄉君可知曹家姑娘中的是何種配方的蟲花毒？沒有毒藥的配方，我們太醫院無法下手解毒。」

好在杜太醫把話說在前頭，因此並未引起沈君兮反感，也讓趙卓開始細想起來。

「一般人在下毒害人後，肯定會想辦法扔了手裡剩下的毒藥。可現在大家都認為清寧鄉君是下毒之人，那真正的凶手會不會因此心存僥倖而留著那些毒藥？」

趙卓說出自己的猜測。

杜太醫也明白了，若能尋到剩下的毒藥，那他們太醫院的問題就迎刃而解了。

「可是這真正下毒的人……」杜太醫卻看向沈君兮和趙卓。難不成他們兩人知道了什麼？

「雖然只是猜測，卻值得一試。」趙卓微微笑了笑，安撫著沈君兮。「我找人去探一探她，希望能有好消息。」

說著，他便拉著杜太醫離開大理寺的監牢。

提心吊膽了一晚的胖女監見二人並肩離去，這才鬆了一口氣。

趙卓並未告知杜太醫自己的法子是什麼，只是讓他先回太醫院等消息。

與杜太醫分開後，趙卓便招來席楓和徐長清，然後耳語一番。

席楓一聽這事又與清寧鄉君有關，沒有吭聲；徐長清卻有些擔心地道：「這樣做，風險怕是太大了點。」

趙卓有些不悅地瞪了眼徐長清。「難道你這個四品帶刀侍衛是浪得虛名？」

徐長清還欲說，卻被席楓殺過來的一個眼風制止。「天色不早了，如果要去，還真得趁早！」

說完，他便拉著徐長清消失在夜色裡。

趙卓在窗邊立了一夜。

直到天剛矇矇亮時，終於看到有道黑影從圍牆上翻下來，直奔他的寢宮。

「怎麼樣？可有收穫？」一見回來的是徐長清，趙卓心裡升起了希望。

「回殿下的話，幸不辱命。」徐長清半跪在他跟前道：「我們在那兒守了半夜，終於見到有個小宮女鬼鬼祟祟地在樹下刨洞，我們兄弟二人不動聲色地將人給綁了。」說著，他從懷裡摸出個小藥瓶來。「我們抓到那人時，那人正在一棵樹下埋這個。」

趙卓看了眼小藥瓶，便讓人去尋了個差不多大小的白瓷瓶來，然後將小藥瓶內的粉倒一半出來。

「將這個親手交給太醫院的杜太醫。」趙卓叫來身邊信得過的小內侍。

小內侍雙手接了白瓷瓶，就往太醫院跑去。

而趙卓則是由徐長清領著去尋席楓。

席楓此刻正在一處已廢棄多時的宮殿裡，守著一個滿眼都是驚恐之色的宮女。

因為擔心對方會亂喊、亂叫或是咬舌自盡，他們在她嘴裡塞上布團，宮女只能瑟瑟發抖地嗚咽著。

趙卓寒著一張臉，蹲在宮女跟前。「妳若想保命，就按我說的話去做！」

被嚇了大半夜的宮女一見著七皇子，忙不迭地點頭。

剛從金鑾殿上退朝的昭德帝，有些心不在焉地坐在御書房裡品茶，思緒卻回到昨天那場桃花宴上。

他還真沒想到，擺在宮中的宴席竟然有人敢下毒！

可當他得知下毒的是沈君兮時，卻心存疑慮。

別人不敢說，沈君兮卻算得上是他看著長大的，要說她會害人，他還真是不信。

而曹珂兒和曹萱兒是怎麼進的宮，沒有人比他更清楚。

之前是因為母子博奕，誰也不肯讓步，才會讓太子妃之位懸而未決。加之太子年紀不算大，這事拖著就拖著，可現在太子都已經二十，再拖著也不合適了。

孝字當前，他即便貴為一國之君，也不得不在曹太后面前服軟，這才有了之前交代紀蓉娘的那番話。

豈料給太子選妃一事還未落定，卻生出這樣的枝節來！

可據他所知，曹太后一直屬意的是曹珂兒，這中毒的怎麼成了曹萱兒？難不成還有什麼其他人盯上太子妃之位，這才鋌而走險？結果卻是弄巧成拙，弄錯了人？

而且還有一事想不明白，下毒之人怎麼知道自己得手之後，太子妃之位不會旁落他人，到頭來讓自己竹籃打水一場空？

也正是因為這些疑點，更讓昭德帝覺得沈君兮不會是下毒之人。因為紀蓉娘不止一次暗示過，紀家並無意這次的選妃，也不想將家中的女孩送到皇子的身邊湊堆。

可曹太后那邊卻正好在氣頭上，非但聽不進這些，還叫自己火速把沈君兮那丫頭給處置了。

他堂堂一個北燕朝的皇帝，又豈是個是非不分的人？只好先暗示大理寺將此事壓後再審。

可是這真凶……

昭德帝便在腦海中一個一個地排查起來。那入圍的五十個姑娘中，到底誰身後的家族有能力幹出這樣的事來？

這一想，昭德帝便閉上眼陷入沈思，倒讓候在門口的福來順一時沒了主意。

七皇子突然求見，而且從他的神色來看，顯然是有要緊的事。可皇上這邊……

他在心裡權衡起來。

七皇子素來不是個多事的人，既然選了這時候過來，恐怕還真是有什麼要緊的事。憑著自己在皇上身邊當差多年的眼力，福來順心一橫，進得殿去。

聽聞老七特意過來尋自己，昭德帝緩緩睜開眼睛。

昨日老三來求過一回情，自己不動聲色地把人給攆回去，沒想今日老七又過來，難道自己昨日沒同老三說清楚？

「讓他進來吧！」昭德帝捏了捏自己的眉心。

福來順躬身退出去，不一會兒便領著趙卓入了御書房。

「父皇，孩兒有事相稟。」趙卓一見到昭德帝便跪拜下去。

昭德帝看著眼前這個已經長得和自己差不多高的兒子，不禁有些感嘆歲月流逝。

「起來說話吧！」他的語氣不禁放緩幾分。

趙卓卻是跪在那兒，低著頭道：「還請父皇先屏退左右。」

瞧他如此慎重，昭德帝看了眼身側的福來順，福來順便把御書房裡的人都帶下去。

「說吧，到底什麼事？」平日對趙卓並沒有什麼好臉色的昭德帝卻變得出奇好說話。

趙卓雖也察覺到昭德帝的異樣，但仍抓緊時間，將昨晚的發現全部告知。

昭德帝聽聞之後，大為震驚。

「你說的可真?!」昭德帝拍著書案站起。

「人已被我帶至御書房外，至於這個，是她當時要掩埋的物證。」說著，趙卓從衣襟裡掏出個小藥瓶。「我已經往太醫院送了一半藥粉，曹家姑娘中的是不是這個毒，稍後便見分曉。」

「將人帶上來！」昭德帝沈色道。

席楓和徐長清便押了個十五、六歲的宮女上前來。

被拘禁了大半夜，現在還要面聖，那宮女早嚇得雙腿發軟，在地上癱軟成一團。

因為之前得了七皇子的交代，宮女一見到昭德帝就哆哆嗦嗦地將自己知道的都說出來。

原來她是曹珂兒身邊的婢女，跟著曹珂兒一起進宮。

曹珂兒和曹萱兒兩姊妹進宮後，因曹珂兒的行事作風更合曹太后心意，曹太后便想選她為太子妃。豈料太子趙旦卻更喜歡姊姊曹萱兒，連帶著曹太后的心意也跟著搖擺起來。

曹珂兒和曹萱兒雖然都是曹家的旁支，可曹珂兒的父親卻是庶出，人下人的日子她早過夠了，便想抓住一切成為人上人的機會。

眼見著自己成為太子妃的希望要成為泡影，曹珂兒便動了不該動的心思，只是一直都沒找到可以下手的機會，直到桃花宴……

桃花宴上，曹萱兒一直與沈君兮推杯換盞，曹珂兒坐在一旁，貌似漠不關心，私底下卻一直盯著她們二人。

然後她趁著眾家女子射箭比賽的空檔，偷偷將藏在指甲蓋裡的毒藥混進曹萱兒所喝的青梅酒中。

後來發生的事，大家都知道了。

曹萱兒暈倒後，曹珂兒將所有罪責都推到沈君兮身上，成功將自己摘了出來。

可為免夜長夢多，她吩咐身邊婢女找個夜深人靜的時候，將剩下的藥粉埋藏起來，畢竟這麼神奇的藥粉，她也捨不得就這麼銷毀。

宮女瑟瑟地說著，卻讓昭德帝聽得怒火中燒。

這樣心狠手辣的女子將來若是成為太子妃，整個後宮豈不是會被她攪得天翻地覆？

這時候，福來順進來稟報，樂陽長公主求見。

樂陽長公主和昭德帝一母同胞，都是由曹太后所出，卻因為樂陽長公主從小由嬤嬤帶大，與曹太后並不親近，平日也鮮少主動入宮。

這一次，她不但入了宮，還主動來找自己，讓昭德帝覺得有些奇怪。

「可有說為了何事？」昭德帝努力平復心情，不想讓自己七情外露。

福來順打量一眼昭德帝的臉色，悄聲道：「好似也是為了清寧鄉君而來。」

昭德帝挑了挑眉，讓福來順將人放進來。

樂陽長公主一進殿就被唬了一跳，沒想到這御書房裡竟然有這麼多人，也沒料到皇兄竟然會在這時候同意召見自己，之前在路上打好的腹稿也都被她忘得一乾二淨。

反倒是昭德帝提醒她。「妳也是為清寧鄉君而來？」

樂陽長公主跪在地上，好半晌才找到自己的聲音，道：「臣妹只是覺得這件事有蹊蹺，希望皇兄不要輕易定那孩子的罪。」

# 第七十五章

樂陽長公主與曹太后不親，與昭德帝同樣也算不得親厚，在昭德帝面前難免有些戰戰兢兢。

昭德帝對此早已習以為常，卻還是不免嘆氣。都說皇帝是個孤家寡人，還真是一點都沒有錯。

「先起來吧，老七也是為了這事而來。」昭德帝指了趙卓道：「只是讓朕沒想到的是，一個清寧鄉君竟然能同時驚動你們兩個。」

樂陽長公主的臉上出現一絲不自然的神色。

「我這個人平日深居簡出慣了，也不喜歡插手別人的事，」她同昭德帝解釋道：「可清寧鄉君與我們家的福寧是同窗，平日來往得也多，我也曾暗地裡留心過那個孩子，她絕不會是能做出此事的人，我自不能讓她蒙冤，讓真正的凶手逍遙法外。」

樂陽長公主之所以會來，也是因為在家中被女兒給磨怕了。周福寧得知沈君兮是被曹太后關進大理寺的監牢後，便求著樂陽長公主進宮來救沈君兮。因此，一向不管閒事的樂陽長公主這才進宮。

此時，太醫院那邊也傳來好消息。杜太醫等人用趙卓送過去的粉劑調配出解藥，給昏迷了一天的曹萱兒服下後，竟悠悠轉醒了。

這便證明趙卓讓人送去的藥粉，還真是之前曹萱兒中的毒！
昭德帝聽後怒不可遏，當場要命人去捉曹珂兒來。
福來順卻在一旁偷偷提醒道：「那畢竟是慈寧宮，侍衛們也不好硬闖啊！」
「那朕與他們同去！朕倒要去會一會這個敢在朕的後宮裡掀風作浪的人！」昭德帝忿忿地道。

慈寧宮裡，曹珂兒覺得自己的眼皮一直在跳。
太醫院的太醫們雖然用銀針封住了曹萱兒的心脈，可她娘當年給她那些蟲花粉時說過，如果沒有解藥，沒有人能熬過三天。
是說，只要再等上三天，曹萱兒便會一命嗚呼，曹太后在無可選擇之下，只能選她曹珂兒為太子妃！
一想到此，曹珂兒的內心不免有些激動起來。
只要她能成為太子妃，她倒要看看還有誰敢欺負他們家，還有誰敢譏笑她母親是生不出兒子的人！
可是春琴這死丫頭，讓她去埋個瓶子，也不知道埋到哪裡去了？居然這麼久都沒有回來。
「太好了、太好了，三姑娘醒了！」在曹珂兒心煩不已的時候，卻聽得屋外有人興奮地喊著。

這怎麼可能?!曹珂兒愣住。不是說不知道蟲花毒的配方就解不開蟲花的毒嗎?那些太醫們是怎麼做到的?

她在屋裡來來回回轉了好幾圈,腦海中將各種可能都推想一遍,最後還是耐不住自己的好奇心,想去瞧上一眼。

只是沒想到自己剛一出屋,便遇到了寒著一張臉的昭德帝。

莫名地,曹珂兒只覺得心中一緊,趕緊跪拜下去。

昭德帝卻是看著她,冷哼一聲。「來人啊,把這個下毒害人還誣陷他人的罪魁禍首給朕抓起來!」

「誰在哀家的慈寧宮裡亂抓人!」聞訊匆匆趕來的曹太后有些氣息不穩地怒道。見到來抓人的竟然是昭德帝,她沒好氣地道:「皇帝今日的威風竟然耍到哀家的慈寧宮來了!敢問皇帝一句,因何原因,竟要在哀家的慈寧宮中抓人?」

「母后不是說要皇兒主持公道,讓皇兒嚴懲在宮闈中下毒害人的人嗎?」昭德帝也不多廢話,讓人直接呈上趙卓找來的那只小藥瓶。

曹珂兒一見那小瓷瓶還有什麼不明白的,可她還想著要狡辯一番。

昭德帝又使了個眼色,讓人將之前抓到的那個宮女也推出來,正是之前曹珂兒一心惦記著的春琴。

小藥瓶她還可以推脫說沒見過,可整個慈寧宮的人都知道春琴是自己的人。

可曹太后還是不明白,也不懂昭德帝這唱的是什麼戲?

昭德帝冷眼看著曹珂兒，笑道：「妳自己說！」

知道自己大勢已去的曹珂兒，只好將自己下毒害人的事都老實交代了。

曹太后自是萬萬不敢相信，而那一邊，面無血色的曹萱兒也由人攙扶著走過來。她不解地看向曹珂兒，嘴裡卻是說著。「為什麼？妳不是說我是待妳最好的人嗎，為何妳要害我？」

「待我再好又有什麼用？」見著已經把臉皮撕開，曹珂兒也沒了那麼多顧忌。「妳是從小泡在蜜罐中長大的，又怎麼會明白我經歷過的那些？我若不能將他們踩在腳下，回去後他們自然又會將我踩在腳下！」

「可這與我又有什麼關係？」曹萱兒卻是不懂地搖頭。

「因為妳擋在我跟前了！」曹珂兒近似瘋癲地狂笑著。「一將功成萬骨枯，成大事者當不拘小節——」

大理寺的監牢內，沈君兮就著女監們送來的冷水，一口一口地嚼著難以下嚥的乾冷饅頭。

命運有時候是說不清、道不明的。

自從重生後，她發誓，不想讓自己過得像上一世那樣狼狽。可沒想到的是，竟然混得比上一世還不如……

而隔壁監牢裡的那位女犯卻對她產生了興趣。

她昨日知道隔壁監牢裡來了新人，但沒想到關著的卻是一個孩子。可這孩子竟和其他人不一樣，既不哭，也不鬧，一個人坐在那兒啃著乾冷的饅頭。

「喂，妳是犯了什麼事才進來的？」她有些好奇地問道。

沈君兮以為自己上一世吃過比這更難吃的食物，能輕鬆吞下這些冷饅頭，然而她卻忽略了現在的自己一直養尊處優，這些冷饅頭吃得直作嘔。

然而她不得不吃，因為這監牢裡，一天才送這麼一次飯，如果不吃，自己就得餓肚子。

聽見突然有人同自己說話，沈君兮扭頭看去。

這監牢裡依舊昏暗，只是同晚上相比要明亮許多，而隔壁監牢裡一個約莫二十多歲的婦人正瞧著自己笑。

她趕緊嚥下乾饅頭，瞧向那婦人道：「妳問我？」

婦人點點頭。

沈君兮便嘆了口氣。「約莫是殺人吧？」

隔壁監牢裡的婦人挑了挑眉，一臉不信。「憑妳？我不信，莫不是被人冤枉的？」但隨即婦人又有些失神地喃喃道：「可若不是負了人命，也到不了這裡來。」

說完，她便扭過頭，一個人黯然地縮回牢房裡的乾草上。

沈君兮瞧著有些莫名。

儘管她平日不是個好打聽的性子，可在這監牢中也沒有什麼可以打發時光的，因此沈君兮向婦人問了一句。「妳呢？」

婦人的神情卻是一黯，良久才絮絮道：「我殺了個負心漢！他說他會與我長相廝守，豈料他卻只想騙我給他生個孩子……在我給他生下孩子後，他帶著孩子失蹤了，我尋了他兩年，才知道他根本不是什麼走投無路的落第秀才，而且家中也早有妻室！我氣不過，去找他們理論，豈料他們卻誣陷我殺人……」

「這麼說妳也是無辜的？」沈君兮忍不住瞪大眼睛道。

「人不是我殺的，卻是因我而死……」婦人笑道：「我本沒想讓他再活著，老天有眼幫我收了他去，我也不算虧！」

沈君兮看向婦人臉上的神色，無奈中又帶著慶幸，更多的是認命。

她也不好多說什麼。人的命運有時候是這麼不公，明明不是自己的錯，結果卻讓自己背負最多的罪責。

一如她，一如她隔壁的這個婦人。

無力在沈君兮的心裡蔓延著，不知道將來會如何的她，將頭深深地埋進雙膝間。

在這時，牢房門一陣叮噹哐噹響，然後就見趙卓飛快地穿過那扇牢房門，一路飛奔而下。

「清寧，我們猜對了！父皇赦妳無罪，特命我來接妳入宮！」不待女監來開門，趙卓便奔到沈君兮的跟前，告知她這個好消息。

這突如其來的消息，讓沈君兮淚流滿面。她還以為這一世要交代在這裡了……

待女監一路小跑著來開了牢門，趙卓進得牢裡，牽著她的手就要離開，也惹得其他牢房裡的女囚們羨慕不已。

對於她們而言，入得這裡來，幾乎再沒有出去的機會。

「姑娘，能不能幫我帶句話給我師姊？讓她不要再折騰了，我們鬥不過曹家人的……我認罪，我伏法，讓她不要再做無畏的抗爭了，沒必要為了我，搭上整個師門……」關在沈君兮隔壁的女子卻突然撲到牢房的柵欄上，乞求著。

大理寺的監牢並不是什麼人都可以隨意進來的，特別像她游三娘這樣無權無勢的人家，因為無所倚仗，即便塞了銀子上下打點，也沒人願意為她出頭。

誰教她得罪的是曹家的人，官府的人也好似被人暗示過，任由游家的人上躥下跳，就是不過審游三娘的案件，是想藉此從游家多訛些錢出來。

游家的人並不懂這些，只道是自己花的錢不夠，還在四處想辦法籌錢來填這個無底洞。之前，游三娘對此也是抱著希望的，可她在牢裡關的日子越久，從獄卒和女囚嘴裡聽到的東西越多，也漸漸明白師姊她們不過是在做無用功。

無非是一人做事一人當，她不能連累師門的人，要死，就讓她一個人死好了。

只可惜，她被關在這監牢中，就算有什麼話也遞不出去。現在這些女囚裡終於有人能活著出去了，哪裡還管得了那麼多？生怕錯失機會的她跪在地上求起了沈君兮。

之前沈君兮雖然與她聊過隻言片語，卻也對她的經歷充滿同情。見她只要自己幫忙帶話，便沒有猶豫地點頭。

游三娘充滿感激地磕了三個頭，便把她師姊之前在京城落腳的地方告知沈君兮。

因為還急著入宮，沈君兮在大理寺的監牢裡並未多停留，跟著趙卓上了來接她的馬車。

她自牢中出來，雖不說是滿身污穢，可身上還是沾了不少異味，這樣去面聖未免衝撞。紀蓉娘自是把她接到延禧宮中沐浴梳洗一番，這才敢帶到昭德帝跟前。

沈君兮一見到昭德帝，便鼻子一酸。

「清寧拜見陛下。」她帶著哭腔地跪下去，卻是隻字不提自己所受的冤屈。

因為她知道，自己這次所受的冤屈全都來自慈寧宮。而曹太后貴為昭德帝的生母，一句子不言母過，便不能讓昭德帝多說什麼。能夠平安出得監牢，她已覺得是萬幸了，至於其他的，還真不敢多想。

正是因為這份緘默，更讓昭德帝覺得她難得。出言安慰了沈君兮一陣後，便賞了她一些金銀珠寶作為補償，並命人早些送她歸家。

沈君兮也擔心家中的外祖母，謝過恩後便回了紀府。

曹太后看著眼前跪著的曹珂兒卻是氣得不輕。

昭德帝並未命人帶走曹珂兒，也沒有問曹珂兒毒藥從何而來，而是將這一切都留給曹太后處置。

曹太后沒想到自己在後宮叱吒了一輩子，到頭來竟讓個小輩給愚弄了，但這種挫敗感，還讓她不能言說。

她將屋裡的人全都趕出去，獨自一人審問曹珂兒。

知。

曹珂兒跪在那兒，大概也得知自己今日是得不了什麼好了，只管咬緊雙唇，一問三不

曹太后瞧著她那樣子，不怒反笑。

「妳這個樣子，還真是可惜了！」曹太后瞧著這個和當年的自己一樣倔強的小輩，反倒生出些憐惜之情。

她沒想到曹珂兒竟然是個大膽如斯的，早知如此，應該將她好好磨礪磨礪，讓她成為一把插在其他皇子身邊的尖刀！

「這兒有一杯毒酒，妳喝了吧！走得乾淨點，以免拖累曹家人。」曹太后起身，不再看向曹珂兒。

自幼跟著父親聽多了說書的曹珂兒明白成王敗寇的道理，她只恨自己行事沒能更謹慎一些，給人留了破綻，才落入如今這尷尬的境地。

事到如今，她無話可說。因此，她幾乎沒有猶豫地端起那杯毒酒，一飲而盡。

所有人都沒想到曹太后竟然對曹珂兒如此雷厲風行。

特意留在門外等著曹太后的樂陽長公主見著倒在地上的曹珂兒時，更是嚇得面無血色。

曹太后見狀，在心裡嘆了口氣。

樂陽雖然是她所生，卻一點都不像她……也難怪，當年她只顧著跟後宮的那幫妃子們爭鬥，一心只想將兒子拱上儲君之位，對女兒的管教多少有點力不從心。

又因為擔心那些心思活泛的帶壞了樂陽，因此她當年挑選的宮女、嬤嬤都是些忠順老實

的膽小之輩，結果沒想到將女兒也養成了膽小怕人的性子。
好在是皇帝的女兒不愁嫁，給她尋了個老實人做駙馬，這麼多年了，倒也沒出過什麼亂子。
「今日怎麼有空進宮來看哀家？」為了轉移女兒的心思，曹太后便將她帶離曹珂兒和曹萱兒所住的院子。
樂陽長公主只是性子冷清了點，倒也不是個四六不懂的人，自然不能說是進宮來給沈君兮求情的，只得說在宮外聽聞宮裡出事，特意過來瞧瞧。
深知女兒個性的曹太后也沒有多疑，見女兒還牽掛著自己，欣慰地拍拍她的手，並留她在宮裡一同用晚膳。
紀老夫人自聽聞沈君兮被關進大理寺的監牢後，急火攻心地暈倒了，好不容易轉醒後，命人分頭遞消息給兩個兒子。
她躺在床上，心裡卻始終記掛著沈君兮，竟是一整夜都沒睡，原本花白的頭髮已然全白。
一聽聞沈君兮回了府，還以為是家中的人哄騙自己，直到她瞧見沈君兮活生生地跪在自己床邊，這才掙扎著坐起，抱著沈君兮喊起了心肝兒。
沈君兮瞧著外祖母的樣子，自然心疼不已。
她跪在床邊痛哭道：「是守姑不乖，是守姑讓外祖母操心了……」

「這不怪妳！」紀老夫人拉著沈君兮的手道：「這本是一場無妄之災，好在妳平安歸來了……」

說著，紀老夫人便掙扎著要起來，張羅著用柚子葉煮水給沈君兮洗澡去晦氣。

一旁的李嬤嬤瞧見了，滿是心疼地道：「老夫人，這些我都交代下去了，您都一夜沒合眼了，不如趁這機會好好休息一會兒。」

沈君兮聽李嬤嬤這麼一說，也勸了勸紀老夫人。

到底是因為年紀大了，熬不住，在沈君兮和李嬤嬤的堅持下，鬆了心氣的紀老夫人終於沾枕睡著了。

# 第七十六章

雖然在宮裡已經洗過一次，但沈君兮在府裡泡著柚子葉又刷洗過一次。而李嬤嬤更是親自上陣，將她身上原本白嫩的肌膚搓得通紅，好似只有這樣，才能洗掉她在大牢裡沾到的晦氣一樣。

沈君兮明白李嬤嬤的心思，並未多說什麼，而是想起了獄中游三娘託自己所辦的事。

她是不可能親自去辦的，於是叫來麻三，將游三娘的事大致和他說了說，並讓麻三想辦法去弄清是怎麼一回事？

麻三如今雖然依舊在紀家的馬房當差，可不再是只在馬房裡餵馬的小廝，偶爾也會出去幫忙採買之類，因此他探聽各種消息的管道比以前來得更靈通。

麻三走後不久，齊氏帶著兩個兒媳婦還有紀雪，浩浩蕩蕩地過來了。

自從被紀老夫人奪了管家大權後，齊氏也氣不順了好一陣，擺不了當家太太的款，她便在兩個兒媳婦面前擺起婆婆譜來。

可她這兩個兒媳婦也是不好對付的，對於齊氏那不怎麼可信的要求，她們從來都是不予應承。

齊氏在吃過幾回癟後，終於學會了掌握擺譜的度；至於文氏和謝氏也懂得做人，既然婆婆不找事了，她們倒也樂意配合。

這不，現在齊氏走在府裡，身邊總會跟著兩個兒媳婦，帶著兩個小孫子，那樣子倒比紀老夫人還要威風。

昨日她在府中聽聞沈君兮被入了大獄，心中還偷偷地幸災樂禍一把，可才過一夜就給放回來，不免讓她有些掃興。

只是這樣的話，齊氏自然不能明說，只能佯裝關心地過來探視一二。

若說齊氏還知道要掩飾自己的情緒，紀雪卻沒這麼機靈了。

她一見到沈君兮便譏笑道：「不知那牢飯是個什麼滋味？」

若說一、兩年前，沈君兮還念著彼此住在同一個屋簷下，平日抬頭不見低頭見，鬧得太僵不好。可隨著交惡的次數增多，她也懶得再應付紀雪了。

聽了紀雪話裡的嘲諷，沈君兮笑道：「妳若是想知道，自己去一趟不就成了？」

不待紀雪反應過來，齊氏卻變了臉。「守姑，怎麼說話的呢？妳這不是咒雪姊兒下大獄嗎？」

沈君兮卻冷冷地瞧過去。「大舅母，若我沒記錯，雪姊兒比我還大半歲吧？已經不是什麼天真可愛的年紀，有些話再這麼不經腦子地說出來，可不適合了。」

齊氏本還欲說，可她瞧著沈君兮臉上的神色，卻是心中一凜。

為什麼她瞧著今日的沈君兮竟與往日有所不同？

但又不太確定，以至於齊氏一直悄悄地打量著沈君兮。

沈君兮卻被打量得有些不太舒服。

「大舅母是來給外祖母請安嗎？不過外祖母剛剛睡下，大舅母還是換個時間來吧！」她瞧著齊氏，直勾勾地道。

都到了這個時候，齊氏自然不好說自己是來瞧她的笑話，聽她這麼一說，也只好借坡下驢先回去，便稱晚飯時候再過來。

原本站在齊氏身後的文氏和謝氏卻沒急著離開。

齊氏只說一起過來瞧瞧沈君兮，卻沒和她們說紀雪會鬧出這麼一齣，不然她們也不會跟著一起過來。

謝氏拿了些吃食過來。「既然能夠平安回來，肯定只是虛驚一場。嫂嫂們也沒有什麼其他好東西，讓人做了些吃的過來給妳壓驚。」

沈君兮便向她們道謝。

三人說了一會兒話後，她終於意識到有什麼地方不對勁了。

連大舅母都帶著紀雪來「瞧」過自己，可紀雯卻一直沒蹤影，這不免讓沈君兮覺得有些奇怪。

文氏得知後便嘆了氣。「昨日雯姊兒回來後一直自責不已，說是因為她沒有照看好妳，才讓妳無端捲入事端。今日一早，她便帶著人去了護國寺，說是要為妳許願祈福。因為擔心她的安全，我還特意多撥了幾個人給她。算算時間，也應該要回了。」

正說著話，紀雯就從外面回來了。她一瞧見好生生地坐在屋裡的沈君兮，便飛奔過來，拉著她仔仔細細地打量一番。發現沈君兮並無大礙後，便雙手合十地唸了一聲「阿彌陀佛」，笑道：「真沒想到護國寺的菩薩竟然這麼靈驗！我剛在菩薩跟前許願，願意抄上一卷金剛經佑妳平安，沒想到妳就回來了，我得趕緊去抄經書還願去。」

「不如我同雯姊姊一塊兒抄吧！」聽紀雯如是說，沈君兮心裡有些過意不去。

紀雯卻搖頭拒絕了。「這是我在菩薩跟前許下的願，若是假借他人之手，菩薩肯定會怪罪我心不誠。不過，到時候妳倒是可以和我一塊兒去還願。」她想了想，道：「但最重要的是，我得快點把佛經抄出來！」

聽紀雯這麼一說，沈君兮便說定了四月初八浴佛節的時候去還願。

她也想著自己可以抄一卷經書為外祖母和雯姊兒祈福，只不過這樣一來，抄經書的時間有些緊了。

好在她也是個說辦就辦的人，正好之前給母親抄經書時還剩下不少紙墨，送走紀雯之後，她便著手抄起經書來。

過了兩日，麻三前來回話。

游三娘的案件知道的人雖不多，但事發地的幾個鄰里卻是知道的。

游三娘惹到的是一個叫曹貴的人。曹貴雖然姓曹，卻同北威侯曹振原本是八竿子都打不著的關係。他本是鄉里的閒幫，自己沒什麼本事，卻整日遊手好閒，靠著祖上傳下來的一畝三分地，日子倒也過得清閒。

可後來也不知那曹貴使了什麼法子，與北威侯攀上關係，從此便在鄉里橫行起來。

可別見曹貴有膽在鄉里橫行，家裡的婆娘卻是個一等一凶蠻的人，只是二人成親後只得了一女，曹貴便生了到外面找女人傳宗接代的心思。

那走江湖賣藝的游三娘就成了這個倒楣人。

曹貴見游三娘長得俊俏，便裝成落第的落魄秀才，還上演一齣被人追打的戲碼，然後讓游三娘他們出手「救」了自己。他哄著家裡的婆娘，說自己在外找了份活計，卻在游三娘跟前扮起了無依無靠的窮書生。

游三娘也是看他可憐，兩人一來二去地便生了情愫。

游三娘的師姊見他們二人有了感情，就稟明師父，師父作主讓二人成親。

因為本是靠賣藝為生的下等人，不像一般人家講究，只管擺了酒拜了堂，此事就算成了。

而曹貴故技重施，只說自己在城裡找了個當夥計的活兒，家裡、外頭兩邊跑著。不久，游三娘有了身孕，誕下一子，只是月子還沒出，曹貴連同孩子都不見了。游三娘急得幾乎去了半條命，尋去曹貴當差的鋪子，才被告知根本沒有這麼一個人。

茫茫人海，曹貴和孩子就這麼失了音訊。

游三娘原本不抱什麼希望了，誰知她跟著師父、師姊一路賣藝到了京城，竟在路上意外見到曹貴抱著個兩歲左右的孩子，身邊還跟了個婦人。

只是吃一塹，長一智，游三娘並沒有貿然上前相認，而是一路尾隨打聽，才知道兩年前曹貴竟然帶著孩子搬到京城，也知道了這廝根本不是什麼讀書人，只不過是花錢買了個監生而已。

她還打聽到跟在曹貴身邊的婦人是他家裡的婆娘，兩人還育有一個七、八歲的女兒。游三娘知道自己受騙，卻不想與曹貴多糾纏，只想要回自己的孩子。

游三娘的師父知道此事後也是後悔不已。游三娘的婚事是他作的主，於是他便找到曹貴，想要給游三娘討個公道，但曹貴竟叫人不分青紅皂白地將游三娘的師父打一頓。

游師傅本年事已高，哪裡禁得起這一頓打，不多時便一命嗚呼。游三娘披麻戴孝地上門理論，剛和曹貴開始拉扯，曹貴便口吐白沫地暈倒在地，竟是死了。

曹貴的婆娘從屋裡呼天搶地地衝出來，拉著游三娘見官。官老爺也沒含糊，直接讓游三娘殺人償命，判了個秋後處斬。

自那之後，曹貴的婆娘也失了蹤影。

沈君兮聽了麻三的話，暗想官府的人怎能如此草菅人命？

麻三卻嘆道：「都說『衙門口向南開，有理沒錢莫進來』。這個『南』怕不是南北的南，而是難易的難吧！現在那游三娘的師姊還在想著幫她翻案，在京城裡四處遊走呢！」

沈君兮聽了這話卻沈默下來。

原本她想著只是帶個話，可知道了游三娘的事後，她不甘心只做個看客，畢竟自己也是因為被冤枉而進了一次大理寺的監牢。

可她要如何才能幫到游三娘？現在是一點譜都沒有。

在沈君兮不知該如何下手時，府中下人卻告知前院有人找。

沈君兮奇怪了起來。

她住在紀府裡，平日打交道的就那麼幾個人，是誰如此大費周章地找自己？奇怪歸奇怪，她還是換了一身衣衫去前院。

前院的會客廳裡，一名穿鴉青色素面刻絲直裰的男子站在門邊，負手而立。

看到那個背影，沈君兮便心中一跳，有些不太確定地走上前去，在那人身後打量許久，才小心翼翼地上前輕道一聲。「爹爹？」

那男子轉過身來，不是沈箴又是誰？

沈君兮一時激動地衝上前去，扎了沈箴一個滿懷。

反倒是沈箴有些手足無措起來。女兒離開時，不過是個才及他腰身的六歲小孩，幾年不見，便出落成只比自己矮一個頭的大姑娘了。

面對一個這樣的大姑娘，即便是親生父親，也不知道手該往哪裡放？

他只得拍了拍沈君兮的肩膀，關心地問道：「這些年，妳在京城過得可還好？」

「外祖母待我很好。」沈君兮抹了一把淚，從沈箴懷裡站起來並奇道：「爹爹不是應該在貴州，怎麼會到京城來？」

「我是上京來述職的。」幾年未見女兒，沈箴覺得她越發長得像已逝的紀芸娘，語氣忍不住輕柔兩分。「想著妳在京城裡，就來看看妳。」

沈君兮這才想起北燕官員三年一述職的規矩，父親去貴州任職可不正好是三年？

父女二人坐下來說話，沈君兮卻總是發現父親有意無意地打量自己。她摸了摸自己的臉，詫異道：「難道我身上有什麼不對的地方？」

沈箴這才收回目光，有些尷尬地道：「我在來的路上聽聞妳被下了大獄……」

沈君兮一聽還有什麼不明白的，跟父親笑道：「不過是場誤會，解開了就好。」

看著女兒小大人一樣的臉上揚起明媚笑容，沈箴只覺得虧欠女兒許多。若不是想著貴州那邊山窮水惡，他還真想把女兒帶在自己身邊；可又覺得自己不能這麼自私，畢竟女兒是跟在紀老夫人身邊才能出落得如此大方得體。

沈箴便問起了紀老夫人。

想著兩個大舅子都不在家，他也不好貿然去後宅拜訪紀老夫人。而且自從紀芸娘嫁給他後，因為各種不能言說的原因，他還未曾真正上門拜見過紀老夫人；現在芸娘已逝，心下更加有些害怕見到她。

可沈君兮並不懂得父親心裡的彎彎繞繞，只道是父親覺得不便，便先讓人去通傳紀老夫人。

紀老夫人經過這幾日的休養，已經緩和過來，只是一頭白髮卻變不回去了。好在她也是一把年紀的人，並不在意這些。

聽聞沈箴入京，就換了一身衣裳，由人扶著去了花廳。

沈箴一見著紀老夫人便行大禮，紀老夫人一瞧著他，不免想起了芸娘，忍不住抹了抹眼睛。得知沈箴因上京述職並租住在客棧時，便建議他搬到紀府來。

「都是一家人，何必去花那個冤枉錢？而且你也可以趁這個機會同守姑多親近親近，再過兩年，守姑也要嫁人了，想要這樣的機會怕是難了……」

沈箴原本想要婉拒，可又覺得紀老夫人說得在理，加之沈君兮站在一旁可憐巴巴地瞧著他，倒讓他覺得自己若是再推辭，顯得有些不合時宜了。

於是沈箴在沈君兮的張羅下，從客棧搬到紀家的前院安置下來。

雖然知道父親在京城最多不過逗留月餘，可沈君兮依舊很高興。

她特意開了自己的小庫房，選了幾塊昭德帝賞賜她的壽山石出來，送給父親。

她記得父親上一世好似喜歡擺弄這些東西，閒下來的時候，還會自己雕上一枚閒章來自娛自樂。

宮中賞賜的東西自是品相不凡，沈箴拿著壽山石在手心裡把玩著，笑著同沈君兮說要如何雕刻這幾塊石頭。父女倆有一句、沒一句地聊著，難免扯到沈箴這些年辦過的案件。

沈君兮一聽，覺得自己可真夠笨的，整日嘀咕著游三娘那事，卻忘了自己的親爹是最擅長此道的，於是便將自己聽來的都告知沈箴。

以沈箴多年的辦案經驗，自然聽出游三娘這案子疑點重重，可要幫一個已經判了死刑的人翻案，恐怕還得找到這個案件的卷宗才行。

只是他一個貴州的左參議想要調閱京城衙門的卷宗，根本是不可能的事，因此他勸女兒打消這念頭。

「是不是有了卷宗就行了？」沈君兮卻變得鍥而不捨起來，目光灼灼地瞧向沈箴。

「哪裡有這麼容易？」沈箴卻笑道：「那還是第一步，但透過查閱卷宗至少能發現一些蛛絲馬跡；然後根據這些蛛絲馬跡，慢慢去尋找新證據，或許還有翻案的可能。但既然有人能把這事做成死案，恐怕事實的真相是什麼，早已經變得不重要了。」他忍不住嘆道。

「可我還是想試試。」沈君兮卻有些執著地道。

不為別的，為游三娘有著和自己上一世一樣被男人背叛的經歷，她不想放任此事不管。

「那妳先去把卷宗弄來吧！」勸不動女兒，沈箴只好開出自己的條件。

光是這第一步，他就覺得沈君兮做不到。

沈君兮當然做不到，但她去尋了秦四。

# 第七十七章

秦四靠著天一閣的生意，早混成了名滿京城的大掌櫃，而且與那些喜歡附庸風雅的達官顯貴們來往密切。

聽聞沈君兮想要一份死刑犯的卷宗，他雖覺得奇怪，但也沒有多問，只是將此事滿口應下。

沈君兮原本以為至少也得等個三、四天，豈料第二天，秦四便命人將卷宗送到了。

「四爺說，因為不知道鄉君要這卷宗何用，讓人連夜謄抄一份出來，因此鄉君可以留著慢慢查閱，不必急著歸還。」送卷宗的人如是說道。

沈君兮便覺得秦四辦事實在太周到了，難怪他一個人也能將這天一閣經營得風生水起。

因此當沈君兮將游三娘的案卷拍到沈箴面前時，沈箴不免大吃一驚。

如果他沒記錯，女兒今年才十歲吧？她在京城的地界已經有了如此寬廣的人脈了？

可瞧著沈君兮淡然的神情，可見在她看來這不是件什麼難辦的事，讓沈箴更為震驚了。

好在他在官場多年，早已習慣不將自己的情緒外露，而是一字一句地看起卷宗來。

從卷宗上來看，沈箴發現許多疑點，只是當時辦案的人好似有意忽略這些。特別是關於曹貴的死因，雖然有仵作驗屍，可案卷上卻寫得極含糊其辭，似乎故意遮掩什麼。

看來這游三娘案件的關鍵在這裡了。可是曹貴早已死去多時，若想查得他當年的真正死因，恐怕得把人從墳裡挖出來才行。

沈君兮一聽還要去挖墳，自然有了遲疑。她再大膽，卻也是不敢幹這種事的。

沈箴笑著把游三娘的卷宗都還給她。

沈君兮回屋後便將卷宗隨手放在書案上，並讓人叫來麻三，囑咐他去尋了游三娘的家人，將游三娘要自己帶的話轉述給她家人。

沒想到麻三這一去便是兩、三天都沒了音訊，而那本卷宗也在沈君兮的書案上放置了多日。

她每天抄完經書後，都會隨手翻上兩、三頁。

她不得不承認父親說的都是對的，曹貴的死因是本案的關鍵，可關於仵作驗屍的那段卻又寫得太過含糊其辭。想要知道當時的真相，怕真是要將曹貴從地底下請出來不可。

可這事，她還真是沒膽做。

她長吁了一口氣，又將卷宗放回去。

終於等到麻三回來了，不承想與他一同回來的，還有游三娘的師姊游二娘。

游二娘不由分說地跪在沈君兮跟前。「姑娘，求求妳救救我們家三娘，她真的是無辜的啊！她被曹貴害得還不夠嗎，難道最後還得為他搭上一條命？」

說著，她磕起頭來。「姑娘，我們真是走投無路了，不似姑娘這般有手眼通天之能，只求姑娘為我們家三娘說句公道話，救我家三娘一命，我們願意來生為姑娘做牛做馬呀！」

見著游二娘頃刻間磕破皮並滲出血的額頭，沈君兮便想到了眼神空洞的游三娘。

都是些苦命的女子……

可她還是有些自知之明的，想到父親說的案件關鍵所在，她心裡再次敲起了退堂鼓。這件事和她以前做過的都不一樣，並不是一件「她想」便能做到的事。

「對不起，我幫不了妳。」沈君兮便垂了頭離開。

游二娘卻跪在那兒久久沒有起來。

她也知道自己是強人所難，當麻三找到她時，她心裡是升起一絲希望的。可當她看到所謂的姑娘卻還只是個孩子的時候，之前的希望便沈下幾分。

可她還是不想放棄這個機會。

「回去吧，」麻三也站在一旁勸道：「我們家姑娘畢竟不是神仙……」

游二娘嘆了口氣，三步一回頭地從角門出了紀府。

自從游二娘走後，沈君兮發現自己怎麼也靜不下來了。

無論是去女學堂還是在家抄佛經，她眼前常常浮現出游三娘那雙空洞無神的眼，以及游二娘磕得流血的額頭。

莫名地，她想到了前世的自己，最是走投無路的時候，那種絕望的感覺，至今都能吞噬她的心。

游三娘的事，倘若她不知道還好，明明知道游三娘蒙受了不白之冤還坐視不理，這才讓她覺得於心難安。

只是單憑一己之力，恐怕很難做到這件事，於是沈君兮第一時間想到了趙卓。

主要是因為除了他，她也不知道還能再找誰了。

可真到了約趙卓在天一閣見面的當天，沈君兮又後悔了。

這些年，不管她遇著什麼事，他好似總會及時出現幫她一把，可自己現在一遇著事就找他，會不會不太好？

畢竟七皇子幫她是情分，不幫是本分，他又沒欠著自己。反倒是她，感覺欠了他很多。

沈君兮越想越沒了底，以至於趙卓真正出現在面前時，她倒不知怎麼跟他開這個口了，只好不斷給趙卓斟茶，將自製的小糕點往他跟前推。

趙卓也是奇怪，這樣有些扭捏的沈君兮還真是從來沒見過。

他默默喝了一口茶，卻笑著搖起頭來。

「妳是為了游三娘那事找我？」他想著，自己若是不開口，哪怕灌自己一肚子茶水，眼前這個人也是不會開口的。

沈君兮有些錯愕地抬頭。自己什麼都沒說呢，他怎麼會知道？

看著那雙透著不解的大眼，趙卓笑道：「那日游三娘在牢中託妳帶話時，我也在一旁。而且自那之後，麻三就滿街頭巷尾地打聽那游三娘的事。好巧不巧的，還有人在這時候將游三娘的案件卷宗抄了一份出去，我要不知道妳打的什麼主意，這些年還真白跟妳相識一場。」趙卓說到後來，看向沈君兮的眼神都多了一絲揶揄。

沈君兮聽了，臉色唰地紅了。

「我確實動了救游三娘的心思。」她索性不再藏著、掖著，更將游三娘的那份卷宗拿出來。「仵作的屍檢含糊其辭，通篇也沒看出曹貴是因何而死？還有鄰里間的證詞也很奇怪，說什麼曹貴只和游三娘拉扯兩下就倒地死了……那游三娘又不是力大如牛，怎麼可能徒手拉扯兩下就把人弄死？主辦這案件的縣丞也奇怪，從案發到結案，前前後後不過十日光景，匆忙之間就給游三娘定案……」

沈君兮一條一條地同趙卓說著，沒發現趙卓看向她的眼神變得異樣。

「這些都是妳自己看卷宗得來的？」趙卓有些意外地問。

沈君兮哪敢認，只好老實將父親給報出來。

「我說妳怎麼變得這麼厲害了。」趙卓笑起來。

這些年，沈箴雖然遠在貴州，可京城裡還是有不少人聽過他的名頭，其中就包括趙卓。

「這麼說來，沈大人現在正在京城？」他笑著同沈君兮說道：「如果沈大人肯幫忙的話，想要幫游三娘翻案就會事半功倍了。」

不承想沈君兮的臉上卻露出難色。

「可父親說，他這趟上京是來述職的，不好親自參與這件事，最多是暗地裡幫忙出謀劃策而已。」

趙卓明白了沈箴的顧慮。他遠在貴州為官，若是沒有聖意，卻參與到京中的事務來，多少有了僭越之嫌。

「那妳呢？妳是怎麼想的？」趙卓一臉正色地瞧向她。「對那游三娘，妳是想幫還是不想幫？」

「我自然是想的！」沈君兮急道：「不然我也不會尋你來。只是一想到你與游三娘非親非故的，這話就不知該如何開口了。」

「哦？」趙卓聽她這麼一說，微微瞇了眼。「聽妳這意思，妳與游三娘還有什麼故舊不成，不然怎會生了要幫她的心思？」

「我與她能有什麼故舊？不過是在大理寺監牢裡說過兩句話而已。」沈君兮卻聳肩道。

「既然妳與她沒有故舊都能想著要幫她，我與妳有故舊，自然是要幫妳的。」趙卓說得一臉渾不在意，沈君兮卻聽得心頭一跳，不禁打量起他的神色來。

趙卓卻看向沈君兮，笑道：「難道我說錯了？」

看著他那雙盈盈含笑的眼，沈君兮又鬧了個大紅臉。

「只是此事並非妳我三言兩語就能決定。」趙卓想了想，道：「不如這樣，三日之後我再帶人來天一閣，只是不知能不能將妳父親也請過來？我想聽一聽沈大人的意見。不過，希望妳能對他保守我的身分。」

沈君兮先是錯愕，隨即明白了趙卓的意思，然後趕緊回府與父親商談此事。

沈箴這些日子說是上京述職，可並沒有這麼快輪到他，更多是在京城拜訪同年和師尊，應酬之餘，他偶爾也會想起沈君兮提過的那個案件。

可一連多日，沈君兮那邊沒了動靜，他也不好再多說什麼。

見女兒再次為這事尋過來，還說有人想與自己探討這個案件，沈箴也來了些興致，欣然赴約。

但當沈箴見到一個十五、六歲的少年郎時，還是有些意外。

趙卓今日特意只穿了一件八成新的寶藍色紵絲直裰，將他的身形襯托得挺拔如松，再加上烏黑的眉毛、幽靜深邃的眸子，還有精緻無瑕的五官，處處都讓他顯露出不同於同年人的睿智。

沈箴沒想到自己竟會遇著如此清風玉露般的人物，眼神中不免帶上笑意。

「晚輩卓小七，見過沈參議。」趙卓也不擺出皇子的架子，主動迎上去。

沈箴也不敢托大，互相見過禮後便分頭而坐。

今日又是女扮男裝的沈君兮，自是不動聲色地坐到沈箴身邊。

對於女兒這身打扮，沈箴一開始頗有微詞，但瞧著她這身不像是新做的，想必也不是第一次這樣。既然紀老夫人都不覺得有什麼，他便也沒有太多計較了。

而趙卓那邊，除了沈君兮面熟的席楓和徐長清，還有兩個她不曾見過的人。

趙卓見人都到齊了，便說起游三娘的案件來。只是在他口中，游三娘變成了他主動要救的人，而沈君兮和沈箴則是他請來從旁協助的。

好在沒有人在這種細節上太過糾纏，聽過趙卓的簡述後，大家分別議定出幾件必須要辦的事。第一，曹貴的屍檢必須重新做過；第二，當時指證游三娘的那些鄰居必須尋到；第三，曹貴出事後，他那突然失蹤的婆娘也要找出來。

「席楓這兩日想辦法探明曹貴到底埋在哪兒，然後找幾個鄉民去把他起出來。不必在乎銀子，多花幾個錢無所謂，但一定不能打草驚蛇。」趙卓道：「將那曹貴起出後便送往城外的破廟，邢捕頭將會在那兒給曹貴重新驗屍。至於徐長清，你則帶人去找當時的證人還有曹貴家的婆娘，待這些都掌握在我們手中後，便由常師爺去大理寺擊鼓鳴冤。」

趙卓帶來的那四人便分頭領命。

沈箴正奇怪自己要做什麼的時候，趙卓卻同他笑道：「沈參議自是和我一道去看熱鬧，有個內行人在一旁盯著，料定大理寺的人也不敢亂來。」

沈箴一聽這樣的安排，覺得甚妙。

他一個貴州的官自是不好管京城裡的事，可若只是湊個熱鬧，卻是誰也挑不出錯來。

「若只是湊個熱鬧，我倒可以再叫上幾個同年。」沈箴也跟著笑道：「也算是人多勢眾。」

從天一閣回了紀府後，沈君兮便讓厤三再次去尋了游二娘，並將這消息告知她。游二娘自是激動不已，更自告奮勇提出要尋曹貴那莫名消失的婆娘。

一件看似「簡單」的事，原本以為只要準備個兩、三日便行，卻不料過了七、八日也沒準備好。

先是席楓那邊。他原本想著曹貴雖是早逝，但也是個有兒有女的人，豈料他死後竟連墓碑都沒有一塊，還是席楓裝扮成是受過曹貴恩惠的鄉下窮親戚，硬要去曹貴墳上給他上香，才從曹貴的鄰居那兒套得了埋骨地。

而讓徐長清沒想到的是，游三娘卷宗上記錄的那些作證的鄰里，也不住在曹貴家附近，而住在曹貴家附近的，都沒有上衙門去作證的人。

反倒是曹貴的婆娘，原以為要花大力氣才能找得到，可因為游二娘這幾個月都一直盯著，才知道她竟然進了北威侯府去當差。

好在邢捕頭那邊的驗屍很順利，曹貴的屍首埋下去幾個月，早已腐臭，可也讓人一眼能瞧出他從咽喉到腹部的臟器全都發黑，連骨架也沒倖免。依據邢捕頭多年的驗屍經驗，他拿出銀針在曹貴發黑的臟器上扎下幾針，銀針就發黑，便很容易判定出這曹貴是死於砒霜中毒。

徐長清雖未將卷宗上的全部證人都找到，卻也尋得二人帶回來。

常師爺將所得的證據重新整理後，游二娘便去敲響大理寺前的鳴冤鼓。

說是鳴冤鼓，卻很少人會將其敲響。

因此當大理寺前的鳴冤鼓突然響起時，很多人便從四面八方趕來看熱鬧。

大理寺卿周照不得不升衙。

周照已經五十有二，也知道自己這輩子再往上升已是無望，就想著安安穩穩地過了這幾年，然後向朝廷致仕，因此並不想多攬事。

「堂下何人鳴冤？難道不知我這大理寺並不審案嗎？有什麼冤情請去州府衙門！」周照一見著捧著狀紙膝行而來的游二娘，皺眉道。

「民女游二娘有冤！要告清源縣知縣枉顧性命、殺人瀆職，還請大人為民女申冤作主！」游二娘卻不管那麼多，按照之前常師爺教她的，重複這幾句話。

「妳要告官？」周照聽了心中一震。「妳可知道民告官可是要挨板子的！」

「民女不怕，只要能救得我師妹一條性命，打板子有什麼要緊！」游二娘一臉正色道。來這兒之前，常師爺早已將這裡面的利害告知游二娘，因此早有準備的她並無懼色。

周照見此，從案上的籤筒裡抽了一支令籤，大聲道：「游二娘，以民告官，依北燕律，先杖責二十大板！」

令籤剛一落地，便有衙役上前將游二娘按倒在刑凳上，一左一右地掄起棒子拍打起來。不一會兒工夫，游二娘身上的衣衫便見血。

「這怎麼打上了？」今日又是一身男裝的沈君兮站在人群裡，很焦急地扯了扯身旁趙卓的衣衫。「這二十大板下來，豈不會把人給打壞了？」

# 第七十八章

「沒辦法，這是北燕律。」趙卓陪站在沈君兮身旁，自是感受到她的焦慮。「因為游二娘沒有功名在身，她想為游三娘翻案，只能受了這二十板子。」

他小心地往左右看了看，見沒人注意，才在沈君兮的耳畔小聲道：「妳也不必太著急，我們之前找人來打點過這些差役，別看他們打得這麼賣力，其實手中都捏著勁道，最多打破點皮肉，不會傷筋動骨的。」

真的不要緊？沈君兮眼中充滿懷疑。明明游二娘身上的衣衫都已經被血染透了呀！

聽著那啪啪聲響，她變得心驚肉跳起來，根本不敢直視這皮開肉綻的場面，下意識地往趙卓身後躲去。

到底還是個女孩子，想著她平日總是大膽的樣子，趙卓的嘴角微微翹起。

他不動聲色地又往前站了站，讓沈君兮整個躲到自己身後。

好在這二十殺威棒的時間不長，聽見那些差役停止揮棒，又去覆命，沈君兮才敢探出頭來。

游二娘的後背已被打得血肉模糊，卻還能咬著牙站起來，看來還真如趙卓所說，並未傷到筋骨。

在剛才打人的空檔，大理寺前也聚集了越來越多看熱鬧的人群。外面的自然不知道裡面發生了什麼事，後來的也不知道之前發生了什麼事，一時間，大家就相互打聽起來。

衙門口內外只聽到人們嗡嗡的議論聲。

堂上響起了驚堂木，一聲「肅靜」之後，周照示意游二娘將手中狀紙遞上去，並細細地研讀起來。

只是他越看，眉頭皺得越深。

游三娘的這個案件，他是有印象的。雖然不是親審，卻關乎一條人命，最後都送到他的手上過審。因為當時人證、物證皆在，又有游三娘的簽字畫押，秉著北燕朝殺人償命的律條，自己才核准了游三娘的死刑。

現在那游三娘還在大理寺的牢裡關著，等著秋後處斬，沒想到她家人竟又鬧騰起來，不僅要翻案，而且還要告當時親審此案的清源縣知縣瀆職，枉顧人性命！

這樣一來，自己豈不也牽扯到其中？周照的臉色變得十分不好看。

「游二娘，據妳狀詞所述，曹貴不是被游三娘所傷致死，而是另有死因，可有證據？而且這場妳是請了人訴訟，還是自己來應訟？」周照面色不豫地說道。

「民女請了訟師的！」游二娘一聽，便急急地扭頭看去。

原本站在人群中的常師爺也清了清嗓子，上前道：「錢塘江舉人常永，願替此女應訟！」

人群中開始騷動起來，周照也面露詫異之色。

此女竟然能找來舉人應訟，顯然是有備而來，他也不得不打起十二萬分的精神來。

他正準備拿起驚堂木時，忽然發現門庭處站著幾個面熟之人，仔細一瞧，竟瞧見吏部侍郎馮雲也擠在人群中。

在京為官多年，周照自然知道吏部的人是不能得罪的，於是趕緊下得堂來，將馮雲往座上引。

「周大人不必如此，我只不過是與好友閒逛至此，聽聞大理寺要審案，才過來瞧個熱鬧而已。」馮雲自是笑著推辭，然後帶了帶身邊的人。

他身邊好友不是別人，正是沈箴；說是閒逛，自然也是因為沈箴有意將他往這邊引。得知沈箴的身分後，周照也微微客套一番，可到底還有案要審，就讓人搬了兩把椅子過來，讓馮雲和沈箴在一旁坐著旁聽。

接下來事情的進展便順利多了。趙卓特意找來的常師爺畢竟不像游二娘，在堂上與周照自是應對自如。不一會兒工夫，雙方便提到了重新驗屍的環節。

趙卓一聽到這兒，拉了拉沈君兮的衣衫道：「我們還是先走吧，等下那曹貴的屍首一抬出，我怕妳會不適。」

沈君兮卻嘴硬說自己不怕。

「真不怕？」趙卓笑著看她。「剛才是誰光看個挨板子就躲起來？待會兒那屍首一抬出來，可不是血肉模糊，而是腐肉一塊一塊的，還有難聞的氣味……」

聽了趙卓的描述，她想起上一世見過那些餓死在路邊的人，不過才幾日工夫就惡臭撲鼻。想了想，自己還是不想再見到那樣的場面，就抓著趙卓的手擠出人群。

離開時，自然沒留意到跟在身後的那道目光。
沈箴一進這大堂時，就注意到混在人群中的趙卓和沈君兮。
他之前便好奇，這卓七公子到底是什麼人？
之前女兒同他說起游三娘的案件時，他不是沒有想過翻案的可能，若是在貴州的地界上，他或許能把事情給辦了；可這裡是京城，要在這兒翻案，還是個死刑案，太難！
但讓他沒想到的是，女兒竟會尋了個卓七公子出來，對方不但將事辦了，而且還計劃得很周全。
至少在他看來，現在所有事情都是按照這卓七公子劃定的軌跡進行，並沒有什麼意外。剛看那卓七公子臉上的神色，顯然他不擔心這場訴訟會不會贏，甚至可以說，他從沒考慮過會輸。
不過十五、六歲的少年，卻有這樣的謀劃和心性，不得不讓沈箴佩服。
讓他更意外的是女兒與這卓七公子的關係。看兩人相處的樣子，顯然已是十分熟絡，由不得沈箴不上心了。
沈君兮畢竟是個女兒家，她與卓七公子來往過密，紀老夫人究竟知不知曉？
他當初想著把沈君兮送到京城來，就是擔心年幼的她無人管教。不管紀老夫人對此事是視而不見，還是根本不知道，都有些違背了他將沈君兮送到京城來的初衷。
可對於卓七公子的身分，女兒卻是守口如瓶。他旁敲側擊地轉問卓七公子帶來的那幾個人，一個個都似鋸嘴葫蘆一般。

這些年他雖不在京城，卻也知道京城的這潭水有多深，莫說他一磚頭下去能砸到多少個四品官，就是那些王公貴族也不知道有多少。

他現在是擔心女兒年紀小，要是著了這些人的道，自己一個小小的從四品，怕是根本無力跟這些人對抗……

只可惜，沈篋的焦慮，沈君兮卻不知道。

她現在正被眼前的說書人吸引著。

原來她同趙卓出了大理寺後，便就近去了間茶樓。

茶樓裡的人很多，大家都圍坐廳中，聽那說書人繪聲繪色地講著三娘蒙冤案。

沈君兮一聽說書人口中的「三娘」和「李貴」，便知道他說的正是游三娘和曹貴的事。可瞧著說書人說得一板一眼，也不是瞎編，她心有遺憾地瞧向趙卓。

她以為游三娘的事只有他們幾個人才知道，現在看來怎麼好似全城的人都知道一樣？

趙卓不動聲色地帶著沈君兮上了二樓，要了個雅間，待小二將茶水和點心都端上來又退下後，才同她道：「這些人自然都是我安排下去的。」

沈君兮瞬間明白了。游三娘的案件能判得那麼糊塗，全是因為那些人仗著游三娘不過是一介小民，存了判對、判錯誰也不知道，即便有人知道也翻不出大浪的心思。

趙卓這麼一弄，再透過茶館裡這麼一宣揚，現在知道這事的人多了起來，再有人想葫蘆僧判葫蘆案，可要掂量掂量。

只是這案件已經拖了兩、三個月之久，肯定不是一、兩天便能重新結案。沈君兮手頭的經書已丟下幾日未抄，眼見著就要到四月初八的浴佛節，她只得靜下心來趕抄經書。

可經書還沒抄完，卻傳來沈箴要離京的消息。

沈箴原本是上京述職的，既然已經述完職，自然沒有長留京城的道理。

沈君兮一直將他送到城外的十里長亭，同去的還有為她充當保鏢的趙卓等人。

沈箴只與沈君兮說了一些「多照顧好自己」的話，與趙卓卻是深深地交換一個眼神。

趙卓則是一言未發，然後衝著沈箴作了個揖。

沈箴點點頭，上了離京的馬車。

沈君兮站在長亭裡，見著父親的馬車在視線裡消失後，才同趙卓道：「你們剛才這是打的什麼啞謎？」

「有嗎？」豈料趙卓卻裝傻充愣起來。「我不過是祝沈大人一路平安而已。」

沈君兮不信，可她也知道，依趙卓的性子，他不願說的事，自己問也問不出來。

她只好賭氣地瞪了趙卓一眼，爬上了回城的馬車。

趙卓看著她氣鼓鼓的樣子，腦子裡想著的卻是沈箴私下問他家中有幾口人、可曾婚配過的話。

趙卓臉色一紅。

小丫頭已經十歲，自己也十六了，若說之前還有些羨慕其他皇子能封王開府，現在的他卻十分慶幸自己不在他們之列。

他想去求父皇賜婚。

雖然他知道這是一件看上去不那麼容易的事，可凡事預則立、不預則廢，他總要去試過了，才知道這事成與不成。

日子飛快地到了四月初八。

自從上次替沈君兮急過那麼一把後，紀老夫人的身上一直不大好，雖然請傅老太醫來瞧過，可也沒瞧出個子丑寅卯來，只是交代著多休養便是。

因此沈君兮她們的護國寺之行，紀老夫人自然不能跟著前往。

倒是謝氏聽聞她們要去護國寺還願，想與她們同行。

文氏管著屋裡這一攤俗事，自是抽不開身；而紀雪原本也想去，可一聽聞沈君兮也去，便打消了念頭。

她現在和沈君兮是兩不相見兩不生厭，誰也不會主動去搭理誰。

齊氏見女兒不願出門，她更樂得清閒。自從沒了管家大權後，她覺得自己出門都變得沒底氣，總覺得那些夫人、太太們一紮堆，就在說她的笑話一樣。

到最後，決定去護國寺的只有紀雯、沈君兮和謝氏三人。

因為是浴佛節，她們料定今日去護國寺的人不會少，因此比平日出門多帶了一倍的人手。

豈知馬車才行到護國寺前的牌坊就走不動了，幾人只得下車，想走到護國寺去。

只是她們還沒走出五、六丈遠，便聽得路邊有人在爭吵。

原來這條路被堵住，並不是因為車多，而是前方有兩輛馬車撞到一起，然後兩家各持一詞，都覺得是對方撞了自己，互不相讓地爭執起來。

她們幾人遠遠地瞧上一眼，覺得與自己無關，便從一旁繞過去。

只是繞路時，卻聽得路邊有人道：「欸，那不是北威侯府曹家的馬車嗎？是誰家吃了熊心豹子膽，竟然和曹家的人槓上？誰不知道曹家又要出個太子妃了，風頭可是一時無兩啊！」

「什麼呀！你沒瞧見另一輛馬車上的家徽嗎？那可是遼東薛家的馬車，薛家在遼東世代鎮守有功，前段時間皇上不還追封了已逝的薛老將軍為遼東王？」聽見另一聲音道。

之前那個聲音不服氣地辯道：「薛老將軍都已經死了那麼多年，現在追封遼東王有什麼用？而且這爵位還不能世襲，是個空架子。」

「可也比什麼都沒撈著強啊，說出去總是王府的人呀！」另一人繼續道。

「這倒也是，不過這些都和我們沒什麼關係。」沈君兮聽見有人呵呵地笑道。

她扭頭看去，只見兩位衣著華麗的太太說說笑笑地從她身邊經過，身後更是跟著一大群丫鬟、婆子，一看也知道是結伴過來進香的。

薛家？她們不提，她倒要忘了，三代鎮守遼東，薛老將軍更是馬革裹屍。

可是上一世，薛家拚死也只是個鎮北侯，沒想到這一世昭德帝竟如此大方地封了個遼東王給薛家——雖然是給已經離世的薛老將軍——至少薛家的人走出去也有面子一些。

一想到這兒，沈君兮卻又自嘲地笑了笑。

薛家在遼東鎮守了三代，也經營了三代，封不封王對他們而言並沒有多大差別，至少在遼東，薛將軍說出去的話比任何人都管用。

這樣一來，反倒顯得昭德帝多此一舉了。

可昭德帝又怎麼可能會做這種毫無意義的事？畢竟封一個遼東王和封她為鄉君不一樣，不可能是隨興為之。

沈君兮正百思不解時，目光不禁又往兩輛相撞的馬車看去。

從她這裡看過去，曹家的馬車在前，薛家的馬車在後，而薛家馬車的車轅卻別到了曹家的馬車上，這一看就知道是薛家的馬車撞了曹家的。

可看薛家的車夫卻一副咄咄逼人的樣子，明顯在挑釁對方。

都說強龍不壓地頭蛇，先不說那薛家是不是強龍，可曹家卻是真正的地頭蛇，薛家卻敢和曹家對著幹……

電光石火間，沈君兮覺得自己好像想到了什麼，只是還來不及細想，便被紀雯拖著往護國寺走去。「妳在磨磨蹭蹭什麼？兩個車夫吵架有什麼好看的？」

謝氏也在一旁打趣道：「大概是因為平日沒瞧過，所以守姑妹妹才會覺得新奇吧！」

沈君兮聽了這話，有些尷尬地笑了笑，既沒承認也沒否認。

因為她們此行是來拜菩薩的，她害怕自己胡思亂想，被菩薩遷怒心不誠，因此她跨過護國寺前那道門檻時，完全將此事拋到了腦後。

可當她們從護國寺出來後，沈君兮又琢磨起來。

在上一世的記憶裡，曹珂兒被選為太子妃；這一世，她下毒害人反害己，不可能再坐上太子妃之位，曹太后自然只能將曹家另外一個女孩曹萱兒拱上太子妃之位。

在這時，昭德帝追封薛老將軍為遼東王，薛家車夫又恰巧在這時候挑釁曹家的人……

這會不會是薛家的人故意給昭德帝釋放消息，他們並不懼怕曹家的人？

這樣一想，所有事都想得通了。

如果她沒有猜錯的話，這一世應該是曹萱兒當上太子妃，而薛家女孩卻坐上太子側妃的位置。

昭德帝想用薛家來制衡曹家，就像他當年用紀家來制衡曹家一樣！

# 第七十九章

過沒幾日，宮裡傳出的消息果然印證沈君兮的猜測。

可讓所有人都沒想到的是，紀雯被選為四皇子妃！

「真沒想到我們家竟然會出一個王妃呀！」得了消息的齊氏喜氣洋洋地跑到紀老夫人跟前報喜，沒想到卻遇到面如寒冰的紀老夫人，和早已哭成淚人兒的紀雯。

紀老夫人讓人張羅著給她更換衣裳，急著要進宮去。

「祖母！」紀雯雖然不想當什麼皇子妃，可也不想讓祖母和姑母為難。她想勸住紀老夫人，可又心存希望地想著，萬一祖母進宮去求一求有用呢？

「不管結果是什麼，我總要進宮問一問妳姑母。之前不是說得好好的嗎，怎麼突然變卦！」紀老夫人拍著紀雯的手道。

沈君兮一見勸不住紀老夫人，乾脆回房也換了一身衣服過來。「還是我陪著外祖母進一次宮吧，您一個人去，我不放心。」

紀老夫人看著和自己差不多一般高的沈君兮，點點頭，帶著她坐馬車往皇宮去了。

可不知是因為紀老夫人太心急，還是年紀大了忘事，以往進宮都得先往宮裡遞牌子，宮裡的貴人同意了，才能入宮。

這次她們走得太急，以至於紀老夫人的牌子還沒遞進去，她們已經到了宮城門口。

宮城的守衛自然不敢放她們進去。

沈君兮從腰間掏出一塊玉牌。「我是清寧鄉君，這是皇上親賜我的玉牌，稱有此玉牌，我不用通傳也能入宮。」

這是三年前她得了這塊玉牌後第二次用上，因此雖然想讓自己顯得鎮定，還是不免有些心慌，說話的語調也有些抖。

好在守門將士沒有注意這麼多，只檢查一遍沈君兮的玉牌後便將她們放進去。

因此當她們出現在延禧宮時，連紀蓉娘都吃了一驚。

紀老夫人也顧不得那麼多，一見到紀蓉娘就急匆匆地問：「這是怎麼回事？之前不是說好了，雯姊兒怎麼選上四皇子妃了？」

這件事紀蓉娘也不知該如何同紀老夫人說。之前她以為曹太后至少還會在那五十人中再挑選一批，然後她趁這個機會把紀雯給篩出去。誰知道曹太后卻未再與她們這些妃嬪商量，而是直接選定皇子妃，打了她一個措手不及。

今日，慈寧宮中一傳出消息，她也急得不得了，可她又不好為了這事去煩勞昭德帝，說他們紀家瞧不上昭德帝的兒子吧？

最重要的是，趙瑞也被曹太后賜婚，配的是北靜侯府的楊二小姐。

一想到這個，紀蓉娘便有些頭疼。

早些年的時候，因為小姑娘間起了口角，北靜侯府的楊二小姐潑了紀雪一身茶水，從此紀家與北靜侯楊家的走動就少了。

這件事連她都知道，她不信曹太后不知道。
曹太后這是想幹什麼？稍微有點腦子的人都能想到。
紀蓉娘自是想跟母親好好說道說道，可礙於沈君兮也在一旁，卻有些不好開口。
她正想著是不是該叫人將沈君兮領下去用些糕點的時候，沈君兮卻站起來笑道：「姨母，我看您這院子裡的月季開得正好，能不能出去瞧一瞧？」
紀蓉娘趕緊叫人將沈君兮給領出去。
出得正殿，沈君兮在幾株月季花前繞了繞，便坐在一旁的石凳上發起呆來。
上一世的紀雯也中選，不過只是個皇子側妃，至於是幾皇子，她還真有些記不起來了。
但她知道的是，上一世的紀雯過得並不好。
只是上一世的她和紀家人並無多少往來，也因為大舅母的關係而對紀家人心生不喜，為此還曾幸災樂禍過。
這一世，她自然不想讓紀雯再過那樣的日子。
可現在，到底還有沒有回轉的餘地？
她想到那一年，她們在樂陽長公主府泛舟落水後，周福寧的二哥周子衍看向紀雯的眼神。
她覺得紀雯同周子衍很登對，難道他們真的是有緣無分？
沈君兮在那兒撓頭想著，不免發出一陣又一陣的嘆息。
「妳今日怎麼進宮了？」在她坐在花間抓耳撓腮時，一身皇子服的趙卓卻毫無預兆地出現在眼前。「是為了紀雯的事？」

沈君兮詫異地抬頭。

趙卓自然地坐到她對面，笑道：「妳別奇怪，宮裡的人都在討論這個。」

而他，因為是唯一沒有被封王的皇子，也因此沒有被婚配，反倒多了幾分局外人看熱鬧的心思。

「雯姊兒不想嫁給四皇子。」沈君兮垂了眼，喃喃道。

「我知道。」趙卓坐在那兒，依舊笑道。

「可現在怎麼辦？眼見著她要嫁給四皇子了，我卻幫不上她！」沈君兮很苦惱地說道：

「我原本以為她能嫁給周子衍……」

「周子衍？為什麼？」趙卓挑眉問道。

因為私下相處得多，沈君兮同他說起話來也沒有那麼多顧忌。「沒有為什麼，是覺得他們在一起的感覺很舒服。雯姊兒是恬靜的性子，她不適合四皇子。」

「原來妳也這麼想。」本以為趙卓會怪她亂點鴛鴦譜，沒想到他也贊同。「而且據我所知，周子衍對紀雯好像也有幾分意思，曾不止一次拐彎抹角地向我打聽你們秦國公府的事，還說是周福寧讓他問的。」

沈君兮聽了，瞪大眼睛。

竟然還有這樣的事！如果真是這樣，紀雯同周子衍錯過的話，那也太可惜了。

「我們能幫幫他們嗎？」她也知道自己這話很天真，但她在趙卓的跟前也不是第一次這麼天真了。

「事在人為，或許可以一試。」趙卓笑嘻嘻地挑眉。

他們二人坐在一起絮絮叨叨好一陣子後，覺得事不宜遲，應該趕緊去樂陽長公主府一趟。

想著自己不能就這麼從宮裡消失，沈君兮特意去紀蓉娘跟前，說自己想去御花園逛一逛。

紀蓉娘那頭正焦頭爛額，與紀老夫人還有一堆話沒說完，自然不會想要拘著沈君兮。

沈君兮得了紀蓉娘的允許後，便偷偷換了一身小內侍的衣服，跟在趙卓身邊出宮，直奔樂陽長公主府。

皇子們已經選好皇子妃的消息，自然也傳到長公主府。

周子衍坐在桌前，好似在看書，可腦子裡浮現出的卻都是紀雯嬉笑的倩影。

她也要嫁人了嗎？他很是愣怔。

雖然是兩年前見過幾面，周子衍卻忘不了她。

四皇子妃，將來便是康王妃……她那樣的女子，應該配上這樣尊貴的身分吧！

周子衍一個人坐在那兒瞎想著，可心裡還是無限惆悵。

「你居然還坐在這兒發愣？你媳婦都要讓人搶跑了！」趙卓特意沒有讓人通傳，他的出現自是嚇了周子衍一大跳。

周子衍一見是他，便站起來，走到跟前砸了他胸口一拳。「瞎說什麼，什麼叫我媳婦要讓人搶跑了？」

自從紀晴去山東讀書，平日在上書房裡跟在趙卓身邊的便是周子衍，二人也經常在一起玩鬧。

這次趙卓卻收起玩鬧的心思，看著他道：「你知道紀雯選上了四皇子妃吧？難道你沒有什麼想法？」

「我能有什麼想法？」周子衍苦笑。因為與趙卓是表兄弟，他在趙卓跟前並不遮掩自己的情緒。

沈君兮在一旁瞧得心急，跳上前道：「你是不是喜歡雯姊姊？你要是喜歡她，你要想辦法去求了她呀！」

周子衍沒想到沈君兮會變成一個小內侍出現在自己跟前，舌頭瞬間打結。「我……我……不知道你們在說什麼……她是要當皇子妃的人，要是有什麼不好的話傳出去，對她可不好！」

沈君兮一聽，知道周子衍顧忌著什麼，一拍周子衍的肩道：「我們過來找你，自然是把你當自己人，有些話自然要和你敞開了說，雯姊姊可不想當什麼皇子妃。」

周子衍的眼中閃過一絲光亮，但那光亮又隨即消失不見。

「那又怎麼樣……父母之命，媒妁之言，這不是我們幾個人能左右的事。何況她是被皇家相中的人，憑我們幾個，無能為力……」語氣中滿是心酸與無奈。

「你試都沒試，又怎麼知道不可能？」沈君兮卻是急道：「別忘了，你可是長公主的兒子！別人是一點機會都沒有，可你若試一試，或許還有辦法。」

或許還有辦法？

紀雯柔弱的身影再次浮上周子衍的心頭。

她總讓人忍不住想要保護她，可是四皇子的性子，他卻是知道的，表面上看起來爽朗大方，其實卻是個陰鷙的人，紀雯若是跟著他，將來的日子恐怕只能打落牙齒和血吞。

一想到這兒，周子衍心裡不免絞疼。

見他這猶猶豫豫、思前又怕後的樣子，沈君兮急得跳腳。「雯姊姊怎麼會瞧上你?!還說你謙謙君子、溫潤如玉，要我說，你根本是個慫蛋！算了，我們回家再想其他辦法。」說著，她拖了趙卓要走。

「妳剛才說什麼？」周子衍卻攔住沈君兮。「紀大姑娘真是這麼說我的？」

「說了又怎麼樣？沒說又怎麼樣？你不是說無能為力嗎？」沈君兮衝著周子衍翻了個白眼。

周子衍卻低下頭來細想一番，然後頭也不回地衝出去。

趙卓見狀，對沈君兮擠了擠眼睛，拉著她跟在周子衍身後跑出去。

自己的激將法起作用了嗎？

沈君兮知道剛才的做法很冒險，可為了激一激周子衍，也不得不下狠招。

想著自己有幾次拿周子衍打趣時，紀雯的臉紅得都能滴出血來的樣子，自己應該沒有點錯鴛鴦譜吧？

然而眼下卻容不得她多想，她被趙卓帶著從一個角門溜進一處院子，然後巡著牆根，在一個窗沿下蹲下來。

沈君兮正好奇時，卻聽得屋內有人道：「你想求娶紀家的大姑娘？」是樂陽長公主的聲音！沈君兮瞧了趙卓一眼，趙卓打了個噤聲的手勢。

「是的，孩兒心悅於她。」她聽到周子衍那有些緊張的聲音。

「可是你知不知道，紀家的大姑娘已經被選為皇子妃了呀！」樂陽長公主此時震驚地看著自己兒子，沒想到他竟會同自己提出這樣的要求。

周子衍只感覺自己的臉滾燙滾燙的，兩隻耳朵也好似架在火上燒。「孩兒自是知曉，可孩兒還是想試試。」

樂陽長公主看著周子衍，半晌沒有說話；周子衍也一臉倔強地站在那兒，絲毫沒有退縮，彷彿這兩人這樣入定了。

沈君兮跟著趙卓蹲在窗戶下，雙腿直發麻。

因為樂陽長公主特意將身邊的人都趕出去，沈君兮和趙卓才能肆無忌憚地躲在這兒聽牆根。

「來人啊，備車！」突然，他們聽見屋裡的樂陽長公主大聲喊道，趙卓連忙拖著沈君兮往一旁的角房躲去。

過沒多久，樂陽長公主便從屋裡出來，然後跟手下的人道：「進宮！」

躲在一旁的沈君兮有些興奮地拉了拉趙卓的衣裳，激動得說不出話來。

也正是因為激動，她原本白皙的小臉粉撲撲的，趙卓忍不住低頭在她額上輕啄一下，然後若無其事地扭過頭，繼續盯著外面。

沈君兮愣在那兒。

她抬頭看向趙卓，豈知趙卓一臉鎮定地將她護在懷裡，全神貫注地注意外面，好似剛才什麼事也沒有發生一樣。

沈君兮摸了摸自己的額頭。難道是不小心碰到的？肯定是的，不然七皇子沒有道理會來親吻自己！

「他們都離開了，我們也走吧！」待院子裡的人都撤去後，趙卓拉了沈君兮的手道：「我們也得回宮了。」

說著，他拉著她從之前進來的角門退出去，然後坐馬車回宮。

慈寧宮中，曹太后正心情大好地拿著一塊繡帕擦拭自己養的花草，曹萱兒則面帶嬌羞地帶著人端了碗參茶過來。

曹太后瞧見了，不免打趣她。「哀家的萱兒長大了，竟然知道害羞了。」

「太后娘娘……」曹萱兒嬌嗔著。

曹太后將手中的帕子交給一旁的人，拉著曹萱兒的手道：「以後妳便是太子的正妃，可不能像現在這般軟糯了，得學會為太子分憂。」

曹萱兒紅著臉，點點頭。

曹太后拉著曹萱兒繼續說著什麼，卻聽得殿外有人通傳樂陽長公主求見。

「她怎麼這個時候進宮？」曹太后瞧了眼身旁的自鳴鐘。再過一個時辰，宮門要落鑰了。「讓她進來吧。」

不一會兒工夫，宮人便領著樂陽長公主到了曹太后跟前。

樂陽長公主行過禮後，便同曹太后說起此行的目的。「女兒想同母親求一個人。」

「求誰？」曹太后遣了身邊的人，曹萱兒也很有眼力地跟著一起退下。

「女兒瞧中了紀家的大姑娘，」雖然面對的是自己母親，可樂陽長公主卻忌憚母親身為太后的餘威，說起話來不免有些小心翼翼。「這紀家的大姑娘兩年前曾在女兒府上小住過一段時間，女兒瞧著甚為喜歡，當時動了想為衍哥兒求娶的心思。只是當時瞧著孩子們還小，怕生變數，便一直壓在心裡沒提。沒想到，這孩子竟然也合了母親的眼緣，配給了四皇子……女兒心下覺得遺憾，但還是想為衍哥兒來試試。」樂陽長公主垂眼道。

曹太后聽了女兒的話，沒有作聲。

她這個女兒的個性，她最清楚，膽小怕事，一點都沒有皇家公主大氣的風範。

如果可能，她是最不願意給自己惹事的人。

可這樣的一個人，竟然會主動求到自己跟前來，也讓她有些意外了。

將紀雯配給四皇子，並不是曹太后一時起意。

昭德帝的七個皇子中，除了封為太子的二皇子是由曹皇后所出外，只有三皇子和四皇子的母妃位分高，其他皇子的生母不是更衣就是常在，根本不足為懼。

可三皇子和四皇子不一樣。

自己將曹家人安排到太子妃的位置上，保住了曹家富貴的同時，卻犧牲了太子的利益，因為他的外家和妻族都同為一支。

而三皇子和四皇子不一樣，他們將來除了外家，還會有一份來自妻族的助力。

因此，曹太后對此頗費了一番功夫。

紀貴妃與黃淑妃素來不合，將紀家的女兒配給四皇子，一定得不到四皇子的愛重，紀家也不可能成為黃家的助力，因為紀家還有一個三皇子。

她又給三皇子挑了北靜侯府的二小姐，她可是聽聞楊二小姐曾同紀家的姑娘大打出手，兩家因而生過嫌隙。

彼此牽制的安排，自然削弱了兩位皇子的助力。

黃家那邊好似還沒有什麼反應，可紀家這邊卻是急成了熱鍋上的螞蟻。

# 第八十章

莫不是紀家的人竟求到長公主府去了？

可她聽聞的消息卻是紀老夫人自進宮後，還沒有出宮，延禧宮那邊應該還沒商量出什麼對策來。

她靜靜地打量著女兒的神色，希望從她臉上瞧出什麼端倪來。

可樂陽卻低著頭，讓曹太后不免在心中嘆了一口氣。

自己怎麼會懷疑樂陽？她那個怕事的性子，又怎麼可能會摻和到這裡面去？怕真是如她所說，早瞧中了紀雯那個丫頭，結果卻被自己截了胡。

「罷了、罷了，好在聖旨未下，既然妳有心為子衍求娶紀雯，我便將那丫頭賜婚給子衍吧！」想著當年因為自己疏忽，讓唯一的女兒變成這副唯唯諾諾的樣子，曹太后心中滿是愧疚。

因此，曹太后讓人重新謄抄一份名單送去給昭德帝。

昭德帝瞧著那份名單也很意外，不由得和來人問起緣由。

來送名單的是曹太后身邊一個老嬤嬤，自認在皇上和太后跟前都有些臉面，便將樂陽長公主進宮為兒子求娶紀雯的事說了。

聽嬤嬤一說，昭德帝倒想起之前紀雯在長公主府落水的事情來。當時幾個兒子的表現，自己並不怎麼滿意，而且若不是周子衍，紀雯這丫頭恐怕早已沒了性命。
這似是冥冥中注定的事一樣，一切都早已安排好。
昭德帝叫來福來順。「讓他們行人司按照這份名單重新擬旨，然後再多添一道為長公主府二公子賜婚的聖旨。」
福來順畢恭畢敬地領旨去了。

延禧宮裡，紀蓉娘和紀老夫人絮叨了一下午，也沒能商量出一個章程來。眼見要到了落鑰的時候，紀老夫人只得先出宮。
當晚，紀雯沒來翠微堂吃晚飯。紀老夫人知道她有心結，便讓人將飯菜送到董氏的西跨院。
「外祖母，我也過去看看吧。」沈君兮跟著紀老夫人從宮裡出來，一路上也沒少聽到紀老夫人的長吁短嘆。
因為也不知道事情成或沒成，她也不敢貿然同外祖母說起自己去過長公主府的事。
紀老夫人也沒有什麼胃口，便許了沈君兮。
因為董氏不在家，西跨院的正房並未點燈，只有紀雯住著的廂房裡透著一點昏黃的燈光。
沈君兮推門進去，卻見紀雯急急地擦眼睛，可她一雙眼早腫得像桃核一樣，讓人一看便知道她哭過了。

「外祖母讓我送些吃的給妳。」沈君兮讓人將食盒提上來，又將人給打發出去。

紀雯瞧著一桌子都是自己平常愛吃的，卻著實沒有心情。

「我不想嫁他！」見屋裡沒有旁人，紀雯拉著沈君兮的手道：「他不是個好人！」

沈君兮有些詫異地看向紀雯，暗道她怎麼會這麼說？

紀雯很急切地道：「妳還記不記得我們在長公主府落水的那次？是因為他，船娘們才不敢下水救我們。這人的心腸又硬又壞，我若是嫁給他，能有什麼好日子過？」

「妳怎麼知道的？」這些事情，沈君兮自然是知道的，因為趙卓全都告訴了她，可她沒有告訴紀雯。

「是周子衍告訴我的。」紀雯苦笑道：「後來我還同三皇子求證過，他當時為了這事還與四皇子爭執過。妳說這樣一個自私自利的人，我怎麼能嫁他？讓我嫁一個這樣的人，我寧願剃髮去當姑子。」她好似發願般地說道。

瞧著紀雯一臉堅毅，沈君兮便試探地問：「可如果是嫁給周子衍呢？妳也要剃了頭髮去當姑子嗎？」

「能嫁他，自然是好。」紀雯的臉微微一紅，露出一抹小女兒的嬌羞，但隨即神色又變了。「只是這怎麼可能……連去當姑子，也只是我一時的氣話，我若不嫁，便是抗旨……若是抗旨……」

若是抗旨，整個紀府就完了，她不能這麼自私。

也許這是命！

紀雯有些失神地趴在炕桌上。這個時候，她好想娘，好想弟弟……

等待的日子，總是漫長的。

紀老夫人的情緒很低沈，再加之身體本不好，一下子便病倒了。

為此，紀雯很自責，覺得都是因為自己才讓祖母倒下，因此她衣不解帶地服侍在紀老夫人身旁。

紀老夫人瞧著，自是心疼。

「妳去歇會兒吧，我身邊又不是沒有人。」半躺在床上的紀老夫人繫著一塊額帕，勸慰紀雯道。

紀雯則低頭小聲道：「祖母還是讓我留下來吧，以後也不知道還有沒有這樣的機會了……」

紀老夫人嘆一口氣。

一旦成為皇子妃，便是皇家的人，自然不能似普通人家的媳婦一般。就像她的蓉娘，自從被一頂小轎抬出家門後，再也沒有回來過……

受紀老夫人的影響，整個紀府的氣氛也低沈，下人們做事都小心翼翼的。

唯有住在東跨院裡的齊氏對此不以為然。

她覺得紀老夫人就是矯情。能嫁給皇子，還是正妃，這是多少人家作夢都求不到的事。

想想紀蓉娘，當年也不過只是個皇子側妃，現在當了貴妃，紀府的身價也跟著抬了抬；

而且紀老夫人不管走到哪兒都被人敬著，不都是瞧在紀貴妃的面子上？
若是這樣的好事能落到雪姊兒身上，自己敲鑼打鼓還來不及！怪只怪她的雪姊兒沒這福氣，偏偏晚生了這麼多年，不然她不信雯姊兒能選上，她的雪姊兒選不上。
不過話又說回來，紀雪今年已經十一歲，雖說嫁人還有點早，可她也該多留意留意京城裡誰家還有適合的公子，早早為紀雪籌劃起來。
因此蟄伏了多日的齊氏又開始活躍起來，經常走家串戶，或是約三、五位夫人、太太組個牌局，一邊打著葉子牌，一邊閒聊別人家的家長裡短。
對此，紀老夫人自是有所耳聞。
但是對於這個大兒媳婦，她是懶得管，也不想管。
家中的這一切，沈君兮瞧在眼裡，也是急在心裡。
她不知道那日樂陽長公主進宮後，能不能求動曹太后？為此她特意使了人去宮裡探聽消息，而趙卓只傳了四個字出來——「少安勿躁」。
紀老夫人這邊病倒之後，府中前來探病的人也多起來。
東府的李老安人、隔壁的林太夫人、林三奶奶等人自是不必說，連延平侯夫人王氏也赫然在列。
因為紀老夫人身體不適，便由作為大兒媳婦的齊氏迎來送往，紀雯和沈君兮則隨侍在紀老夫人身旁。
若是其他人來了還好說，只要是王氏一上門，沈君兮便會避到自己的西廂房去。

終於有一天，連紀雯都覺得奇怪了，和沈君兮悄悄道：「妳說延平侯夫人是不是來得太勤快了些？」

「有嗎？」因為不喜王氏，她很少去留意與王氏相關的事情。

「怎麼沒有？今日尋了個偏方，明日得了一味藥材，她每次都沒有空手來過。」紀雯回憶道：「而且上一次，她把延平侯世子也帶過來，真是讓我躲都沒來得及。」

延平侯世子？傅辛？這王氏到底在打什麼主意？沈君兮忍不住皺了眉頭。

上一世，因為自己遠在貴州消息不便，並不知道外祖母是什麼時候過世的？可她隱約記得有那麼兩次聽王氏提過，當年是因為外祖母的原因，延平侯府才起了要求娶自己的心思。

算算時間，傅辛也到了該娶妻生子的時候，難道王氏是因此才跑得這麼勤快？可上一世，她只是個遠在邊疆的喪婦長女，王氏將主意打到自己身上還情有可原；這一世她有個清寧鄉君的名頭傍身，王氏再想打她的主意，是不是也應該掂量掂量？

但她一想到王氏那無利不起早的性子，倒是與大舅母齊氏有得一拚，或許她還真存了這樣的心思也不一定。

「延平侯夫人真的只是過來探病嗎？還有沒有做什麼其他事情？」沈君兮問起了紀雯。

「沒有啊，她每回來，只是同祖母說一些家長裡短，好似是故意來討祖母歡心一樣。」紀雯回想道：「之前她還特意在祖母跟前提過自己兒子，說要帶過來給祖母瞧一瞧，沒想到她還真的把人給帶過來了。」

意圖很明顯了，分明是帶到紀老夫人跟前來相看的！

大舅母一向眼高於頂，定是瞧不上延平侯府這種落魄世家，那延平侯夫人定是又將主意打到自己身上。

一想到傅辛和表妹王可兒的不清不楚，沈君兮心裡有著一股說不出的噁心。

因此當王氏再次登門拜訪的時候，她並沒有再躲起來，而是大大方方地出現在王氏眼前。

王氏一見沈君兮便眼前一亮，忙起身拉了她的手恭維起來。「這是清寧鄉君嗎？倒是出落得越發大方了，好似那剛打了露水的花骨朵一樣，嬌嬌豔豔的，讓人好不羨慕。」

「延平侯夫人謬讚了。」沈君兮卻不動聲色地抽回自己的手。「要說花骨朵似的人物，我自是比不上傅大小姐。而且我聽聞，不光傅大小姐長得好，寄居在您家府上的表小姐也是個難得一見的大美人，連延平侯世子對她也是頗為上心。」

聽她這麼一說，王氏的臉上出現尷尬，還情不自禁地睃了紀老夫人一眼。

只見紀老夫人正閉目養神，也不知道將這話聽進去了沒？

「鄉君這都是在哪兒聽的這些傳言？」王氏尷尬笑道：「這都是沒影兒的事，他們只是幼時相處的時間多一點而已。」

沈君兮只是笑了笑，並沒有搭王氏的話，可眼神卻彷彿在告訴王氏：我什麼都知道。

王氏瞧了，也是一陣心驚肉跳。

她之前當然也動過讓兒子娶娘家姪女的心思，可她娘家式微，若是讓辛兒娶了娘家姪女，他們延平侯府根本不能擺脫慢慢沒落的困境。

她經過一番前思後想，把主意打到了秦國公府。

王氏最開始是想同齊氏結這個親家，畢竟紀雪是秦國公的嫡親女兒，兒子若能娶她，將來國公府自要對他們延平侯府照拂一二。

可與那齊氏接觸過一、兩次後，她便發現齊氏是個眼高於頂的人，根本瞧不上他們侯府，她只得退而求其次。

好在秦國公府裡還寄居著一位表小姐，雖被聖上親封為清寧鄉君，可到底是個從小死了娘而養在紀老夫人身邊的外孫女。

這樣的姑娘說好嫁也好嫁，說不好嫁也不好嫁，畢竟是個喪婦長女，自己若是試試，說不定也有機會。

所以她這些日子三不五時來探望紀老夫人這個表姑，還時不時地將自己的兒子誇一誇。

這不，之前自己把兒子往紀老夫人跟前一帶，便得了紀老夫人賞賜的一塊端硯。

只是不知是哪個爛嘴的嚼舌根，竟能傳出這樣的話來！延平侯夫人越想越氣，因此只在紀老夫人跟前小坐片刻便離開了。

她這一走，倒有兩、三日不曾再上門來。

閒下來的紀老夫人前思後想，然後趁身邊沒人的時候，同身邊的李嬤嬤商量起來。

「找個人去查一下這件事，若是延平侯世子真與那表小姐不清不楚，這件事要從長計議。」紀老夫人冷色道。

李嬤嬤也是大驚。「老夫人，難道您真的想讓鄉君嫁到延平侯府去？」

紀老夫人苦笑道：「只有到了我這年紀才明白，真是不求孩子們大富大貴，唯求他們能平安喜樂一生。延平侯府的門楣沒有咱們秦國公府高，守姑嫁過去，他們自然不敢輕瞧了她，也不敢隨意欺負她。」她同李嬤嬤說起自己的心裡話。「我就是擔心她和雯姊兒一樣，反倒把她給耽誤了。」

李嬤嬤倒也明白老夫人的這份心思。

雯姊兒的事真將老夫人愁壞了，後悔沒早些給雯姊兒相個婆家，才會有今日的事。因此，老夫人才會起了早些給鄉君找婆家的想法。

俗話說抬頭嫁女，低頭娶婦，沒想到老夫人竟然會瞧上延平侯府。

只是若真像鄉君說的那樣，延平侯世子與表姑娘不清不楚的話，這樁婚事還真要好好考量。

李嬤嬤那邊找人去查延平侯府的事，而這邊卻有人上門尋了沈君兮。

「門房說是來尋我的？」正坐在屋裡跟小毛球玩鬧的沈君兮奇道。

前來傳話的珊瑚道：「門房說是兩個婦人，特意上門來給姑娘道謝。」

兩個婦人？沈君兮在腦海裡思索一番。除了游二娘和游三娘，她還真不作第三人想。既然她們能一起來，是說游三娘從牢裡出來了？

「快讓她們進來。」沈君兮讓人將她們安排到花廳，自己則換了一身衣服過去。

待她到達花廳時，只見游二娘和游三娘都杵在花廳裡，小心翼翼地打量四周，生怕自己一個不小心弄髒或弄壞了什麼。

她們見到沈君兮時，幾乎同時在她跟前跪倒在地，不由分說地磕起頭來。

「妳們這是做什麼？」沈君兮趕緊去拉扯二人。

「姑娘的再造之恩，我們姊妹二人沒齒難忘，我們願意給姑娘做牛做馬，以報答姑娘的恩情！」游二娘同沈君兮道。

聽了這話，沈君兮簡直哭笑不得。「我幫妳們，可沒想著讓妳們報答我什麼。」

她也順勢問起了游三娘的那場官司。

自從常師爺去大理寺為游三娘翻案以來，三娘的案子便進入重審。

雖然沈箴回了貴州，可因為有吏部的人盯著，周照也不敢大意，審起案來是十二萬分小心。

由於重新驗屍查出曹貴是死於砒霜中毒，而在北燕朝，砒霜乃是劇毒之物，任何人去藥鋪購買砒霜都是要簽字畫押的，經過對全城藥鋪的查訪，終於發現北威侯府的曹管事在曹貴死前一個月曾買過砒霜。好巧不巧的是，在曹貴出事後，又是他把曹貴的婆娘給弄到北威侯府當差。

若說這還瞧不出什麼貓膩來的話，那人肯定是傻子！

周照順藤摸瓜，連夜突審了曹管事。沒想到曹管事也是個慫的，大刑還沒上身，就招了個一乾二淨。

原來他早些年與曹貴的婆娘有些不清不楚，而曹貴與北威侯的關係，也是這曹管事幫忙攀上的。

# 第八十一章

曹貴就是再沒本事，也看不得家裡的女人給自己戴綠帽。發現家裡的婆娘與曹管事有了苟且之事後，便藉此拿捏起曹管事來。

一開始也還好，他只管要些小銀兩；可到了後來，他的胃口越來越大，竟要曹管事給他在京城置辦宅院來。

京城裡寸土寸金，曹管事若真是有本事的人，又怎麼會窩在北威侯府這麼多年？一番討價還價，曹管事將曹貴一家安排在京城附近的縣裡。

誰知道曹貴住了兩年又生了么蛾子，又向曹管事提要求，曹管事便覺得這曹貴是個填不滿的無底洞，就動了殺人的心思。

好巧不巧的是，游三娘在這個時候尋上門來。

曹管事靈機一動，與曹貴的婆娘商議之後，打算讓游三娘來揹這個鍋，然後又買通來驗屍的仵作和審案的縣丞，把這案子做成一樁糊塗案。

原本想著這事做得天衣無縫，可誰想到游三娘都已被押入大牢，只等秋後處斬了，竟又鬧出翻案的事。

游三娘含淚將這事說給沈君兮聽，然後又跪在地上給她磕頭。

「姑娘，您行行好，收了我和師姊二人吧！」游三娘一邊磕頭一邊道：「我們姊妹現在好似無根的漂萍，我們什麼也不要，只求姑娘賞口飯吃就行！」

「對啊，姑娘，」游二娘也跪在游三娘身旁道：「我們姊妹倆都是跑江湖的，身上都有武藝傍身，不敢說一定能護得姑娘周全，至少也能為姑娘抵擋一二。」

沈君兮一聽到這兒，倒有些心動起來。

她一直羨慕趙卓身邊有席楓和徐長清等人，若是能收兩個會功夫的人在身邊也好。不過是多養兩個人，對她而言根本不算什麼。

但這兒畢竟是秦國公府，自己若想收人，還得問過外祖母。

因此她便將這其中的利害關係說明。「我暫時可以先將妳們二人安置下來，可能不能留妳們，我還得先去問過外祖母才成。」

「我們都聽姑娘的！」游二娘點了頭道。

沈君兮便讓珊瑚將二人領下去，自己則去找紀老夫人。

經過這段時間的將養，紀老夫人已經能下得地來，只不過精神依舊不太好，神色總是懨懨的。

沈君兮急在心裡卻不能言說，還要在紀老夫人跟前打起精神來說笑。

「外祖母，您今日的氣色真不錯。」她笑著上前，然後賴在紀老夫人的身邊撒起嬌來。

紀老夫人呵呵地看著她，見她穿了一身見客的衣裳，問起是誰來了？沈君兮便將游氏姊妹想投靠自己的事情說了。

紀老夫人聽了游三娘的際遇也是一陣唏噓，感慨於游二娘的有情有義。要知道即便是親姊妹也不一定能做得像游二娘這樣。

得知她們二人還會些許武藝後，紀老夫人更沒有理由反對了。

「妳要是覺得合適，便將她們留下吧，」紀老夫人拍著沈君兮的手道：「若是妳屋裡的人超了定例，便將她們算到我屋裡，我來給她們發例銀。」

按照秦國公府的定例，未出閣的姑娘身邊只安排一個嬤嬤、兩個二等丫鬟、四個粗使婆子和四個小丫鬟。

沈君兮身邊嬤嬤的名額讓做糕點的余嬤嬤給占了，紅鳶和鸚哥則是占了兩個二等丫鬟的名額；至於珊瑚，是紀老夫人指派到沈君兮身邊的人，拿的卻是紀老夫人身邊四個大丫鬟的分例。

「不用，」沈君兮卻同紀老夫人笑嘻嘻地道：「人既然是我收的，自然由我來發分例銀子。」

她之前靠著母親的陪嫁，還有秦四經營的天一閣，加上黎子誠在泉州那邊淘回的寶石和香料，每年的流水是十幾萬兩的銀子，光收益就一年五、六萬兩，儼然成了一個富得流油的小富婆。

莫說是幾兩銀子的月例錢，就是讓她一口氣拿出個三、四萬兩也不是什麼難事。

這到底是個什麼概念？

現在在京城裡嫁女兒，一般的中產之家給女兒的房產陪嫁，加起來折算成銀錢，就兩、三百兩的樣子，有錢人家也不過是五千兩到一萬，不然當初齊氏也不會因為聽聞北威侯府的三小姐陪嫁有兩萬兩銀子就動了心。

然而沈君兮的這些錢，並沒有放在那兒置之不理。

她分出一部分讓秦四和黎子誠去做生意倒貨，另一部分則是拿去買地。

若是有心人去查訪一番，便會發現大黑山那邊的荒山荒地，這些年陸續都被人買走，已達數萬畝之眾。

而且那邊的地裡種的也不是常見的高粱小麥，而是齊人高的、叫不出名的東西。走進地裡，好像走進青紗帳一樣；至於山坡上種的更是奇怪，全是矮趴趴的、像野草一樣四處蔓延的東西。

不過那塊原本是荒山荒地，官府留著也沒什麼用，見有人願意買去，知縣老爺自然樂得其所；至於別人買去幹什麼，他也管不了那麼多。

原來沈君兮在此處種的，是黎子誠從泉州那邊帶回來，一些被稱為可恩、破推土的東西。她原本是當成奇花異草種在花盆裡，卻發現這東西好似特別能長，一粒種子下去，能結出許多金黃的棒穗子來。

余嬤嬤瞧見了，先將那些金黃的棒穗都剝下來，像弄麥子一樣用石磨磨成粉，再製成餅。雖然吃起來不似麵粉那般綿軟可口，卻也能讓人飽腹。

沈君兮上一世是經歷過饑荒的人，莫說是這樣的粗餅，人餓起來連樹皮草根都願意吃，還有吃觀音土活活給撐死的，為的只是臨死前想吃一頓飽的。

她不知道這一世還會不會遇上饑荒，可若是她的田莊裡能種出這種讓人吃了不會餓肚子的東西，即便將來有災荒發生，她的人也能度過這一劫。

因此她才讓人去大黑山買地，特意種起這些東西。

她又嫌這些東西原來的名字太奇怪，便讓人改叫這些東西為包穀和土豆。誰教它們一個長得像包起來的穀子，另一個像是長在土裡的豆子。

大黑山最先安置的都是些因河水氾濫而離鄉背井的人，當年官府也沒想將他們久留，但為了安撫這些人，便允許他們臨時在大黑山上開墾山地林地，種點糧食自給自足。

可大黑山那塊坡地多，根本不好種莊稼，只有那些實在沒有活路的莊稼人才留下來。偏偏沈君兮弄過去的東西沒那麼多講究，給點土就能活，而且長勢喜人，那些留下來的農人便紛紛投靠過去。

沈君兮還特意出錢讓他們修了引水的溝渠，這樣一來，大黑山附近的地更好種了，也吸引更多的人。

但誰也沒想到的是，大黑山第一年種出的包穀多得沒地方堆放。

沈君兮便想，既然高粱和麥子能釀酒，不知這包穀能不能釀？

她想起了住在黎子誠隔壁的曹家娘子。

她先是叫人送了些包穀給曹家娘子，讓她試著釀釀酒。

曹家娘子一開始覺得這簡直是胡鬧，但看在對方給的佣金不少，她也勉為其難地蒸釀了一鍋。

沒想到的是，這包穀蒸出來的酒，色澤橙黃清透，酒味香醇，味道甘甜，絲毫不比她之前釀的那些酒差。

沈君兮將這些酒送往天一閣，也受到那些達官貴人的追捧。

曹家娘子就動了想釀包穀酒的心思。

這想法與沈君兮不謀而合，只是這件事自然不可能她親自出面去辦。

自從黎子誠被她使到泉州那邊去當採買之後，她又在母親的田莊裡提拔幾個年輕的管事，其中有個叫邵青的，是個佼佼者。

別看邵青年紀小，辦起事來卻很有章程。他與曹家娘子談妥了開酒坊的事宜，曹家娘子以她釀酒的手藝入股，每年可以在酒坊分得四成紅利。

只是她住的院子不大，囤不下太多包穀，而且這些包穀還要從大黑山運過來，更是麻煩。

曹家娘子也是爽利的，二話不說就將酒坊搬到大黑山去了。

為了有地方能囤放包穀，邵青想著在酒坊旁邊建個大糧倉。沈君兮覺得這主意不錯，特意給他撥了一筆錢。

糧倉建了起來，酒坊也建了起來，需要的幫工也多了起來，因此大黑山附近聚集的人越來越多。

他們圍著酒坊和糧倉搭起臨時的茅草房，慢慢形成了村落，被人稱為黑山村。

黑山村的房子越搭越多，也越搭越密，難免會發生意外。

一戶人家在做飯時，不小心點著了房頂上的茅草，恰好那日又颳起大風，點燃的茅草四處飛舞，一時間，整個村裡火光沖天，煙霧繚繞，哭爹喊娘的聲音更是此起彼伏。

所幸酒坊和糧倉都是磚瓦房，又有人值守，並未被燒著，可村裡其他地方就沒有那麼幸運，整個黑山村的茅草房竟被燒掉一半。

大家剛剛過得有些奔頭的日子，又被打回了原形。

沈君兮知道了這樣的慘狀，動了惻隱之心，一不做二不休，在同秦四商量過後，從天一閣的帳上調來銀子，在村裡修起了磚瓦房。

不過她在砌這些房子的時候也留了個心眼。

村民們的房子像是圍牆似地，層層包圍在糧倉和酒坊四周，最外面一層還砌了高高的圍牆，若是從空中鳥瞰下去，便會發現這黑山村儼然砌成了一個小小的城池。

她在大黑山附近的地越買越多，地裡的收成也越來越好，光靠釀酒已無法消耗那些多出來的包穀。

邵青也是個聰明的，不但又多砌了兩個大糧倉，還與周圍鄰近的幾個鎮上糧食鋪子做起了生意。每年到了新收成的時候，他用新的包穀換倉裡的舊包穀，再將舊包穀賣到糧食鋪子。

這些包穀麵雖然沒有白麵好吃，可勝在價錢便宜還能飽肚，平常買一兩白麵的錢能買三兩包穀麵，這包穀麵慢慢在窮人間流行起來，一時間倒也不愁銷路。

如此一來，有產有銷，中間還有幾個用來流轉和囤積的大糧倉，這門生意竟也做得風生水起。

黑山村的人靠著這包穀麵和包穀酒，日子也是越過越好。

大家感念沈大善人，便自發地建了生祠，供著沈大善人的牌位，乞求上蒼保佑沈大善人長命百歲。

只是村裡鮮少有人知道這沈大善人到底是誰。

這樣一來，沈君兮的名下又多了一筆進帳。

好在她平日為人低調，有什麼事也只與那幾位管事交代，因此京城並沒有什麼人知道大名鼎鼎的天一閣和新近崛起的黑山村，與沈君兮有什麼關係。

這一點，連紀老夫人也不知道。

她只是見沈君兮堅持要自己出錢，也沒有再堅持，而是想著要不將來再找些機會貼補外孫女？

既然在紀老夫人跟前過了明路，游氏姊妹便名正言順地在沈君兮身邊留下來，不過卻是借了紀老夫人賞賜的名義。

在旁人看來，不過是沈君兮身邊又多了兩個二、三十歲的媳婦子，並沒有人在意。

得知自己能在沈君兮身邊留下來，游氏姊妹便想簽賣身契，可沈君兮想了想之後，讓她們改成了投靠文書。

簽了賣身契，生死都由東家作主；可寫投靠文書，只能算是「義僕」，東家不能將他們買賣，他們可以自由婚配，也可以有私產，只要不加害、辱罵東家，就算是觸犯律法，也和平民一樣處置，當初秦四寫的也是投靠文書。

游氏姊妹對沈君兮更是感恩戴德，平日服侍起沈君兮也更為上心了。

這自然都是後話。

時間一眨眼就到了昭德十年的五月，因為宮裡為皇子們選妃的事沒落定，紀老夫人也沒有心思過什麼端午節。

沈君兮禮節性地做了些五毒餅送進宮去，卻得知趙卓不知什麼原因惹怒了皇上，被罰跪奉天殿的消息。

好端端的怎麼會被罰跪拜奉天殿？

沈君兮自是大吃一驚，便使了銀子，託人去打聽原委。

沒想到那人去探聽一圈後，又把銀子還給沈君兮。「鄉君還是別問這麼多了，這次皇上龍顏大怒，下令不管是誰都不准為七皇子求情。」

「難道連被罰的原委都問不到嗎？」沈君兮一聽，隱隱覺得趙卓這是闖了大禍。

「問過了，連皇上身邊的福大總管都不知道發生了什麼事。」那小內侍與沈君兮道：「福大總管說，七皇子到御書房找皇上，然後皇上便將身邊人都給遣出來。也不知他們在裡面說了什麼，不久就聽到皇上在御書房裡砸了東西，讓人將七皇子押至奉天殿去了。」

沈君兮更急了。

奉天殿是宮裡供奉歷代先皇牌位的地方，好似一般人家的祠堂，除非是犯了什麼大逆不道之事，愧對列祖列宗，才會讓人去祖宗面前跪拜思過。

這趙卓到底做了什麼？

沈君兮把手裡的銀子又塞回小內侍手中。「這事還得拜託小公公多多留心，不管有什麼消息，都使人傳給我好嗎？」

小內侍勉為其難地收了錢，目送著沈君兮離開。

待她離開後，福來順默默地出現在小內侍的身後。

小內侍見了，急忙叫了一聲「乾爹」，然後將沈君兮塞給他的銀子都拿出來。「這是鄉君臨走前硬塞給我的……」

福來順點點頭。「既然是鄉君賞你的，你自己收著吧。」說完，頭也不回地往御書房趕去。

沈君兮心事重重地上了紀家的馬車。

回秦國公府的路上，她一直在想，究竟是什麼事能讓趙卓引發昭德帝的雷霆之怒？

在她看來，趙卓明顯是個懂得審時度勢的人，即便是其他皇子都封王的情況下，他都能以平常心待之，那還能有什麼事？

她覺得自己真是百思不解。

正在頭疼的時候，卻突然聽得負責跟車的游二娘大喝一聲「小心」，還不待沈君兮反應過來，馬車便劇烈地震動了下。接下來，拉車的馬好似瘋了一樣，在街市上橫衝直撞起來。

趕車的車夫急得滿頭是汗，控不住車的他，只得大喊：「讓開、讓開，都給我讓開！」

馬車裡的沈君兮自然也被顛得七葷八素。

不知道這樣的顛簸什麼時候是到頭之時，馬車卻突然停下來，然後傳來車夫的哀號聲。

「哎呀，你這人怎麼把我們家的馬給打死了？叫我如何回府交差呀?!」

# 第八十二章

馬讓人給打死了？

驚魂未定的沈君兮聽了車夫的聲音一愣，正想著自己要不要出去探個究竟時，卻聽車廂外有個聲音響起。「小生傅辛，乃延平侯世子，實在是因為看到你家的馬在這街市上發狂，這才迫不得已，讓下人出手。這馬值多少銀子，我賠給你們府上便是。」

沈君兮聽了這個兩世都不可能忘記的聲音，心裡冷哼。怎麼可能會這麼巧？

若還是上一世的那個自己，說不定真會相信傅辛的這番說辭。

可兩世為人的她，太瞭解傅辛了，為達目的，他是個什麼事都做得出來的人。

曾經他為了和王可兒苟且，還不是把自己哄得一愣一愣的？沒想到這一世初見，他竟然又在自己的面前裝上了。

她倒要看看這傅辛要玩什麼花樣！

一想到這兒，她撩開車簾，在游二娘的服侍下，下了馬車。

第一次見到沈君兮的傅辛，卻被眼前這個明豔的女孩子給鎮住了。

她身材高䠷，曲線玲瓏，一張鵝蛋臉上，長眉入鬢，豐盈的紅唇，雪白的皮膚，再配上她那略微犀利的眼神，竟透著咄咄逼人的英氣。

這是清寧鄉君？傅辛情不自禁地嚥了一口口水。

當母親和他說想要去秦國公府求娶清寧鄉君時，他心下還是有些不願意的，畢竟在他心中，誰也沒有他青梅竹馬的表妹王可兒好。

可清寧鄉君卻是他們延平侯府翻身的機會，他們傅家真是沈寂得太久了，再這麼下去，恐怕爵位都會被皇上給除掉。

得知母親那邊進展得不順利之後，他便想著親自來會一會這清寧鄉君。憑著這風流倜儻的長相，他不信清寧鄉君見著自己不會動心！

可沈君兮在瞧見傅辛之後，只覺得直犯噁心，對於他的說辭，她更是一個字都不信。

這世上哪有那麼多巧合？

她看了一眼游二娘，游二娘便退下去。不一會兒，游二娘提了一塊破木板過來，同沈君兮道：「剛才是因為這塊木板突然斷裂而掉下來，驚到了鄉君的馬。」

沈君兮看著那木板上整齊的斷痕，便同游二娘道了一句。「查！」

游二娘應著退下。

傅辛乘機上前道：「既然我弄死了姑娘的馬，姑娘不如坐我的馬車回府吧——」

「不必了。」沈君兮抬眼看了看不遠處的天一閣，頭也沒回地離開了。

在她心中，和傅辛這樣的人多說一句話都覺得噁心。

「呵，這麼傲氣？」陪站在傅辛身邊的男子面露鄙夷之色。「你真的確定要聽嬸娘的話娶她？要我說，還是你那個可兒表妹更溫柔小意。」

「你懂什麼！」傅辛卻出言斥責道：「王可兒又怎及她的萬一？我可是打聽過了，她現在不但有皇上賞賜的三百戶食邑，手裡還握著其生母的陪嫁，而且我還聽說她是家中獨女，父親出自江南望族，祖上經商，三代單傳……」

同行那人嘆道：「照你這麼說，此女簡直富得流油啊！怪不得一副眼高於頂的模樣。我若是她，恐怕平日也會橫著走了。只是，這樣的女子會嫁給你？」

傅辛卻扯出一抹冷笑。「不過是事在人為，全看怎麼化被動為主動了。」

「難道你想……」那人滿是驚訝。

沈君兮一路疾行，總感覺自己擺脫不了身後那兩道貪婪的目光。

上一世，她對傅辛有多用心，這一世就有多噁心。

剛才見著他對自己用上慣用的「溫柔」伎倆，她才意識到，原來這個人從一開始便是這麼虛偽，而不是她以為的變了心。

一想到這兒，腳下又加快了兩步。

一見有人來，天一閣的夥計很機靈地打起簾子。

沈君兮走了進去，徑直上了二樓。

她在天一閣裡有一間專屬於她的廂房，一頭臨著街邊，另一頭又剛好能瞧見大堂裡的熱鬧。

今日在天一閣裡唱堂會的是嚴家班，正在臺上唱小花旦的是他們的新人，雖然唱得也是一板一眼的，可嚴家班的老闆還是在臺下捏一把汗。

這天一閣的秦掌櫃真是個人才，他在天一閣中搭了個臺子，然後又找了京城有些名氣的戲班子，也不要那當紅的名角，只要那些嶄露頭角的新人上臺。

一開始，他們這些戲班子的老闆都覺得是胡鬧，可秦掌櫃卻堅持要這麼弄；可若要將名角送來也不是不成，但他只按新人的價錢結算。

大家心懷忐忑，生怕那些初生的牛犢壞了各家戲班的名聲。

沒想到這些牛犢子們也堪大任，在天一閣的戲臺上不但沒有失手，反倒有被人吹捧之勢。這些戲班子的老闆也嘗到了甜頭，就爭搶著到天一閣來。

他們嚴家班的這一場，還是排了三個月才排上的，而且剛才他在後臺見著李家班的班主也來探場子、搶生意了。

正在下面大堂裡聽戲的秦四聽聞沈君兮過來，便起身往她的包廂來了。

見著一身女裝的沈君兮，秦四不免急道：「可是發生了什麼急事不成？」

雖然他給沈君兮在天一閣內備下專門的房間，可她向來都是「無事不登三寶殿」，平日有什麼事也是叫人傳話，實在是遇到說不清的才會親自過來一趟，而且還會以男裝示人。

像她今日這樣，真是少見。

沈君兮知道他是誤會了，只得將自己進宮送五毒餅、出宮後馬車受到驚嚇的事說了。

「在這大街市上，馬兒居然會受到驚嚇？」秦四自是不信。秦國公府的馬不比一般人家的馬，雖不是戰馬，可也不會差太多。

「還不止！」沈君兮越想越氣。「受到驚嚇就算了，也不知道從哪裡跑出來兩個人，在這大街上自作主張地將我的馬給弄死了！」

她分明是被人給算計，製造一場意外，然後再到自己跟前來獻殷勤，若自己真是沒見過世面的小姑娘，肯定會被傅辛這番惺惺作態給哄住。

難不成他們延平侯府還在打自己的主意不成？

一想到這兒，沈君兮的眼神中多了幾分寒氣。

上一世，她是無能為力，還為自己能嫁入侯門之家而沾沾自喜，這一世她可不會再讓這幫人把自己搓圓捏扁了！

她將秦四叫過來，在他耳邊耳語一番，秦四挑了挑眉。

「聽我的，先盯著他們總沒錯。」她同秦四俏皮地眨眼道，隨後借了天一閣的馬車回了秦國公府。

想著府裡眾人懨懨的精神，沈君兮便沒有告知七皇子被罰跪奉天殿的事，只同紀老夫人說姨母在宮裡挺好的，只是依舊還在為雯姊兒和三皇子犯愁。

紀老夫人聽了只是嘆口氣，並沒有說太多。

反倒是紀雯將沈君兮拖到一邊，雙眼放光道：「妳說我要是病倒了，或是染了什麼惡疾，是不是不用嫁給四皇子了？」

「呸呸呸，妳說什麼傻話呢！」沈君兮一聽，同紀雯急道：「沒有像妳這樣自己咒自己的道理！除非妳是真的病倒，不然宮中派出御醫來，一號脈就能知道真假，難道妳想在抗旨不遵的罪名上，再加一個欺君罔上嗎？倘若妳真得了什麼病，真治不好了又怎麼辦？二舅母將妳託付給外祖母照顧，妳到時候讓外祖母怎麼同二舅母交差？妳這是想陷外祖母於不仁不義啊！」

紀雯只是隨意那麼一想，沒有沈君兮想得這麼深遠，被沈君兮這麼一說，她才發現自己有多麼幼稚可笑。

對啊，那樣的話，她將置祖母於何地？又會置紀府於何地？

紀雯想著想著，不免又委屈得流下淚來。她拉著沈君兮的手道：「我只是不想嫁給他！我真的不在乎這勞什子王妃……」

「我知道，我都知道……」沈君兮將她擁在懷裡，心裡微嘆了口氣。

聖旨遲遲不下，好似在她們頭頂懸了一把遲遲不落的刀一樣，反倒教人覺得不痛快。

為了分散紀雯的心思，沈君兮便說起自己今日遇到的事。

「當街殺馬？」紀雯也是驚愣起來。「他們的膽子也太大了吧！他們想幹什麼？」

「不知道。」沈君兮自不會把內心的猜測告訴紀雯。「我只是覺得，這些日子延平侯府的人也太跳脫了些，若說他們無所求，我是不信的。反正這事我已經知會了萬總管，萬總管已經派人去延平侯府同他們談賠馬的事了。」

一想到這兒，沈君兮便忍不住冷笑。

秦國公府的馬可不是外面那些混血馬，一匹也是上百兩銀子的價錢。這錢對秦國公府而言算不得什麼，可對已經日薄西山的延平侯府來說，可是一筆不小的花銷。

她倒想看看延平侯夫人得知這消息後的神情，一定會很精采！

延平侯府內，紀家的管事眉眼低垂地候著，王氏的臉色則是一陣紅、一陣白。這秦國公府是來訛銀子的吧？一匹發了瘋的馬而已，竟然開口要一百兩銀子！還說這是看在延平侯世子出於好心的分上，沒有同他們開價。

「夫人，您看我也只是個跑腿的，這事到底怎麼辦，您得拿出個章程來不是？」管事見傅家的人一個個好似裝傻充愣，笑著提醒道：「賠錢的事也不急在這一時，但我總是要回去覆命的。」

王氏故作鎮定地抿了一口茶。「你剛才也說了，我們家的世子爺也是出於好心，為了救你們府上的人才不小心弄死那匹馬，這怎麼倒變成我們的不是了呢？真要我說，不應該是你們府上的人提著八色禮盒來酬謝我們家嗎？」

管事來之前自是得了沈君兮的吩咐，因此也不怎麼怕事。

只見他呵呵笑了兩聲。「夫人，話可不是這麼說的。先不論我們府上的馬是怎麼發狂、有沒有嚇到我們家小姐，可貴府的世子爺讓人當街殺馬，看見的可不止咱們秦國公府的人，隨便到街上去拉個人都能作證！而且這事還嚇到了我們家鄉君，這筆帳，咱們之前可都還沒提呢！」

怎麼著，還真訛上了？

王氏瞪了眼自己的兒子。平日辦事也不見這麼不可靠，今日怎麼闖出這麼大的禍來？還好死不死地惹到清寧鄉君！

他這一機靈，抖到腿上去了吧！

管事見鄉君吩咐自己的話都說得差不多了，拱手道：「看夫人今日這樣子，也不打算給我個明確答覆了，那我過兩日再來。至於那馬，夫人若是不想賠錢，賠給我們家一匹一樣的也成。這事您要是裝迷糊矇混過去，可別怪我們醜話說在前頭，到時候咱們官府見好了。」

說完，管事的衝著王氏拱拱手，告辭了。

王氏自然被這管事的作派給氣到。

不管怎麼說，她也是個有品級的侯夫人，竟然被一個管事懟得啞口無言，要是傳出去，她的臉還能往哪兒擱？

因此紀家的管事一離開，王氏便和傅辛急得拍起了桌子。

「好端端的，你去惹她做甚?!」王氏瞧著平日被她含在口裡怕化了，捧在手心怕掉了的兒子，憋了一肚子的火氣都不知道該撒不該撒？

王氏恨鐵不成鋼地瞪了傅辛一眼。「之前我不是同你說了？這清寧鄉君一點也不似外面傳聞的那樣好對付，你娘都被她堵得說不上話來，這樣的媳婦真要是娶回家，受罪的不還是咱們娘兒倆？」

原來自那日在秦國公府鎩羽而歸後，王氏前思後想了一番，覺得沈君兮固然是個腰纏萬貫的人，卻不似一般人家的閨女那般好對付。這樣的女子哪怕是娶進門來也不好拿捏，更別說還想著拿媳婦的嫁妝來貼補家用。

如此一來，王氏對娶沈君兮為媳的心思就淡了些。

正因為如此，傅辛才對那位傳說中的清寧鄉君有了興趣，想要親自去會一會。但沒想到的是，正是今日一碰面，讓他有了種非卿不娶的感覺。

倒也不是自己有多喜歡清寧鄉君，而是他覺得長這麼大，所有人都為他的顏值折服，偏偏清寧鄉君卻對他頗為嫌棄，一股想要征服對方的強烈慾望在他的心底熊熊燃燒著。

「孩兒倒是覺得這樣的女子才應該娶回來才是。」傅辛神色倨傲地說道：「不過是個小姑娘的色厲內荏，母親這就要退縮了不成？」

王氏瞧著兒子這番強勢的態度，之前心裡本已偃旗息鼓的想法又再次被勾起來。

到了第二日，她又大張旗鼓地去了秦國公府，只是這次她拜訪的不再是紀老夫人，而是大夫人齊氏。

前些日子，這延平侯夫人往紀老夫人的翠微堂跑得那麼勤，次數一多，就算是個傻子都能猜出她想幹什麼。

「怎麼，碰著釘子了？」齊氏並沒有與王氏繞彎子，直截了當地問道。

如此一來，倒免去王氏說客套話的必要，索性在齊氏跟前訴起苦來。內容無非是她瞧著自己的兒子與清寧鄉君實在是天造地設的一對，若沒有結為夫妻的緣分，簡直是暴殄天物。

雖然齊氏平日被紀老夫人指責不著四六，平日辦事也不甚可靠，可好壞還是分得清的，自然知道這延平侯世子沒有王氏說得那麼好，只是與她又有什麼關係呢？

畢竟她從沒想過將雪姊兒嫁到延平侯府去。

「這麼說，妳真是想一心求娶守姑？」聽王氏絮叨了好一陣，齊氏笑盈盈地道：「她可是咱們府裡老夫人的掌上明珠啊，妳這心思是不是動得太大了點？」

豈知王氏也是話鋒一轉，笑道：「聽說大夫人這陣子也正為小女兒的婚事發愁吧？可瞧中的那些人家，卻好似對鄉君更有興趣呀。」

# 第八十三章

王氏不提此事還好，一提此事，齊氏就有氣。

真是人比人，氣死人，那些個夫人、太太們不知怎的紛紛瞧上了沈君兮，自己明明想為女兒說親，可她們都繞著彎地打聽沈君兮。

只怕是沈君兮在家一日，雪姊兒的婚事就別想談妥。

可若是沈君兮的婚事能定下來，她的雪姊兒還怕嫁不了好人家？

齊氏的心思一下子熱絡起來，之前對王氏還有些不鹹不淡，這會兒卻是完全換了個態度。

「這事我之前與妳說了，並沒那麼容易。」齊氏雖有心，可中間還隔著個紀老夫人呢！

王氏卻笑道：「事在人為，要不然當年芸娘也不會遠嫁他鄉呀！」

紀芸娘的事當年算不得秘密，只是大家有默契地三緘其口，裝成什麼都沒有發生，可她的名聲到底還是毀了。

讓沈君兮像芸娘一樣？這或許也是個不錯的主意。

紀老夫人不是一直將沈君兮當成眼珠子一樣地寶貝嗎？那她便要挖了這對眼珠子！

這麼些年，齊氏心中對婆婆的怨懟好似終於找到一個出口，只要稍微一用力，便會噴薄而出。

於是二人便坐在一起絮絮叨叨起來。

到了六月，天氣越來越熱，之前昭德帝下令修繕的那些皇子府陸續竣工，只等乾透了一個夏天，皇子們便可搬入各自的府邸了。

這時，宮中的旨意終於也傳下來。

來秦國公府宣旨的是一位看上去有些面生的公公。

紀老夫人不敢怠慢，即便身體不適，她也讓人攙扶著自己出來接旨。

那公公並沒有多寒暄，瞧著紀家人都到得差不多了，展開手中的聖旨便宣讀起來。

接旨的人自是紀雯。

她認命地閉著眼跪在那兒，彷彿等待著自己的最後宣判。

可她聽著聽著，覺得好似有什麼地方不對。不是說將她許配給四皇子為妃嗎，為什麼這位公公卻說是將她賜給樂陽長公主的二兒子周子衍？

她有些不太敢相信自己的耳朵。

紀雯狐疑地睜開眼，發現家人都和她一樣，一臉迷惑，只有沈君兮臉上透著喜色，好似不意外這樁婚事。

「紀大姑娘，請接旨吧！」宣旨的公公神色始終淡淡的，讓人看不出悲喜。

紀雯不敢遲疑地接過聖旨，在她迫不及待地想看一看聖旨上到底寫了什麼的時候，卻又聽公公扯著嗓子道：「清寧鄉君請接旨！」

咦？怎麼自己也有旨意？

剛剛從地上爬起來的紀家眾人只好再次跪下去。

只是公公緩緩唸著聖旨的時候，沈君兮只覺得自己的腦袋都要炸了。

她竟被封為壽王妃?!

可，誰是壽王？

城外的跑馬場，在炎熱的夏日顯得很寂靜。

樹葉隨風沙沙地擺動，躲藏在樹上的蟬兒則奮力地叫著。

沈君兮帶著人，騎馬到了城外，在那棵熟悉的老槐樹下，瞧見了一抹白色的身影。

若是平常，她早策馬過去了。

可今日，她卻生了些情怯。雖然她在得了廝三的消息後，便急著趕過來。

樹下的那抹白色身影顯然也聽到了動靜。他轉過身來，看向沈君兮，臉上露出少年特有的明豔笑容。

沈君兮只覺得眼前一陣恍惚。

少年的身影慢慢和前世那個穿著紅色戰衣、披著銀色盔甲的人重疊，四周響起了百姓山呼「壽王殿下萬歲」的聲音。

上一世，自己竟是被眼前這位少年所救嗎？

「你……你是皇上新封的壽王？」半晌，她才尋到自己的聲音。

少年有些含蓄地點頭，從腰上取下一塊和闐玉珮。「父王一時想不起好的封號，見我腰上掛著的這塊壽字玉珮，就賜了我這個字。」

沈君兮一眼認出那塊壽字紋和闐玉珮來。

那是昭德七年，她為紀老夫人挑選壽誕禮物時，特意買來送他的。

只是沒想到的是，趙卓時時把這玉珮掛在身上，竟然因此得了個「壽王」封號。

沈君兮瞧著他，見著他那日漸俊朗秀雅的五官，不由得問道：「那賜婚的聖旨……」

「是我去求的！」趙卓有些得意地道：「為此父皇還罰我在奉天殿跪了三天三夜。」

原來竟是為了她！

沈君兮愣在那兒，什麼話也說不出來了。

趙卓一見她的神情，還有大半截的話卡在喉嚨裡，說不出來了。

為了求得這樁賜婚，他不僅在奉天殿罰跪三天，還成為北燕朝第一位擁有封號卻無封地的皇子，他的宅邸也比其他的皇子都要小。

「既然你想要，那便用你所擁有的來換！」昭德帝那一日隱隱含著怒氣的聲音如雷貫耳。

可他又擁有什麼？除了一個與生俱來的皇子身分。

如果可以，他也願意拿這所謂的皇子身分來交換。

因為他是罪妃之子，從小便在後宮見慣了世態炎涼，對他的皇子身分並不貪戀。

也正是因為他的這個念頭惹怒了昭德帝，覺得他不該為了一個女人，竟然如此不管不顧。

可趙卓卻很堅持。因為他知道，如果自己不堅持，這輩子有可能和沈君兮有緣無分。

昭德帝一氣之下，便把他扔到了奉天殿。

而他也在奉天殿裡繃直脊背跪了三天三夜，後來還是福來順悄悄告訴他，這期間皇上沒少來瞧他，正是瞧著他這一絲不苟，才心下犯了軟。

可即便是犯了軟，昭德帝之前說過的話卻不能收回。

昭德帝便提出用他將來的封地來交換。

昭德帝很清楚，封地對一個皇子而言意味著什麼。放棄封地，放棄的不僅是將來的衣食無憂，更多的是放棄自己的權勢和地位。

昭德帝原本以為趙卓至少要思量一番再決定，沒想到他竟是毫不猶豫地答應了。

「值得嗎？這樣的女子在我北燕朝要多少有多少，值得你為她放棄這麼多？」可昭德帝又忍不住問趙卓。

「這世間又哪裡有那麼多值得與不值得。」趙卓卻對著昭德帝會心地笑道：「兒臣只知道，與她相處的時光是最隨意和舒暢的，所以兒臣願意拿這些換取與她相處的日子。」

趙卓的笑很純粹，笑意直達眼底，也直達了昭德帝的心裡。

趙卓的樣子，讓昭德帝想到了曾經的自己，可那時的自己卻遠沒有兒子豁達。

最終，昭德帝也不再堅持，下了賜婚的聖旨。

趙卓將沈君兮叫出來，原本是想告知她這些，可見到她之後，他又改變了主意。

因為在他看來，沈君兮根本不需要知道這些。

「可我還小呀……」沈君兮有些心虛地看向趙卓。

她連癸水都未至，根本只能算是個孩子！

「我等妳。」趙卓眼神直直地看著沈君兮。「我原本想等妳慢慢長大，再求父皇賜婚，可我發現自己根本等不了了……妳一日日地長大，好似那春日裡開在枝頭的嬌花，我怕自己一個不留神，妳就被別人家給娶走了。」一說到這兒，他情緒激動起來，而沈君兮也瞪大眼睛瞧著他。「所以，我只能先下手為強了。」

「只是……」原本自顧自說話的趙卓卻突然停下來，神情也沒了剛才的那分自信。「只是……我還沒有問過妳……妳可願意？」

沈君兮的臉唰地一下紅了。

她雖然看上去才十歲，可又不真是只有十歲的小姑娘。

她不是根木頭，這些年，但凡她遇著點什麼事，為她挺身而出的總是趙卓，幫她化解危機的也是他，她不可能不察覺出什麼來。

可是希望越大，失望越大。

對方是皇子，婚姻大事自有皇上和宮中貴人作主，而伏低做小給人當妾的事，她又不願意。

因此，她只好把這份好感深深壓在心底。

但沒想到的是，趙卓竟會這樣直勾勾地問她願不願意……

這教她如何回答？女孩子的矜持還要不要了？

沈君兮在這邊千迴百轉著，而趙卓卻好似在火上煎熬著。

難不成這一切都是自己一廂情願？她對自己並沒有生出不一樣的情感來？

一想到這兒，趙卓的心裡難免有些沮喪。

儘管他平日總是儘量控制自己不要七情上臉，可說到底還只是個十五、六歲的少年。

瞧著趙卓失望的樣子，沈君兮也意識到他是誤會了。

這種時候，她也顧不得那麼多了，脫口道：「願意，我當然是願意的。」

因為等待這個答案等得太久，乍一聽到這話的趙卓有些不太相信，盯著沈君兮的眼睛問道：「妳……真的願意？」

沈君兮的臉又紅了。

他分明是故意的！她抿著嘴，低垂著眼眸不看他，卻將頭重重地點了點。

趙卓高興地大叫一聲，沈君兮便感覺到自己騰空而起，周遭景物也跟著轉動起來。

她驚呼著抱住趙卓，而趙卓則是抱著她，在樹下興奮地轉起圈來。

「我就知道是這樣！」少年有些誇張地大笑著，間或夾雜著少女有些害怕的尖叫，讓人即便站得很遠，也能感受到他們的快樂。

跟著沈君兮而來的那些人，紛紛背過身，而席楓和徐長清則躲在大約七、八丈遠的地方，很有默契地互看一眼，均在對方眼中讀到了羨慕。

原本只想著偷偷去見一眼趙卓的沈君兮返回紀府時，已是日落西山。

她輕手輕腳地想偷溜回自己的房間時，卻聽到有人輕咳一聲。

沈君兮回頭看去，只見李嬤嬤正候在廊簷下。

她上前道了一聲。「李嬤嬤。」

看著沈君兮一身草屑，連頭髮上都沾了不少，李嬤嬤搖頭道：「老夫人等了鄉君一下午了。」

沈君兮也知道自己的狼狽樣，紅著臉道：「我換身衣服，這就過來。」

李嬤嬤笑著點點頭，並沒有多說話，回了紀老夫人的正屋。

靠在大迎枕上閉目養神的紀老夫人聽到動靜便睜開眼，看著剛進屋的李嬤嬤。「回來了？」

李嬤嬤笑道：「回來了，而且我瞧著也沒有什麼不妥當。」

紀老夫人嘆了一口氣，想要坐起身來。李嬤嬤見了，忙上前扶了一把。

「到底是老了，不中用了。」紀老夫人藉著李嬤嬤的力道坐起來，笑道：「這麼點事都要人幫忙了。」

「瞧您說的。」李嬤嬤笑著應承。「之前老夫人是因為憂心才傷身，現在不管是大小姐還是鄉君，都有了好的歸宿，老夫人這身體自然也會跟著變好的。」

聽李嬤嬤這麼一說，紀老夫人笑著點點頭。

「自從知道雯姊兒不用嫁給四皇子後，我這心可總算放下來了。」此刻紀老夫人的心情好像六月天裡喝了一碗冰鎮酸梅汁，有著說不出的爽快。

李嬤嬤見了，也是打心眼裡高興，但還是忍不住和紀老夫人打趣道：「這話可不能傳出去，要不被人聽了，還以為老夫人您偏心呢！鄉君可是被指給七皇子的。」

豈知紀老夫人卻是呵呵笑道：「若是指給其他皇子，我還要跟著急上一番，可若是七皇子，我一點都不著急。七皇子也算是我看著長大的，雖然之前曾遭受過那些宮人的虐待，可他依舊為人本分，心性純良，已屬難得。」紀老夫人感慨道：「守姑能嫁給他，自然沒有什麼值得擔心的。」

「以前我還擔心他們二人來往過密，將來會有所妨礙，但這兩個孩子都是心思細密的，我怕做得太明顯，他們又會生出其他心思來，只好讓人暗地裡盯著他們。」紀老夫人一說到這兒，便想起了以前的種種。「好在他們兩個都是懂分寸的，這些年倒也沒做出什麼逾越的事。現在看來，反倒顯得我這個老婆子以小人之心度君子之腹了。」

「老夫人這也是小心駛得萬年船嘛！」李嬤嬤說笑著從炕几上拿了一顆荔枝，用帕子包了剝了皮，遞給紀老夫人。「這下好了，不管是二夫人還是小姑奶奶，都能放心了。」

紀老夫人聽了，好似突然記起什麼，拉著李嬤嬤道：「瞧我這記性。雯姊兒這事還沒有告訴老二和老二媳婦吧？妳趕緊讓人給他們寫封信過去，也好讓他們安心。還有，雯姊兒的婚事是訂在哪一天？也得提前告訴老二媳婦，老二不能回來，老二媳婦總要回來送雯姊兒出閣吧？貴州那邊也是，給沈大人也送去一封信。唉，我還真是老糊塗了，怎麼把這麼要緊的事給忘了？」

紀老夫人和李嬤嬤主僕倆坐在一塊兒絮叨著，重新洗漱一番的沈君兮，卻跟著紀雯一道在屋外探頭探腦。

紀老夫人屋裡的丫鬟、婆子本與她相熟，因此沈君兮打了個噤聲的手勢，倒也沒有人敢吭聲。

可即便如此，紀老夫人也從珍珠等人的臉上看出端倪。

「這是誰在那兒鬼鬼祟祟？」紀老夫人佯嗔道。

紀雯只得拉了沈君兮，老老實實地低頭上前。

紀雯素來循規蹈矩，可看著沈君兮在自己跟前的乖巧模樣，紀老夫人忍不住戳破她。

「平日在外面皮得像猴，到了我跟前倒知道裝乖了？」

沈君兮詫異地看紀雯一眼，見對方的神情不比自己好多少，覥著臉狡辯道：「哪有，我在外祖母跟前，可一直都是表裡如一！」

然後她偷瞄紀老夫人，發現紀老夫人的臉上帶笑，知道並不是在責怪自己，乘機撒嬌地撲到她身邊，一邊給她捶腿，一邊嬌嗔道：「外祖母可冤枉我了，守姑本來就乖啊，哪裡是裝乖？」

紀老夫人聽了只是呵呵笑。

她撫了撫沈君兮的頭，有些不捨地道：「妳到我身邊時，還只是個孩子，沒想到一眨眼竟然也要嫁人了。雯姊兒還好，左不過是在京城裡，可妳卻不一樣，也不知道七皇子的皇子府會賜在哪裡，將來回府歸寧方不方便？若是皇上還給七皇子賜下封地的話，等你們就藩之後，沒有皇上的聖旨，恐怕更難回來了……沒想到妳和妳娘一樣，也不能陪在老婆子身邊……」

紀老夫人竟越說越傷心。

沈君兮也不知道該如何安慰紀老夫人，只好同紀雯商量，趁她們兩人還未出閣的日子，多在紀老夫人跟前哄她開心。

# 第八十四章

因是皇家賜婚，沈君兮和紀雯的婚事都由禮部出面籌辦，不需要紀家的人準備什麼。

可即便如此，紀老夫人還是拉著李嬤嬤，開始清點自己名下的田莊、鋪子來。

「雖然守姑手裡握著她娘的陪嫁，老二媳婦也會給雯姊兒準備些嫁妝，可這些卻是我做長輩的禮數。」紀老夫人一邊看著帳簿，一邊同李嬤嬤道：「這些東西也不用上禮單了，悄悄地給兩個孩子，以免被人知道了眼紅。」

說話間，瞟了眼東跨院的方向。

李嬤嬤跟在紀老夫人身邊多年，自然知道這是什麼意思。她嘆了口氣，覺得跟老夫人置氣的齊氏真是得不償失。

但凡齊氏不那麼我行我素，也不至於同老夫人弄得這麼僵。

自從宮裡來宣旨的公公走後，齊氏的東跨院裡，氣氛冷得能結出水珠子來。

她就知道紀老夫人是個心口不一的人！口口聲聲說什麼不想攀附權貴，不想讓雯姊兒嫁給四皇子，結果卻把雯姊兒嫁到了長公主府，將沈君兮嫁給了七皇子！

可她的雪姊兒呢？虧得這些日子都快跑斷了腿，眼也給瞧花了，也沒能給雪姊兒尋到一門適合的親事。

這也太過厚此薄彼了，要知道紀雪還是老夫人的親孫女呢！憑什麼做姊姊的親事還未說定，沈君兮這個妹妹倒是捷足先登了？

就算有這樣的好事，也該先緊著她的雪姊兒，才輪到沈君兮才是。

齊氏越想越不痛快，心裡也越來越氣，可要她為此去同紀老夫人理論，又沒有這個膽，因此只能一個人在屋裡生悶氣，弄得一屋子上上下下的人，大氣都不敢出一口。

紀雪自然也氣悶。

自從她在母親那兒聽聞小姑母當年不堪的往事後，她便打心眼裡瞧不起沈君兮。

一個有污點的母親，能教出什麼好女兒？因此她對沈君兮很不屑。

沈君兮還沒到紀家來，她便存了這樣的想法。特別是沈君兮來了之後，自己便處處都不如沈君兮，時時被她比下去，她這份心思更重了。

在她看來，沈君兮根本是個不該出現的人，正是她的出現，才搶走了原本屬於自己的一切！

一想到這兒，紀雪便端起眼前的酒盅一飲而盡。

「紀雪妹妹真是好酒量！」一旁的黃芊兒一邊給丫鬟使眼色，一邊對紀雪拍手稱讚。

丫鬟得了暗示，拿起酒壺又給紀雪斟上滿滿一杯。

黃芊兒也端起自己的酒盅，輕飲一口，道：「我現在在家裡的日子也不好過，沒選上皇子妃，連側妃都沒撈上一個，他們便覺得這都是因為我表現得不夠好。我在家裡待得心煩，卻連個說話的人都沒有，這才想到了叫妹妹一起出來喝酒。」她有些期期艾艾地道。

黃家將黃芊兒送進宮去選秀，原本是衝著四皇子妃的位置去的，想著有黃淑妃在宮中保駕護航，即便封不上皇子妃，側妃應該是跑不了的。

畢竟從小，黃淑妃沒少和黃芊兒開玩笑，說等黃芊兒長大後，一定要嫁給四皇子。

這樣的話說得多了，黃芊兒就當了真。

她一直以為自己嫁給四皇子，那是板上釘釘的事。

豈料，最初宮中傳出的消息是紀雯被選為四皇子妃，可待聖旨下來的時候，四皇子妃卻又換成了莫靈珊，都與她無緣。

黃芊兒自是忿忿不平。連沈君兮都能被選為七皇子妃，她怎麼可能連個側妃都沒得到？

黃家人當然不會像她所說的那樣，黃芊兒之所以這樣同紀雪說，不過是找個說辭而已。

紀雪聽黃芊兒這麼一說，果然對她生了同情之心。

二人妳一杯、我一杯地喝著，雖然是桂花酒，也讓紀雪喝得臉色通紅。

黃芊兒見火候差不多了，拉著她的手控訴道：「不是我說，那沈君兮怎麼那麼好命，好像什麼樣的好運氣都能撞上她一樣！」

「是啊！」喝醉的紀雪也有些出神。以後沈君兮便是王妃了，自己見著她不但得行跪拜大禮，而且從此以後，不管是吃的、穿的、住的、用的，將是自己比也比不了的……

一想到這兒，紀雪便覺得好像有什麼東西在啃噬著自己的心，讓她的面色猙獰起來。

黃芊兒卻好似沒有看見一樣，繼續自說自話。「不過雖然下了聖旨，卻也不是全然沒有變數。若是在成親之前傳出什麼不好的話來，這樁婚事也得涼……」

說完這話，黃芊兒適時地撲倒在酒桌上，恍若醉得不省人事。

可她剛才說的話，如魔音一樣鑽進了紀雪的耳朵裡。

直到她被人扶著回了紀府，依然還在心裡琢磨著這件事。

能讓沈君兮當不成皇子妃？還有什麼事比這更能讓她興奮的！

待她酒醒之後，越覺得此事可行。她悄悄叫來在齊氏跟前服侍的丫鬟打聽。「之前我聽聞，有人想要求娶沈君兮？」

在齊氏跟前服侍的丫鬟也不是個傻的，府上的鄉君可是接了賜婚的聖旨，要成為皇家的人，這個時候，她可不敢隨意亂傳什麼話。

因此丫鬟只是搖頭，稱自己什麼都不知道。

紀雪平日雖然靠著些許淫威恐嚇這些人，可在齊氏身邊的日子久了，她也學會了「恩威並重」。

她命人關門，同丫鬟道：「我不過隨口一問，妳那麼緊張做什麼？今日的話，出妳的嘴，入我的耳，又不會讓第三個人知道。」

說著，她從衣袖裡摸出幾兩碎銀子放在桌上，看著那丫鬟道：「妳若告訴我，這錢便是妳的；妳若不告訴我，我問別人去。母親跟前有那麼多人，總會有人願意說的。」

丫鬟看著紀雪擱在桌上的銀子，矛盾地扯著衣角。

她現在的月例銀子才一兩，而桌上那些粗看一眼，至少也有三、四兩。

她吞嚥了一把口水，將延平侯夫人的名字給報出來。

原來是延平侯夫人啊！

紀雪笑著讓丫鬟把錢拿走，自己卻琢磨起來。

因為祖母的關係，她對延平侯夫人並不陌生，甚至在小的時候，還與那延平侯世子見過幾面。

延平侯世子，其實也算得上是個膽大妄為的人……紀雪想著，計上了心頭。

她絕不能讓沈君兮如願以償！

這個幾近瘋魔的念頭時刻縈繞在她腦海裡，讓她迫不及待地想看到沈君兮夢碎時的哀傷神情。

這些年，北燕朝國庫算不得充盈，邊疆雖無大戰事，小磨擦卻經常有。加之這兩年的年景也算不得好，不是洪災便是旱災，朝廷每每收點賦稅上來，又得貼補下去，真是哪兒都要用錢。

可以說，昭德帝這個家當得也很辛苦，雖稱不上入不敷出，可也有些捉襟見肘。

現在六個兒子都要辦婚事，又是一筆不小的開支。

聽取了戶部尚書和禮部尚書的建議後，昭德帝便拍了板，六個皇子的婚禮一併辦了。

沒想到此舉卻引起曹太后反對。

「其他皇子哀家不管，可太子的婚事關係著國運，豈能潦草完事？」曹太后專程找到了昭德帝。

昭德帝沒有辦法，只好命欽天監的人為太子另擇吉日。

如此一來二去，又耽擱了些時日。最後，太子大婚的日子定在九月，其他皇子的婚期更是挪到來年。

不知為何，聽到這消息的沈君兮卻鬆了一口氣。

她的年紀還是太小了些，哪怕過了年，她也才十一歲。

可這成親又不比小孩子過家家，上一世成過親的她，自然知道成親之後要做什麼，她就怕自己受不住。

只是這樣的話，她實在說不出口，只好能拖得一日算一日。

但讓人沒想到的是，樂陽長公主卻往宮裡上書，她稱周子衍並非皇子，周子衍的婚事，長公主府可以自己辦。

昭德帝樂得其所，而曹太后也挑不出其中的錯，便同意了樂陽長公主的請求。

樂陽長公主就請了安王妃做媒人。老安王爺是昭德帝的叔父，安王爺承爵後，和父親老安王爺一樣整日遛貓逗狗，是京城裡有名的富貴閒人。

也正是他們從不參與朝政，樂陽長公主反倒和他們走得近。

安王妃一聽，更是拍胸脯地給樂陽長公主保證。「我保證讓妳在過年前喝上這杯媳婦茶！」

遠在山東的董氏原本也是要回來的，長女出嫁，她這個做娘的不能不在場。可誰知她剛要出發，卻被診出懷了兩個月的身孕，如此一來，紀容若死也不肯讓妻子冒這個險，並給紀老夫人寫了一封信，道明原委。

接到信的紀老夫人自是樂得合不攏嘴。

不管老二媳婦懷的這胎是男是女，總是他們紀家人丁興旺的象徵。她也給山東去了信，讓二兒媳婦好好地養胎，她保證會讓紀雯風光大嫁。

如此一來，紀老夫人又開始忙碌起來。

沈君兮等人起先還有些擔心，害怕紀老夫人的身體會吃不消，可看著她一天比一天更有精神的樣子，大家這才打消了顧慮，幫著紀老夫人一起給紀雯籌備婚事。

當安王妃告知紀老夫人，長公主府想年前將婚事給辦了時，紀老夫人幾乎是沒有猶豫地答應了。

紀雯畢竟已經十六，紀老夫人也擔心夜長夢多。如此一來，兩邊一拍即合，請欽天監算過日子後，便定在了十月十六。

再往後，京城裡就會冷得下雪了。

好在還有幾個月的時間讓紀老夫人慢慢準備，而紀雯一下子也有了新嫁娘的嬌羞，除了吃飯的時候會來翠微堂，平日她都將自己關在西跨院裡。

沈君兮免不了要去尋她打趣。

「妳可別笑，別忘了妳也是個等著出嫁的人！」被沈君兮笑話急了的紀雯有時候也會反駁。

說說笑笑間，日子就到了九月。

太子大婚，大赦天下，但那些罪大惡極之輩，還是被處以極刑。

這其中包含了之前殺了人卻嫁禍給游三娘的曹管事，以及曹貴的婆娘，還有當時那位收了曹管事的銀子、亂判案件的縣丞。

游三娘還特意去了一趟刑場。

她恨不得親手剝了曹貴那婆娘的皮，因為曹貴的婆娘得知曹貴帶回去的孩子竟是個私生子，在弄死曹貴後，也悄悄地將那孩子弄死了。

為此，游三娘哭得幾近暈厥過去。

親眼見著那婆娘被吊死在絞索上，她的心才稍稍地得到撫平。

太子大婚後，紀雯出閣的日子又緊鑼密鼓地排上日程。

長公主府的人在十月十五的時候過來催妝，一百二十抬的嫁妝滿滿當當的，引得路人駐足觀看。

到了十六日，天剛矇矇亮，紀府的人便忙碌起來。

紀雯起了個大早，去了翠微堂同紀老夫人辭別。

到底是從小養在身邊的，紀老夫人的心裡自是千般不捨，但她還是拉著紀雯說了好一會兒閒話，並囑咐紀雯成親之後也要多回來看看。

紀雯羞紅了臉，點點頭，然後回了西跨院沐浴梳洗。

東府的唐氏則帶著兒媳婦和孫兒一併來喝喜酒，還特意到紀雯的房裡恭賀。

文氏因為管著家裡的大小事務，抽不開身，只能由謝氏陪在紀雯身邊。

沈君兮也在一旁湊趣，幫紀雯緩解上花轎前的緊張。

待到太陽落山，語笑喧闐的紀府便掛起了大紅燈籠，四處都是燈火通明。

紀雯已經換好了鳳冠霞帔，靜靜坐在那裡。

紀家請的全福人林三奶奶端了盅百合蓮子粥進來，笑道：「趕緊吃上一點墊肚子。」

紀雯小口小口地吃著，好像怕弄花臉上的妝一樣。

沈君兮瞧見了，悄悄在紀雯的手裡塞了個荷包。「我裝了些點心在裡面，妳要是餓了拿些吃。」

屋裡有人調笑道：「我們這一屋子人還不如人家守姑想得周到，一個個的都只記吃不記打，怕是都忘了自己在新婚之夜餓過肚子的事了吧？」

此話一出，一屋子的人都跟著笑起來。

不一會兒，有人來報，新郎官來接人了。

新娘本要拜別父母才上花轎，可因為紀容若和董氏都未曾趕回，紀雯便只對著堂屋裡的兩張空椅拜了拜，然後便由紀昭揹著上了花轎。

沈君兮悄悄躲在門內，瞧著來迎親的隊伍一路敲鑼打鼓而去，心裡默唸著：姊兒，妳一定要幸福！

沈君兮再見著紀雯的時候，已是三天後。

紀雯梳了個婦人髻，臉色潮紅，特別是當她對上沈君兮那有些探究的目光時，臉上紅得好像能滴出血來。

可滿滿的幸福都寫在臉上。

「看樣子，姊夫待妳還不錯！」沈君兮同紀雯打趣道。

「還好……」紀雯聲如蚊蚋。

跟著紀雯一塊兒回紀府的周福寧卻誇張地道：「那是當然，那可是我哥！」

紀雯嫁到長公主府幾日，周福寧便當了她幾日的尾巴；而今天，這個尾巴也跟著一起回門。

用周福寧自己的話說，她就是覺得太無聊了。

自從開始甄選太子妃後，原本許多在女學堂裡讀書的適齡女弟子便休學，紀雯便是其中之一。

沈君兮見紀雯不去了，也跟著不去，紀雪更是巴不得不要去上學，紀家這一下便退了三個。

雖然女學堂裡又進了一批新弟子，可是和周福寧比起來，她們年紀實在太小，周福寧跟她們根本玩不到一塊兒，索性也不去了。

長公主也不強迫她，畢竟長公主府裡人多，找出一、兩個人來看住周福寧並不是什麼難事，只要她不闖禍，就隨她去了。

「這些天我就住在妳家了。」在沈君兮跟前，周福寧一點也不把自己當外人。「等我哥來接我嫂子的時候，妳再跟著我一起去我們家玩。」

她一個人打著如意算盤。

「這可不行。」沈君兮想也沒想地拒絕了。「我許了菩薩一個月茹素。」

「好端端的妳怎麼要茹素？」紀雯問起。

沈君兮也沒打算隱瞞。「妳出嫁那日，外祖母吹了點風，受了涼，有些咳嗽，都已經喝了兩天的藥，竟是一點好轉都沒有。」

# 第八十五章

「怎麼會這樣？」紀雯聽了也急了。「傅老太醫怎麼說？」

「傅老太醫說先吃三劑，效果不好的話，他再來換方子。」沈君兮嘆口氣。「這十月裡真是一日冷過一日，我想給外祖母在房裡生個火盆，可外祖母卻說那煙氣燻得她嗓子癢，更加想咳嗽了。」

紀府一向用的是最好的銀霜炭，平日燒起來根本感覺不到煙氣。

聽沈君兮這麼一說，紀雯也跟著擔憂起來。

一開始她便同周子衍說好，自己回府住七天，可她這七天時間裡，倒有一半心思都花在紀老夫人的病情上。

眼見著要到了周子衍來接自己的日子，紀雯便同沈君兮道：「不如我們去廟裡為祖母祈個福吧？」

沈君兮也覺得這個主意好。

她上一世便信菩薩，這一世重生後，更篤定這是菩薩的心意。

因此，她每每抄寫佛經的時候，心都特別虔誠，覺得只有這樣，菩薩才會對她們有所眷顧。

幾人便商定一個日子，然後沈君兮派人去同文氏說了，請她安排人和車馬以及其他出行事宜。

到了出行那日，天上紛紛揚揚地下起小雪來。

這是入冬後，京城裡下的第一場雪，不一會兒工夫，便將房瓦和枝頭落成了雪白色。整個京城瞧上去，更有了一番韻味。

因為想著去護國寺為紀老夫人祈福，沈君兮等人斷沒有因為天氣改變行程的，不然這事若是被菩薩知道了，定會怪罪她們心不誠。

只是讓她們沒想到的是，臨要出發前，齊氏竟帶著紀雪出來。

齊氏披著一件石青刻絲灰鼠披風，手裡還抱著一個黃銅手爐；紀雪則穿著一件桃紅色貂皮皮襖，披著一件粉紅色雲錦斗篷，懷裡揣著一個琺瑯瓷的手爐，遠遠瞧著，一副俏生生的模樣，讓人忍不住要多打量兩眼。

沈君兮一瞧這二人的打扮，便知她們這也是打算出門。

她特意往一旁讓了讓，將儀門讓出大半來。

齊氏瞧了，拉住沈君兮笑道：「我聽聞妳們要去護國寺，不如一起作個伴吧！」

聽了這話，沈君兮沒有說話，而是挑眉看了眼齊氏身後的紀雪。

如果自己沒記錯的話，紀雪是最不喜和自己處在一起的，怎麼今日會同意一起去護國寺？

齊氏顯然也瞧見了沈君兮的眼神，有些尷尬地笑道：「我聽聞護國寺的菩薩很靈，想為雪姊兒去求一段好姻緣。」

平日都在一個府裡住著，沈君兮自然知道大舅母這些日子在忙什麼。

這姻緣好不好，卻又不是隨隨便便說了算的，要知道甲之蜜糖，乙之砒霜，旁人瞧著是好事，當事人過起來卻不一定好。

可這些事她也不想同大舅母說，即便自己說了，大舅母也不一定會聽她的。

「既然大舅母也要去禮佛，我們早些出發吧！」沈君兮便笑道：「天氣這般冷，待拜過菩薩後，我們還能在禪房裡用個素菜，暖暖身子。」

齊氏也覺得這主意妙極了，因此一行人沒有多話，分頭上了馬車。

許是因為天冷，護國寺裡的人不多，只偶爾有那麼幾個香客來往。因此寺裡的知客僧對紀府一行人特別看重，不但全程陪著燒香拜菩薩，更是一路小心翼翼地陪她們去禪院休息。

因為寺裡的禪院很空，她們便各自要了一間禪房休整。

珊瑚問寺裡的知客僧要來水，幫沈君兮燒了一壺茶。

沈君兮飲著茶，得知距離吃飯還有一段時間，便想到被白雪覆蓋的後山去瞧一瞧。

珊瑚去問了寺裡的知客僧，得知香客可以自行上山，便攙扶著沈君兮往後山上去了。

說是後山，其實只是個小土堆，據說是由當年挖太液池的土堆砌起來的，所以並不高，但也因為人為地造了些景，倒讓那些長年住在宅院裡的夫人、太太們有些稀罕。

好在這只是初雪，寺裡的僧人又將覆了雪的山間小路清掃出來，因此這後山對沈君兮而言，爬得不算艱難。

她在山間小道上哈著白氣，折著梅枝，挑弄著白雪，剛剛在山腰上的亭子裡歇一歇，游二娘便尋了過來。

沈君兮見游二娘臉色不豫，便問起來。「可是出了什麼事？」

游二娘便謹慎地往四周瞧了瞧。

沈君兮掩嘴笑道：「這山上清幽得很，有什麼話妳就直說吧！」

游二娘這才道：「剛才我和三娘在寺裡意外瞧見了延平侯世子。自從上回驚馬後，姑娘吩咐過，讓我們多注意著些，我們便多留了個心眼。這會兒三娘正悄悄地跟著延平侯世子，看他到底來這護國寺幹什麼？」

一聽到延平侯世子幾個字，沈君兮便警覺起來。

知道傅辛的為人，上一次她的馬被驚，她留了個心眼讓人去查。後來得知，那塊砸到馬匹的招牌根本不是意外脫落，而是一早便被人鋸得要斷不斷，等她的馬車從下方經過時，再被人用暗器打下來。

她的馬受了驚嚇，自然在街市上狂奔起來，傅辛再以一副英雄救美的面孔出現，若是別人家的姑娘遇到這樣的事，恐怕早就芳心暗許了。

只是遇到她沈君兮，才沒能讓傅辛的奸計得逞。

而且在她的堅持下，紀家的管事更是找到了延平侯府，讓他們賠馬。

加之她在紀老夫人跟前故意落了王氏的面子，還以為延平侯府的人至少不會再出現在她面前。

豈料她還是估錯了人心。

「先盯著吧。」因為不知道傅辛的目的，沈君兮也不好貿然做什麼，只能提醒身邊的人都警醒著些。

游二娘便稱是，正要退下時，聽力異於常人的她忽然聽到樹林中有著細微響動。

「誰！」游二娘大喝一聲，與此同時也扣住藏在袖子裡的袖箭，只聽見啪一聲，袖箭好似把什麼東西給釘在樹幹上。

游二娘正想上前探個究竟，卻見有人從樹林裡笑著走出來。

「席護衛？」待看清來人，沈君兮大感意外。她習慣性地往四周瞧了瞧。一般有席楓的地方，趙卓也必會出現。

席楓見了，打趣道：「鄉君還是別找了，殿下並未跟著屬下一同來。」

聽得這話，沈君兮不免臉色一紅。「席護衛怎麼會在此？」

席護衛笑道：「殿下前些日子覺得延平侯世子有些怪異，命屬下盯著他。他這不是來了護國寺？我也只好跟著過來了。」

然而沈君兮聽了這話，卻產生懷疑。

她剛才明明聽游二娘說，傅辛只是在這寺廟的前院逗留，席楓卻跟著自己出現在後山，說他是跟著傅辛而來，怎麼想怎麼覺得怪異。

席楓好似也意識到自己說錯話，摸了摸自己的鼻子道：「這些日子我暗地裡跟著傅辛，打聽到他可能想對鄉君不利。鄉君今日在護國寺裡千萬別落單，若是遇到什麼事，只管大聲呼救，我會在暗中護著鄉君您的。」

沈君兮聽了這話，笑著點點頭，然後回了禪院。

待她回到禪院時，正好遇上飯點，寺裡的知客僧便將做好的齋飯都端上來。

用過齋飯後，齊氏覺得有些睏，想回禪房去睡個午覺。

既是一同出來，萬沒有分開回去的道理，沈君兮和紀雯商量過後，也決定在禪房裡小憩一會兒，待睡過午覺後再啟程回府。

可在沈君兮回房時，卻見游二娘偷偷往旁邊睃了一眼，彷彿暗示她那邊有人。

沈君兮微微點點頭，不動聲色地進了房。

剛進房不久，跟著一起進去的珊瑚和紅鳶便一起退了出來，珊瑚還煞有介事地同紅鳶道：「姑娘已經歇下了，妳在這兒候著，有什麼事只管去茶房尋我。」說完，珊瑚搓著手離開，一邊走還一邊抱怨道：「這天氣可真冷啊！我得趕緊找個地去暖和暖和。」

見著珊瑚離開的紅鳶卻對她的背影啐了一口，跺腳道：「不就仗著自己是姑娘跟前得了臉的嘛，整日端著小姐架子使喚我們，這會兒把這守門的苦差事留給我，自己卻去躲清閒！」

說話間，紅鳶又對著她消失的方向翻了兩個白眼，一個轉身便躲到旁邊紀雯的房間裡。

這一會兒工夫，沈君兮的房前變得安靜又空蕩。

這時，一個身影趁著眾人不備之時溜進沈君兮的房間，只聽屋內有人悶哼一聲，一切又歸於平靜。

初雪午後的禪院，異常寧靜。

停雪的間隙偶見幾隻不知名的雀兒在枝頭歡叫跳躍，將枝頭的積雪振得紛紛掉落。

「四小姐？四小姐？」也不知過了多少時辰，這突如其來的聲音打破了禪院裡的安寧。

齊氏的屋裡有人走出來。「怎麼了？不知道大夫人還沒有醒嗎？」

只見一個小丫鬟一臉急色地跑出來。「不好了、不好了，四姑娘不見了！」

「怎麼會？這個禪院才這麼點大，四姑娘怎麼可能會走丟？妳再仔細找找，看看是不是上了恭房？」從齊氏房裡出來的那人斥責著丫鬟。

只是這二人說話時並未壓著嗓子，不一會兒，整個禪院裡的人都知道紀雪不見的消息，紛紛派人出來打聽。

得了消息的齊氏自是睡意全無，趕緊起身梳妝，尋了出來。

紀雯也和沈君兮、周福寧一道從禪房裡出來，隔著院子看著對面廂房的齊氏，奇道：「怎麼，雪姊兒不見了？每間禪房都找過了嗎？」

「還沒……」之前叫嚷著四小姐不見的小丫鬟有些心虛地道。

「那去找呀！」齊氏不悅地對小丫鬟吼道。

跟著齊氏和紀雪一同過來的那些僕婦，好似這才恍然大悟，開始逐間尋找起來。

有人推開沈君兮的禪房時，卻聽得那人驚愕地大叫了聲。齊氏循聲湊了過去，可她才看了一眼，便覺得眼前一黑，整個人往一旁倒去。

齊氏的暈厥讓大家都變得手忙腳亂起來，七手八腳地將她抬往一邊時，周福寧有些好奇地湊過去。

可不過才一息工夫，她便尖叫地摀著眼跳回來。

「怎麼了？」紀雯不免奇怪地問。

「太……太羞人了……」周福寧臉色通紅地道：「紀雪……紀雪衣衫不整地和一個男人在床上……」

紀雯瞪著眼睛道：「這事妳可別胡說！」

紀雪還是個待字閨中的女子，怎麼能傳出這種話來！

「可我沒胡說啊！」周福寧卻是一臉委屈。「妳們若是不信，自己去瞧一眼嘛！」

兩人爭執不下的時候，屋裡卻傳出紀雪近乎發狂的尖叫聲。「我不是讓你去睡沈君兮嗎?!你怎麼會出現在我的床上！」

紀雪這會兒幾近癲狂，因此聲音很大，大到院子裡的每個人都聽清楚她在說什麼。

沈君兮的神情變得怪異起來。

她撥開人群走過去，果然在紀雪身旁瞧見了同是衣衫不整的傅辛。

沈君兮的嘴角扯出一抹譏笑。這還真是印證了那一句話，自作孽，不可活。

見到了安然無恙的沈君兮，紀雪又是一聲尖叫，在房裡又叫又鬧地將所有人都打出去。

此時，被人又掐又揉的齊氏終於悠悠轉醒。

儘管齊氏也很難接受自己看到的一切，但身為母親，直覺告訴她，她必須立即將這件事給解決。

因此，她將身邊人都支出去，要求她們看守住禪院所有可以進出的門，又將沈君兮等人都叫進自己的禪房。

「守姑，妳能不能告訴我，為什麼好端端的，雪姊兒會跑到妳的房間去？」發生這種事，自然是齊氏所不想的，但她第一時間想到的卻是責備沈君兮。

沈君兮則一臉無辜地看向她。

「大舅母這話問得好生奇怪，我怎麼會知道這些？」沈君兮聳聳肩。「我在用過午飯之後，便叫了福寧去雯姊兒的房間裡打葉子牌；因為少了人，還特意拉上珊瑚湊數。至於我身邊的人，要麼跟在我身邊，要麼候在茶房裡，大舅母若是不信，自可以去問問，看看我有沒有說謊？」

紀雯和周福寧聽她這麼一說便紛紛點頭，表示自己可以為沈君兮作證。

見大舅母被自己堵得說不出話來，沈君兮卻衝著她笑道：「反倒我有一事不明。先前紀雪在我房間裡喊出的那句話是什麼意思？大舅母可別說是我聽錯了，那可是整個院子裡的人都聽到了！」

沈君兮說完這話，頗有深意地瞧向紀雪。

紀雪則是臉色一沈，將頭撇向一旁。

可齊氏因為剛才暈倒，並未聽見紀雪說過什麼，因此也是滿臉不解地道：「雪姊兒說什麼了？」

沈君兮卻是冷笑。

「她說了什麼，大舅母再讓她說一次好了。」沈君兮看向紀雪的眼神變得陰冷起來。以前她覺得紀雪只是和自己不對盤，萬萬沒想到紀雪的心思竟會變得如此歹毒，居然會想出這種下三濫的招數來對付自己。

屋裡的人神色都變得難看起來。之前紀雪喊出的話，她們這些人有一個算一個，全都聽得清清楚楚的。

沈君兮和周福寧尚未成親，有些話自然說不出口。紀雯瞧見了，很委婉地將那話告知齊氏。

齊氏不敢置信地看向紀雪。「妳是瘋了嗎？妳怎麼敢——」

「對！我瘋了！我早瘋了！」這麼些年來積攢了一肚子怨氣的紀雪發狂道：「憑什麼咱們家的好事都是她的？我看不慣她那得了便宜還賣乖的樣子！若是沒有她，這一切都應該是我的！所以我要毀了她！」

說到後面，紀雪幾乎是尖喊出來。

她越說越癲狂，而齊氏卻越聽越心驚。

為了防止女兒說出什麼不堪的話，齊氏重重地甩了紀雪一巴掌，打得紀雪一臉怨恨地瞧著齊氏。

女兒竟做出這種膽大妄為的事來，讓齊氏一時也不敢直視沈君兮。

但事已至此，她又能說什麼？

齊氏有些認命地閉了閉眼，調整自己的氣息後，睜開眼道：「今日的事，顯然是雪姊兒先對不起守姑，可她也自食了惡果，算是她自作自受吧！但我希望大家在出了這扇門後，都忘了今日所發生之事！」

沈君兮一聽，便知道大舅母這是打算息事寧人了。

# 第八十六章

今日這事，雖然感覺像是吃了一隻蒼蠅一樣噁心，可於她並沒有什麼實質上的傷害，沈君兮也不介意賣個人情給齊氏。

因此她同齊氏道：「大舅母請放心，今日之事，非但我不會說出去，我也可以保證我身邊的人不會說出去。」

紀雯和周福寧一聽，也跟在沈君兮的身後表態，表示一定會各自約束身邊的人。

齊氏自然不擔心紀雯她們出去亂傳，畢竟她們也是紀家的姑娘，這事傳出去對她們並無好處。

反倒是這個傅辛，自己若是對他無所約束的話，指不定他會做出什麼事。

於是在齊氏的堅持下，傅辛不但寫了一紙保證書，還在保證書上簽字畫押，齊氏這才將人放走，一行人坐著馬車回了紀府。

馬車剛一到儀門，就遇上周子衍的馬車。

他們小夫妻也算是久別重逢，紀雯一見著周子衍便紅了臉。

想著今日發生的糟心事，她也不想在秦國公府多停留，便跟著周子衍一道去跟紀老夫人辭別，然後帶著周福寧回了長公主府。

紀老夫人自是問起了沈君兮這趟出門可還順利？

想著外祖母還有病在身，她不敢說實話，笑嘻嘻地拿出自己在護國寺裡求來的去病消災符。「寺裡的高僧說，把這個壓在外祖母的枕頭下，能保佑外祖母身體安康。」

老夫人瞧著沈君兮神色如常，沒有繼續多問。

沈君兮陪著紀老夫人用過晚膳，又陪著閒聊一陣後，才回了自己的西廂房。

待她卸了釵環，洗漱過後，便遣了身邊的人，一個人躺在床上細想起來。

今日的事，真是太驚險了。

誰都不知道，當她看到趙卓身姿如松地坐在自己的禪房時，有多意外。

然而趙卓也沒與她多解釋，只說有人要算計她，讓她跟著他從後窗離開。

出於這麼些年的信任，她不曾多問一個字，跟著趙卓翻了窗。

留在屋裡的珊瑚和紅鳶則在席楓的安排下，特意演了那麼一幕。

因為她事先離開，並不知曉傅辛是怎麼進的屋，更不知道紀雪又是如何睡到她床上，但她知道，這一定是趙卓和席楓的手筆。

沒想到的是，趙卓下手竟也是這般狠厲決絕。

別說是她了，恐怕紀雪到現在也沒能想明白這些。但經過這件事後，應該會再老實一段時間吧？

紀雪果然如沈君兮猜測的那樣安靜下來，除了每天循規蹈矩地來給紀老夫人請安外，便不再出門。

日子一晃便到了臘月，大家又要開始準備過年的事了。

沈君兮名下的那些產業，一個個都賺了個盆滿缽滿。她在天一閣裡聽了管事們一整年的盤點後，非常大方地拿出銀錢犒賞這些為自己忙碌一整年的人。

為此，她還特意到春熙樓喊了兩桌席面，請大家吃了一頓飯。

席上，黎子誠自然與那曹家娘子對上了。

因為這些年，黎子誠一直在泉州幫沈君兮跑海貨，田莊這邊的事便慢慢地交給新人，然後脫手，自然不知道沈君兮和曹家娘子合夥開酒坊的事。

曹家娘子也是幾年沒見過黎子誠，還以為他另謀高就去了，誰料到竟然在這裡遇上，兩人便又開始你瞪我、我瞪你，互相都沒了個好臉色。

秦四素來是個善於察言觀色的，見這二人跟個烏眼雞似地互相瞪眼，上前將黎子誠給拉開。

對於他們二人的宿怨，沈君兮是知道一點的，卻又不甚明白，趁此機會，她把曹家娘子拉到一邊。「曹家嫂子，妳和黎掌櫃到底是怎麼回事？」

她不問還好，曹家娘子竟然忍不住哭起來。

因為和沈君兮相處的這些日子裡，沈君兮處事大方得體、有章程，包括曹家娘子在內的這些管事們早沒將她當成孩子看待。

曹家娘子便將這些年心裡的委屈都說出來。

她雖被稱為曹家娘子，卻是被京城一戶姓曹的人家買來給自家兒子沖喜的。可這喜沒沖好，她和她男人成親那一個月裡，她男人便抻了腿；婆婆嫌她晦氣，轉手便又將她給賣了。

買她的是個做酒老倌，年紀大得足以做她的爺爺。

那時候的曹家娘子想的卻是跟誰不是跟，只要有一口飯吃，老頭她也認了。沒想到那老頭卻沒讓她做婆娘，而是將一手做酒的技藝傳給她。

不久，那做酒老倌也去了，曹家娘子接手了做酒老倌租在紀家裙房的小酒坊，繼續做酒、賣酒，日子倒也過得安生無事。

黎子誠住在她小酒坊隔壁，整日抬頭不見低頭見的，一來二去地熟絡起來。可她沒想到的是，他們那條街上便傳出了他們倆相好的傳言。

若說只是傳他們相好，曹家娘子倒也不在乎什麼，畢竟她也沒想當個節婦烈女，但與此同時，還有人盛傳她剋夫，這都已經剋死兩個，黎子誠馬上會是第三個。

曹家娘子哪裡受得住這樣的話？偷偷抹了一晚的淚，第二天天一亮，對黎子誠的態度便從此判若兩人，因此黎子誠從來不知道自己什麼時候得罪了曹家娘子，也不知道兩人什麼時候結了怨？

沈君兮聽了這些，啞然失笑。

「所以，妳是為了他好才這樣對他的？」她問起了曹家娘子。

曹家娘子有些倔強地抹了抹臉上的淚。「也不是說對誰好、對誰不好，反正我這輩子也不靠男人討生活，我只是不想被人當成掃帚星嫌棄。」

沈君兮掩嘴笑。

「因此怕人說妳是掃帚星，就把自己苦成這樣？」沈君兮拉著她的手道：「要我說，妳第一個男人本是病入膏肓，他們家才想著買妳來沖喜，死了，這不是很正常？至於妳說的第二個男人，他年事已高，買妳只不過不想自己的手藝失傳，說他是妳男人，還不如說他是妳師傅才對！你們有的也只是師徒關係而已。至於黎掌櫃這邊……」她有些故弄玄虛地笑道：「你們倆若是有心，我倒是可以請欽天監的人幫你們算一算，也不枉你們相識這一場。」

曹家娘子一聽便紅了臉，可她還是推辭道：「算了，我一個人過了這麼多年，挺好的，為什麼要嫁人？又不是養不活我自己！」

沈君兮聽了，只是笑著點點頭，然後看了眼曹家娘子身後那半開半合的廂房門，便又拉著她入席。

待她們離開後，秦四才拖著黎子誠從廂房裡出來。

「該怎麼辦，你自己看著辦吧！」秦四也沒多說什麼，而是將黎子誠一個人留在那兒。

黎子誠怎麼也沒想到，事情竟然是這樣。

父母早逝，他是如何艱難長大的，只有自己才知道。

當年，整條後街上對他好的人不多，這曹家娘子卻是其中之一。

突然有一天，連她也同自己交惡，他還以為曹家娘子是和其他人一樣地嫌棄自己，卻沒想到其中竟還藏著這樣的故事。

他的心裡好似突然燒開了一壺水一樣，汩汩地冒起熱氣來。

黎子誠和曹家娘子的事，沈君兮並不打算多管。

若是他們真有緣分，自己點到為止就夠了；若是他們沒有緣分，自己就算磨破了嘴皮子也沒用。

所以，她便就此丟開了。

從天一閣回了紀府後，剛一下馬車，她便覺得家中氣氛有些不一樣。

自從紀雯出嫁後，府上便少了一絲生氣，這還是她每日特意去紀老夫人跟前說說笑笑，才讓翠微堂裡的眾人不覺得冷清。

「這是怎麼了？」沈君兮問了被她留在屋裡照顧小毛球的鸚哥。

天氣一日冷過一日，小毛球又好似要準備冬眠了。和去年相比，牠又長肥了一圈，去年鸚哥給牠準備的那個窩便不夠用，因此這些日子正為小毛球趕製一個更大的窩。

好在沈君兮不惜錢，上好的棉花和布料讓鸚哥隨意用，鸚哥一口氣做了個兩尺寬的窩，可以並排躺下兩個小毛球。

見沈君兮問起府裡的事，鸚哥左右看了看，低聲在沈君兮耳邊道：「東跨院那邊出事了！前些日子我們都只道四姑娘發福，腰身一日粗過一日，今日才知道，她根本不是長胖，而是懷上孩子了！」

懷孩子？沈君兮聽了瞪大眼睛。紀雪懷上孩子？她不是和自己一樣，連月事都沒有來嗎？

鸚哥悄聲道：「聽東跨院的人說，這些日子四姑娘茶飯不想，隨便吃點什麼就犯酸水想吐。起先齊氏以為是四姑娘吃錯東西，壞了腸胃，叫來郎中一瞧，沒想到竟是懷孕了！」

難道是那日在護國寺裡……不會那麼巧吧！可算算日子，也不是不可能。

「這事大夫人怎麼說？」沈君兮忍不住繼續同鸚哥打聽。

也是託小毛球的福，平日鸚哥帶著小毛球出去「撒歡」時，藉此認識了不少在府裡各處當差的小丫鬟。

沈君兮在錢財上又大方，吩咐身邊人平日託人辦事的時候該打點就打點，該使好處費的就使好處費。因此，她屋裡這幾個丫鬟在府裡的人緣特別好，誰見著了，都願意和她們多說上一、兩句話。

也正是如此，她在紀府裡消息靈通得不輸紀老夫人。

「大夫人還能怎麼說？」鸚哥低聲嘟囔著。「起先大夫人只道那郎中是個騙子，叫人給打了出去。可一連請了幾個大夫，大家都這麼說，大夫人才慌了神。只不過大夫人不讓人亂說，並警告那些丫鬟、婆子，誰要是敢亂說話，就把誰發賣出去，因此那邊的人一個個緊張得不得了，有什麼話也不敢亂說了。」

沈君兮一聽，倒有點理解大舅母。

自己待字閨中的黃花大閨女若是傳出什麼未婚先孕的話，那便是死路一條，可懷孕這事，卻又是瞞不住的。若是想要強行落胎，又怕落了個一屍兩命，紀雪畢竟是大舅母捧在手心裡長大的，又哪裡捨得讓女兒受那樣的苦？

她若是大舅母，這會兒恐怕要想辦法去找另外一個事主了。

讓紀雪同傅辛早日完婚，才是化解當前這場危機的最佳辦法。

只是以延平侯府的性子，會不會趁這個機會大訛一筆，還真不好說。

想著紀雪有可能要將自己上一世的日子都經歷一遍，她心底又隱隱有了些期待。

畢竟這些都是紀雪自找的，要操心也輪不到她沈君兮。

於是，沈君兮當成什麼都不知道，也很默契地同李嬤嬤一道，不准有人把這亂七八糟的消息往紀老夫人跟前遞。

她依舊每天陪著紀老夫人禮佛，在屋裡散步。

在沈君兮的堅持下，紀老夫人的身體也漸漸好起來，不但沒有繼續咳，面色也變得紅潤，人也有了精神。

相對於紀老夫人的神清氣爽，齊氏簡直快要氣得七竅生煙。

她真沒想到平日在自己跟前低聲下氣的延平侯夫人，竟然也敢跟她拿喬！

若不是那日她多了個心思，讓傅辛親手寫下保證書，王氏恐怕還會翻臉不認人。

因此她也給王氏撂下狠話，如果他們傅家不認帳，她會去順天府告他們家兒子姦淫民女，大家一拍兩散，兩敗俱傷！

王氏這才跟齊氏服軟，只不過她獅子大開口，跟齊氏要至少兩萬兩銀子的嫁妝。

原本依照齊氏的打算，自己只有紀雪一個女兒，她給紀雪的嫁妝自不會少，甚至田莊、房屋、鋪面、家具、香料、首飾、衣裳、藥材什麼的加起來，比兩萬兩只會多不會少。

可現在這話從王氏的嘴裡說出來，便讓她像吃了蒼蠅一樣噁心，真讓她給也不是，不給也不是，甚至在心裡嗔怨起紀雪，惹什麼人不好，偏偏要惹到這樣一群無賴！

但不忿歸不忿，齊氏始終還是記得要為紀雪的肚子考慮，一旦顯懷，這事只會變得更麻煩。

於是兩家人在臘月二十八日商定，將紀雪和傅辛的婚事訂在來年二月初二。

接下來便是過年，秦國公府與延平侯府聯姻的事隨著大家的走親訪友，一下子就在京城的貴婦圈裡傳開。

連從西山大營回來的紀容海也不免質疑齊氏。「我們家雪姊兒的年紀明明不大，為何婚事要定得這麼急？而且還的還是延平侯府這樣的人家？」

齊氏只得尷尬地回答：「也不算很急吧，去年四、五月間我就開始給她張羅這事了。要知道女大不中留，留來留去留成仇，早點找個人嫁了，安心！」

聽了這話，紀容海的神色有些訕訕的，總覺得這話好像有什麼地方不對。

「可妳也該給雪姊兒挑戶好人家不是？」

「自己生的女兒自己最清楚，」齊氏卻像在說服自己一樣，道：「找個門楣低一點的，至少不敢欺負我們家姊兒不是？」

紀容海聽了這話，這才沒有多話。

有錢不買年下貨，說的是過年這段時間，什麼東西都要比平日貴上許多。可因為同紀家把婚事定在二月初二，傅家在那之前不免要做些準備。

不說別的，新房要刷吧？紀家的聘禮要給吧？家裡辦席時用的雞鴨魚肉也要買吧？這一算下來，裡裡外外都是錢！

王氏每天用算盤扒拉著帳目，真覺得每天都在拿刀割她的肉。

眼見著又是好幾百兩地花出去，王氏便把帳冊一合，往身後的迎枕上一靠，來了個眼不見，心不煩。

「夫人，表小姐那邊又鬧起了，哭著說要回王家去……」一個丫鬟瑟瑟地到王氏跟前稟報道。

王氏聽了，把炕桌一拍，眼睛一瞪。「讓她回去，回去了就別想再來！」

丫鬟也是一愣。平日只要表小姐一鬧，夫人都會去好言相勸，今日怎麼卻像吃了火藥一樣這麼衝？

# 第八十七章

「還愣著幹麼？」見丫鬟杵在那兒半天沒動，王氏更是沒好氣地訓道。

那丫鬟才急急地退下去。

王氏氣憤地端起茶盅喝，可茶水已經涼了，她氣得把茶盅往地上一砸，對著屋裡服侍的人吼道：「妳們都是死的嗎？連個茶水都伺候不好，留著妳們有什麼用？」

屋裡眾人噤了聲，趕緊動起來，有的去端一盅熱茶，有的則蹲在地上窸窸窣窣地撿著碎瓷，大氣也不敢出一口，生怕自己一個不小心遭罪。

王氏見了，也知道自己是遷怒，便將她們全都打發出去，免得礙眼。

這些人都離開後，王可兒卻紅著眼地過來了。

「姑母！」她一瞧見王氏便帶著哭腔道：「表哥成親後，這府裡是不是沒有可兒待的地方了？」

這王可兒是王氏的娘家姪女，可惜生母早逝，父親又續弦，後母一進門三年抱倆，生的都是兒子，她在家裡的處境可見有多艱難。

王氏念著她母親當年跟自己那點香火情，把王可兒像女兒一樣地帶在身邊，跟著兒子傅辛一塊兒長大。

只是這表哥表妹、青梅竹馬的，關係就變得有些說不清、道不明。

一開始，王氏也動過讓傅辛娶了王可兒的念頭，可後來一想，哥哥家無權無勢，家裡還有兩個兒子，能拿出幾個錢來貼補女兒？而且延平侯府這些年也是過得一年不如一年，急需一個有錢的兒媳婦來拉一把。

因此這些年，她才想盡辦法鑽營，但王可兒這邊，她真不好給出什麼承諾。

但聽王可兒這麼一問，王氏還是拉著她的手道：「怎麼會？妳表哥成親，以後只會多一個嫂嫂來心疼妳，又怎會讓妳沒地方待？而且不管怎麼說，總還是妳姑母我當家作主吧，誰敢把妳怎麼樣？」

「姑母……真不是我有意鬧……我只是害怕……」王可兒又乘勢在王氏跟前賣慘。

王氏將王可兒安撫一番，這事才算揭過。

到了紀雪出嫁那日，三個多月的肚子已經顯懷，明顯有些行動不便。好在初春仍有些寒意，衣服穿得厚，不仔細看倒也瞧不出什麼來。

她由人扶著來給紀老夫人磕頭。

儘管沈君兮和李嬤嬤想盡力瞞著紀老夫人，可她最終還是知道了紀雪懷孕的事。只是齊氏那邊已經將婚事安排下去，她也不好多說什麼。

於是紀老夫人賞了一對鳳釵給紀雪，算是她的添箱。

知道紀雪要過來與紀老夫人辭別，沈君兮一直躲在自己的廂房裡沒有出來。

紀雪經過沈君兮的房門前，稍微停留了一會兒。

她為什麼會有今日？還不全都是因為沈君兮！

她眼神陰鷙地瞧著沈君兮的房門。

傍晚時候，秦國公府響起了震耳欲聾的鞭炮聲，紀雪在一片歡天喜地中被紀昭揹上花轎，迎親隊伍一路敲鑼打鼓地往延平侯府而去。

沈君兮坐在屋裡，聽著這些聲音，恍若隔世。

從個人情感上而言，她無法祝福紀雪，也無法祝福傅辛，但不管怎麼說，有著秦國公府為紀雪撐腰，想必王氏和傅辛應該也不敢像上一世欺負自己那樣，明目張膽地欺負紀雪吧？

紀雪出嫁後，整個秦國公府變得更加安靜，好在文氏和謝氏總會帶著孩子們到紀老夫人跟前請安。

看著兩個滿地跑的重孫，聽著他們奶聲奶氣地說話，紀老夫人真是稀罕得恨不得把天上的星星都摘下來給他們。

幸好文氏和謝氏都出自詩書世家，對於養孩子也有著各自的想法。

紀老夫人雖然寵著兩個孩子，可她們卻對兩個孩子多有約束，並不是一味地慣著他們。

沈君兮瞧著兩個小姪兒天真可愛，平日也喜歡帶著他們玩。

在這還算得上歡樂的氣氛裡，日子很快地到了三月。

三月三，女兒節。

往年這個時候，沈君兮她們總能收到各家春宴的邀請，現在紀雯和紀雪都出嫁了，她自己也是待嫁之身，反倒不好再隨意走動了。

閒得無聊的她，便開始寫起話本子。

她這是受了趙卓的啟發。
之前幫游三娘平反時，趙卓命人將游三娘的故事寫成書，並讓那些茶樓裡的說書人肆意傳播，讓游三娘博得世人同情。
而她，卻想將自己前世經歷的那些事也寫下來。
倒也不拘什麼時候能寫完，當是自己給自己找的消遣。
只是她這邊剛剛起了個頭，宮中卻頒下聖旨，昭德帝欲在四月初為幾位皇子舉行分封大典，分封大典之後，便是幾位皇子的婚禮。
幾個大典都連在一起，禮部侍郎石川只覺得自己忙得連吃飯、睡覺的工夫都沒有。
最讓他頭疼的是，其他皇子的王府是早已建好或是修繕好的，唯獨七皇子，皇上對壽王府要修建在哪裡，隻字不提，這教他們下面的這些人怎麼辦？
不說別的，這壽王殿下成親時的洞房設在哪兒，他毫無頭緒。
石川只好去尋了禮部尚書章周。
「閣老，此事怕是得讓皇上早點拿出個章程來。」石川同章周道：「先前皇上根本沒提這一茬，可皇子們的婚禮舉辦在即，總不能讓七皇子連個拜堂成親的地方都沒有吧？」
章周也是頭大。
他入閣一年多，卻不是內閣中最有話語權的。要說這事，他之前還特意囑咐行人司寫了摺子上去，自己親自做了票擬，豈料這摺子遞上去如同泥牛入海，了無音訊。
「我再去問問。」事到如今，他也只能先這樣應付著石川，然後親自去尋皇上身邊的福公公。

福來順一聽這事，也驚了一跳。

七皇子要成親了，卻連個府邸都沒有，這可真算得上是件大事了，特別是聽聞內閣的人曾上過摺子，他嚇出一身冷汗。

皇上每天批閱的摺子都是經由自己的手遞上去，可他對章周所說之事完全沒有印象，也就是說，他根本不曾見到那本摺子。

這是哪個渾人在害他！

福來順知道自己雖然貴為皇上身邊的紅人，可也有不少人嫉妒他這個位置，想把他給拉下來。

只是這時候，已經無暇再去顧及這些問題，而是得趕緊讓昭德帝知曉此事並做出決斷。

因此福來順找了個機會，委婉地同昭德帝說起此事。

「什麼？老七還沒有府邸？」昭德帝也顯得很意外，但隨後一拍頭，記起自己果真忘了這件事。「你讓內務府去翻一翻帳冊，看看京城裡可還有沒有賜出去的宅院？」

因為事關緊急，福來順便親自跑一趟，然後盯著內務府的人查帳冊，又讓他們謄抄一份單子，這才拿著單子回了昭德帝身邊。

京城裡閒置的宅院不多，其中還有一些是當年賞出去，然後因賞賜的人犯了事而又收回的。比方說當年永壽長公主的府邸，雖然被分給紀、林、許三家，可還剩一處花園沒賞賜出去。

昭德帝是去過那花園的，占地很大，景致也很別緻，只因為當年是永壽長公主府的花園，那邊可以用來住人的地方不多。若是將這樣的宅邸賞賜給那些拖家帶口的，顯然不適用，因此這處宅院一直被空下來。

可若是賜給老七，這事又變得不一樣了。

畢竟在很長一段時間裡，壽王府只有壽王和壽王妃兩個正經主子，房子少一點，倒也沒什麼影響。

而且秦國公府就在隔壁，算是他送給清寧鄉君的另外一份大禮吧！

那邊房子少，修繕起來也容易，至於那長滿雜草的花園更好辦了。現在正值春天，讓人去拔了那些雜草，補種新苗，不出幾個月工夫，整個花園又能再度生機盎然。

這麼一想下來，昭德帝只覺得這處花園簡直是為老七準備的，因此不但將此處宅院賜給老七，還親手寫了「壽王府」三個大字做匾額。

福來順又捧著這三個字去內務府，囑意內務府的人速速修繕壽王府邸。為此，他還特意找了黃天元。「這件事，皇上在上面盯著呢，必須完成得又快又好！」

黃天元雖然滿口應下來，心裡多少還是有些不以為意，但也知道事情緊急，趕緊找人把事情安排下去。

事情很快傳到了秦國公府眾人的耳朵裡，大家都有些不敢相信竟會有這樣的好事。

壽王府只與他們國公府隔著一道牆，意味著沈君兮在嫁過去後，天天都可以回來探望紀老夫人。

紀老夫人更是激動地抱住沈君兮。「我就知道妳是個有福的！」

因為上面盯得緊，負責修葺壽王府的人不敢偷懶，不過小半個月的工夫，整個壽王府的亭臺樓閣全被修葺一新，不但牆面、窗櫺重新粉刷過，連房頂的瓦片都全部換新。

而且不同於京城中規中矩的四合院格局，壽王府反倒看上去像是江南的庭院，三步一景，五步成影。

瞧著這樣的宅子，沈君兮突然對將來的生活充滿憧憬。

「妳看看還有沒有什麼要添置或修改的地方？」陪著沈君兮一同前來的趙卓笑盈盈地看著她道。

看得出她對這王府很滿意。

「我想在這兒擺張石桌，在那兒搭個鞦韆架……」一身寶藍色直裰襯得沈君兮的皮膚更白皙，吹彈可破。

她一會兒指指這兒，一會兒又指指那兒，顯得很興奮。

「妳看要不要在這裡再搭個架子？」見到這樣的沈君兮，趙卓也是滿心歡喜，指著一片空地道：「到時候讓他們種上葡萄或是紫藤，到了夏天，我們還能在藤架下乘涼。」

沈君兮覺得趙卓這主意好極了，忙不迭地點頭，眼睛裡閃爍著快樂的光芒。

房屋修葺好之後，便要往裡面添家具。

內務府原本訂下一批紫檀木家具，結果沈君兮卻嫌太過笨重，一點也不顯得喜氣，趙卓便讓人將那些紫檀木家具都給收了，從落地罩到拔步床以及房間裡的高櫃矮屜，全部換成黃梨木。

沈君兮瞧著有些咋舌。不管是黃梨木還是紫檀木，都不是什麼便宜東西，如此說換就換，是不是也太大手筆了一些？

「這有什麼，以後這王府是我和妳要生活一輩子的地方，我可不希望妳瞧著那些笨重的家具生悶氣。」趙卓卻說得輕描淡寫。

就這樣，一晃眼到了四月。

昭德帝為皇子們舉行盛大的分封儀式，除了趙卓之外，皇子們也各得封地。

一時間，此事便成為街頭巷尾人們熱中的談資。說什麼的都有，但大家最認同的依舊是身為七皇子的壽王還是被生母連累，不被昭德帝所喜，封王，不過是顧著皇家臉面而已。

對於坊間這樣的言論，趙卓一笑置之。

在尋常人看來，他們這些皇子、皇孫都是含著金湯匙出生的，和皇權無限接近，伸手翻雲覆手為雨，風光無限。

只有他們自己才知道，日子過得有多岌岌可危。

雖是兄弟，卻是天生的敵人。皇位只有一個，即便確立了太子之位，可無限的權力依舊讓人蠢蠢欲動，甚至為之鋌而走險。

不說遠了，縱觀他們北燕朝，最終能得善終的皇子，都是那些老實又聽話的，他們從不參與皇權之爭，而是一心關上門過自己的小日子。正是他們的甘於平庸，才換來一家人的一世平安。

皇家，就是最奇怪的地方。

這裡有著互相防備的父子、互相防備的夫妻、互相防備的兄弟。高高的紅牆黃瓦，隔離了外面的世界，也隔離了人世間的親情。

自幼的經歷讓趙卓比兄弟們都要早熟，也讓他更透澈地看清一切，迫切地想要逃離。

他何嘗不知道自己去父皇跟前貿然求旨賜婚要冒多大的風險，只是想要和沈君兮在一起的念頭，卻一直鼓動著他。

他自然知道父皇的禁忌在哪裡。

一個掌控天下的人，最害怕、擔心的就是自己的兒子對自己的東西產生非分之想。

也正因如此，他在昭德帝面前主動放棄將來的封地，才換取了他與沈君兮的這段姻緣。

因為已被封王，這些皇子再住在宮裡就顯得有些不適合，趙卓也從皇宮裡搬出來，住進御賜的壽王府。

之前修葺壽王府時，趙卓特意詢問了紀老夫人的意見，又給遠在西山大營的秦國公紀容海去信，稱自己想在兩家圍牆上留個小角門，以便將來沈君兮回來探望紀老夫人。

紀老夫人得知後，自是求之不得。

壽王府雖然也在這清貴坊，可壽王府的大門卻離秦國公府還有段距離，若能在兩家之間留個角門，自然方便許多。

紀容海也覺得這樣很好。他心裡清楚，妹妹芸娘一直是母親的心結，母親不說，不代表她不在意；而他不說，也不代表他不知曉。

特別是沈君兮到了紀府後，從母親平日那寵溺的眼神便知道，她老人家有多在乎沈君兮。

因此紀容海不但給趙卓回信，更給家裡的萬總管寫了封信，讓他們全力配合壽王府。最後雙方一合計，在兩家共有的圍牆上砌了一個雙角門。

所謂雙角門是各家各留一扇角門，只有兩扇角門都打開時，才能過人。

這樣既能通行，又保證了兩戶人家的獨立。

自從趙卓搬進壽王府後，倒是三天兩頭從這角門來秦國公府，去翠微堂拜見紀老夫人。

雖然紀府的人都知道他是為誰而來，但他畢竟是王爺，讓人不好說什麼；而且他總是同沈君兮在紀老夫人跟前相處，兩人行事也光明磊落，倒也沒傳出什麼不好的話來。

# 第八十八章

「妳會不會很失望？」這一日，趙卓又跑到秦國公府來蹭飯。他和沈君兮圍坐在院子裡的石桌旁，忍不住問道。

「什麼？」正耐心地剝瓜子的沈君兮愕然抬頭。

趙卓對上她那雙清澈透明的大眼睛，猶豫了一把。

這個問題在心裡縈繞了幾天，他一直想問問她的想法，可又覺得這事不好開口，剛才也是好不容易才鼓起勇氣，誰知竟被沈君兮這樣掖過了。

可他不想讓這件事成為二人心中的一個結。

於是，趙卓頓了頓。「我是說……我沒有封地這件事，會不會讓妳失望？」

為了讓沈君兮聽明白自己在說什麼，趙卓說話時，盡可能地緩慢。

沈君兮看向他，一個沒忍住，噗哧地笑出聲來。

趙卓有些不悅地皺眉。自己這麼嚴肅認真地和她說正事呢，她怎麼好似在兒戲一樣！

沈君兮看著他微微皺起的眉頭，舒心一笑，將自己剛才親手剝的那碟瓜子仁推到他跟前。「我記得你說過，你說自己不喜歡吃瓜子，是嫌剝瓜子的樣子太難看，像極了那些無知的市井婦人。」

趙卓愣住了。

這樣的話他確實說過，只不過不是對沈君兮說的，沒想到她卻記在心裡。

一股暖流莫名地流經他的心，流向了四肢百骸，全身都有一股說不出的舒爽。

他正想對沈君兮許諾，即便沒有封地，他也會把壽王府經營好時，卻聽她淺笑道：「我覺得這樣也挺好呀！沒有封地，不用去就藩，那我們正好可以留在京城。」

說完，她衝著趙卓眨眨眼，神態中滿是俏皮。

「妳真是這麼想？」趙卓還是有些不放心，又怕她是年紀太小，還不明白封地的作用。「若是有封地，封地裡的賦稅不但都能歸我所有，而且我還有封地官員的任免權……」說白了，封地相當於一個王爺的小王國，不僅如此，他還能在封地裡豢養親兵……

「可那又怎麼樣？」沈君兮卻眨著眼睛看他。「你又不打算起兵造反。」

趙卓一聽，嚇得眼睛瞪得牛大，下意識地左右看了看，見他和沈君兮身邊兩、三丈之內並無旁人，才叮囑她道：「這種話怎麼能亂說，妳小心禍從口出！」

「這不是我們私下裡說說嘛，這點分寸我還是有的。」沈君兮掩嘴笑。「而且封地若是管不好，自然會有人指責你無能；可你若是管好了，又容易遭人猜忌，畢竟沒有哪個皇上願意見到自己兄弟手握重兵，在一旁厲兵秣馬吧？」

聽她說出這樣的話，趙卓很詫異。

他之前覺得沈君兮比一般女孩子都要聰慧，沒想到她竟會懂得這些。

而沈君兮能懂得這些，全是因為前世的她所經歷的那些。

昭德二十年左右，昭德帝的身體每況愈下，於是他命太子監國，可三十歲的太子趙旦，不能說昏庸，卻可說是平庸。

若國中無大事還好，可一遇著大事，他反倒是第一個先慌起來的。

沈君兮後來聽說，那一年的西北饑荒根本不是什麼天災，而是人禍，根本是有人想藉此生亂，從而擾亂太子監國的陣腳。

那人成功了。

太子以為是自己治理不力才導致饑荒，因此他聽信幕僚的意見，將這件事給壓下來。可紙又怎麼能包住火？

西北災民原以為會得到朝廷救助，豈知救助遲遲不來，加之有心人的挑撥，便有人揭竿而起，吵著要打到京城去。

一開始，並沒有人把此話當真，畢竟鬧事的都只是一些泥腿子。

可當這些人都鬧到河北境內時，有人建議太子向藩王們借兵。也不知是誰多嘴，說了句「請神容易送神難」，竟讓趙旦打消讓兄弟們進京幫忙的念頭。

再後來，那些流民這樣長驅直入，這才有了他們這些世家四散逃命，而趙旦也在那場逃亡中殞命。

讓沈君兮覺得悲哀的是，像趙旦這樣德不配位的人，今生依舊坐在太子之位，那麼上一世的那些事情會不會再度發生，她還真說不準。

但她至少知道，趙旦至少不是個心胸寬闊的人。既是這樣，又何苦去做那個被人猜忌的人？

趙卓見在這件事的看法上，自己和沈君兮想得一致，心下難免激動起來。

若不是顧忌這院子的角落可能存在眼線，他真想把沈君兮抱在懷裡，好好地擁吻一番。

一想到擁吻，趙卓的眼神不免落在她的紅唇上。

也不知是不是因為她塗了胭脂，看上去真是嬌豔欲滴，讓他瞧著有股一親芳澤的衝動。

可一說到衝動，趙卓只覺得自己全身血液正往一處湧去，神色瞬間變得不自然起來。

糟了！

他極力控制自己，額頭上不免滲出豆大的汗珠。可他越想控制，越是失控，神情也越發不自然了。

「你這是怎麼了？」一旁的沈君兮也瞧出他有些不對勁。

天氣竟然有這麼熱了嗎？

她有些狐疑地看看天。今日的太陽雖好，可他們一直坐在樹蔭下，按理說也不該熱成這樣呀！

她從衣袖中掏出手帕，想要給趙卓擦汗。豈料趙卓卻把頭偏過去。

「我沒事，妳讓我一個人靜一靜。」他不但偏過頭，還咬牙切齒道。

沈君兮的手就這樣尷尬地懸在空中。

上一世，她畢竟是嫁過人的，男人的那點事，她不是全然不知曉。

電光石火間，她突然明白過來，臉色也跟著一紅。

她硬生生地收回手裡的帕子，低聲道：「你一個人先坐在這兒歇涼，我去廚房裡看看有沒有什麼清熱下火的菜？」

趙卓只是嗯了一聲。

然後，他們的晚飯桌上便多了兩樣菜：什錦苦瓜和海帶湯。

紀老夫人年紀大了，自然吃不得這兩樣。可她看著沈君兮不斷將這兩樣菜往趙卓的碗裡挾，不免好奇地問：「王爺這是要敗火嗎？」

這話一出，又將沈君兮和趙卓兩人鬧了個大紅臉。

晚膳之後，在紀府逗留大半日的趙卓用過一杯茶後，便不得不離開。

雖然有昭德帝賜婚，可他和沈君兮畢竟還沒有大婚，有些事能做，有些事卻不得不顧忌。

「妳送我去角門吧。」趙卓便同沈君兮道。

沈君兮抬頭看了看天。

夜寂靜無風，一輪圓月掛在天上。

「也好，正好可以消消食。」她站在這樣的月色之下哂然一笑，眼中閃爍著光芒，好似把天上的星星都吸進眼睛裡一樣。

兩人這樣並肩走著，珊瑚等人遠遠地跟著，生怕打擾到他們二人。

從翠微堂到秦國公府西北的角門並不近，可趙卓卻覺得沒走多遠，時間便到了。

他站在那扇角門前，有些依依不捨。

「快點過去吧！」沈君兮催促著。

「要不妳再同我去喝杯茶？」
他在打什麼主意，她豈會不知道？
她笑著搖頭，同趙卓道：「別鬧了，我明天讓廚房做你愛吃的松鼠鱖魚好不好？」
趙卓聽了，只能失望地嘆口氣，低著頭往壽王府而去。
看著他一副垂頭喪氣的模樣，沈君兮心中又生出些不捨來。
「七哥！」她小聲叫著。
趙卓停下自己的腳步，有些詫異地回頭。豈料沈君兮偷偷往左右看了看，然後飛奔到趙卓的身邊，踮起腳尖在趙卓臉頰上輕輕地印上一吻。
還沒等趙卓反應過來，她又笑著跑開了。
那笑聲像銀鈴一樣，在他的心間迴蕩。
「記得明日來吃松鼠鱖魚！」沈君兮又強調一次，然後羞紅著臉跑開了。
珊瑚等人雖然遠遠地跟著，可剛才那一幕也被她們收入眼簾。
同珊瑚一起當值的紅鳶有些愣愣地扯了扯她的衣裳。「珊瑚姊……妳說這……」
「什麼這啊那的？」珊瑚卻衝著紅鳶翻了個白眼。「鄉君把王爺送到角門就回了。」
說著一轉身便跟上沈君兮。
紅鳶將珊瑚的話在心裡琢磨兩遍後，恍然大悟。
她趕緊交代自己身後跟著的丫鬟、婆子道：「對了，鄉君把王爺送到角門就回了，都記住了？」

身後的一干丫鬟、婆子連連應聲。

其實這種事，誰遇到了都會理解，鄉君平日待她們這些人都好，不用紅鳶姑娘囑咐，她們也知道該怎麼做。

好在這樣令人尷尬的日子也沒過多久。

終於到了四月二十六，是由欽天監算出適合皇子們大婚的日子。

一大清早，皇子們便要起來沐浴更衣，換上親王的冕服。

親王的冕服，不管是顏色還是圖案均有定制，天子十二章，皇太子、親王、世子俱九章，穿著也更繁複。

若是沒有三、五個人同時幫忙，根本別想將這身冠服穿上。

趙卓伸開雙手，像個木頭人一樣站在那兒，任由宮裡派出來的內侍幫他穿衣服。

先是一層素紗製成的中衣，再是一層外衣，然後上身著一件在雙肩織龍、背上織山、袖子上織火、華蟲、宗彝的玄衣；下身則是織了藻、粉米、黼、黻的纁裳。蔽膝也和裳一樣，織藻、粉米、黼、黻四章繫於腰上，然後再繫上大帶，大帶上懸掛玉珮，腳上再穿上一雙赤舄鞋。

這些都穿戴整齊後，內侍們再給他戴上五彩玉珠九旒冕。

這身穿戴下來足有十多斤重，趙卓什麼都沒幹呢，只覺得後背上已經被汗水浸透。

好在這些衣服只有在祭祀和大婚時才要穿，不然的話，他得生生被這身衣服給壓死。

待穿戴好這一身後，他便要乘車入宮，到金鑾殿上聆聽昭德帝的教誨。

本來是件挺嚴肅的事，結果因為五位封了親王的皇子在昭德帝跟前排排站，一個個神色端莊得很，好像家中長輩在訓誡犯錯的小輩，昭德帝好不容易才繃住自己的情緒，沒有笑出來。

好不容易挨到巳正，皇上的醮戒才算完成。

然後親王們又要乘著各自的馬車去迎娶新娘。

親王的儀仗開道，一路更是鞭炮齊鳴。

趙卓心花怒放地坐在馬車裡，腦子裡想著的卻是此刻沈君兮的模樣，嘴角有一抹自己也沒有意識到的微笑。

秦國公府早早地打開正門，卸下門檻，所以趙卓的迎親馬車可以一路駛到儀門。

主婚者和正副使忙迎接出來，給趙卓行禮。

然後在主婚者和正副使的陪同下，他到了秦國公府的中堂。

中堂設了香案，趙卓依禮向香案敬了帛書，而穿著親王妃服飾的沈君兮則在一陣鼓樂聲中被人引出來。

兩人對著香案行禮，便執手出了中堂。

趙卓牽著沈君兮的手，共同上了來時的馬車，兩人在車上並排而坐。

因為來迎親的旁人太多，趙卓也不好同沈君兮說什麼，只是從始至終都牢牢地牽住她的手，眼神堅定地看著馬車緩緩地往皇宮而去。

他們還要去奉天殿祭拜祖宗。

然而還有其他皇子未曾返回，沈君兮和趙卓被引至奉天殿的偏殿裡稍事休息。

而偏殿裡，早已有人等候在此。

「三皇兄！」趙卓率先上前行禮。

沈君兮這才發現，那親王冕服之下的是趙瑞那張有些揶揄的臉。

而他身後，同樣立著一位穿著親王妃服飾的女子。

三皇子被封了惠王，而惠王妃則是北靜侯府那位素有潑辣之名的楊二小姐。

沈君兮有些好奇地抬眼看去，卻發現對方也同樣滿臉好奇地打量自己。

她趕緊收了有些放肆的眼神，向對方行禮，對方也同樣回禮。

趙卓同趙瑞自然有話說，可被兄弟二人晾在一邊的沈君兮和楊氏，彼此都有些尷尬。

「聽說妳是那個讓紀雪整天吃啞巴虧的清寧鄉君？」首先開口的是惠王妃，她看著沈君兮，笑盈盈道：「都說敵人的敵人是朋友。我叫楊芷桐，妳呢？」

沈君兮沒想到惠王妃是個如此直爽之人，她也是個喜歡同直爽人打交道的人。

「沈君兮。」她衝著楊芷桐微笑，兩人好似一下子拉近許多。

可留給她們說話的機會並不多，不一會兒，另外三位親王也攜了各自的王妃歸來，眾人便一起被請到奉天殿。

奉天殿裡早已陳設祭祀用的三牲，五對新人按長幼之序站好，稟告祖先之後，又要分頭返回各自的王府行合巹禮。

此刻時間已經到了下午。

沈君兮穿著一身厚重的王妃冕服，卻是滴水未進，不免覺得有些頭暈目眩。

趙卓見狀，伸手扶住她。有內侍在一旁提醒道：「王爺，恐怕這不合規矩。」

「王妃是我的正妃，有什麼不合規矩的？」趙卓卻冷眼看向內侍。

因為早些年在宮中的經歷，趙卓平日對於宮內的這些閹人內侍並沒有什麼好臉色。

倒不是他想藉此耍什麼威風，而是他發現自己只要擺出一張冷臉，這些人便不敢在自己面前拿喬。

久而久之，他在這宮裡便有了冷面皇子之稱。但同樣的，也給他省去了不少麻煩。

見這位新封的壽王一臉不耐，那位內侍也噤了聲，伸手給自己一個耳刮子。「是奴才多嘴了。」

想想也是，他的任務是送壽王和壽王妃平安出宮，至於人家壽王妃是走著出去，還是被壽王抱著出去，和他有什麼關係？自己為何要多嘴？

一想著今日畢竟是自己和趙卓大婚的好日子，沈君兮不希望他為了這種小事生氣，因此她反手握住趙卓的手，輕輕地對他搖搖頭，並用唇語道：「不值當。」

趙卓瞟了她一眼，明白她在說什麼。

這宮裡，他真是不想再待了。

於是他趕緊喚來肩輿，二人共乘肩輿，出得宮去。

——未完，待續，請看文創風719《紅妝攻略》4

1月 PUPPY 萬象更新·愛情不老

Doghouse X PUPPY

## 老婆至上

老婆就像是上天給的禮物，
男人收禮時滿心期待，
拆開後或許驚喜、驚奇，甚或驚嚇……
得良緣乃前世修，成怨偶是今生業，
身為老公，就要努力做個疼某大丈夫！

NO／535
### 老婆，乖乖聽話！ 著 陶樂思

因爺爺渴望見到初戀情人，古雋邦信心滿滿接下任務，
豈料對方早已不在人世，只能寄望於初戀奶奶的孫女。
偏偏兩人素昧平生，看來他只好使出那個方法了——

NO／536
### 老婆饒了我 著 佟蜜

原本愛已憔悴，眼看只有離婚一途，這時卻遇上車禍，
雖然大難不死，但是向來冷冰冰的老婆卻失憶了！
而且她居然變得開朗活潑，彷彿十八歲少女 ?!

NO／537
### 老婆給你靠 著 香奈兒

英俊的他出手幫她解決困擾，又跟她算起九年前的一筆帳，
補償方式是當他的朋友，期限九年。這是什麼奇怪要求？
而且兩人才吃過一頓飯，他又改口說想跟她結婚 ?!

NO／538
### 老婆呼風喚雨 著 棠霜

他向來冷漠，更不愛管他人的閒事，
但說也奇怪，這哭得旁若無人又極不服氣的小女人，
卻意外地令他捨不得移開眼睛哪……

Hi-Life

**2019.1/22 萊爾富 新春有看頭 單本49元**

十年生死兩茫茫　不思量　自難忘／暮月

2019年1月出版

# 執手偕老不行嗎

她十六歲嫁他，十七歲產子，二十二歲守寡，二十七歲身故，
回首前世，夫妻倆聚少離多，實在稱不上有多情深意濃淚千行，
然而今生，這男人待她千般體貼萬般好，
於是，她心底起了小小的奢望，想與他白首到老兩不離……

文創風 708 **1**

凌玉身為秀才之女，能寫會算，容貌又俊，幹活也索利，
因此，自及笄起，上門提親之人從沒停過，
她爹瞧中的女婿人選當然也是讀書郎，可她死活不肯啊，
他們整日除了「之乎者也」外，根本一點兒重活都幹不了，有啥用？
所以自懂事起，她便暗暗發誓，日後打死也不嫁百無一用的書生！
要說她早對夫婿程紹禟芳心暗許，那也是沒有的事，
挑中他純粹是因他長得最壯實，又能幹活，事實也證明她沒嫁錯郎，
可問題是……他是個短命鬼啊！她好日子才過沒幾年，這就成寡婦啦？

文創風 709 **2**

什麼狗屁忠義之士？為了保護齊王殿下，她男人把命都丟了！
凌玉年紀輕輕就被迫守寡，還得想方設法養活一家子，
是，他是盡忠了，可她怎麼辦？他有想過她的感受嗎？
她一個寡婦帶著幼子與婆婆在戰亂中討生活，日子過得多艱辛，
替人洗衣、縫補，但凡能掙錢的，不管多苦多累的活她都去做，
最困難的時候，她全身上下窮得僅剩三文錢，只夠吃一碗陽春麵，
可老天爺似乎覺得她還不夠慘似的，竟讓她意外身故了！
這下好了，離了她，家中那一老一小，今後該如何是好啊？

文創風 710 **3**

老天垂憐，讓凌玉重活一回，這次她絕不讓丈夫走向上輩子那條死路，
但為了怕現實依然殘酷，所以她打算多攢點錢，免得再度守寡時一窮二白，
就這麼巧，她在街市上偶然遇見一名年輕姑娘在廉價叫賣玉容膏，
玉容膏啊，是上輩子那風靡京城、喊價上百兩也有人搶著買的玉容膏？
經自身塗抹對活膚養肌確有奇效後，她火速與對方展開合作，開起鋪子，
果不其然，身為女人，就沒有不愛美的，因此東西一開賣立即供不應求，
她其實也想過要不要把生意做大，擴大產量，可深思後便又作罷，
因為她知道，待太子死後，戰亂將起，她便是擁有金山銀山也保不住啊！

文創風 711 **4** 完

所謂閻王打架，小鬼遭殃；皇子爭權，百姓受難。
若再加上有一個沈迷於修道煉丹、無心政事的皇帝，這天下能不亂嗎？
凌玉千算萬算，防了丈夫投身齊王陣營，不料半路卻殺出太子這個程咬金！
他們一家三口被受傷的太子挾持，不得不護他回京，最終成為他的人馬，
經此一變故，本該身亡的太子沒死成，而上輩子該繼位的齊王也錯失帝位，
可皇子們的奪嫡之爭已浮出檯面，再壓不下，京城風聲鶴唳，人人自危，
此時的程紹禟從一介平民一路浴血奮戰攀爬，為的是她再不用看人臉色，
但其實她不求大富大貴，只求執子之手，與子偕老，行嗎？

文創風
718

# 紅妝攻略 3

國家圖書館出版品預行編目資料

紅妝攻略 / 三石著. --
初版. -- 臺北市 : 狗屋, 2019.02
冊 ; 公分. --（文創風）
ISBN 978-986-328-963-0（第3冊：平裝）. --

857.7 107022444

著作者 三石
編輯 張蕙芸
校對 黃薇霓 簡郁珊
發行所 狗屋出版社有限公司
地址 台北市104中山區龍江路71巷15號1樓
電話 02-2776-5889～0
發行字號 局版台業字845號
法律顧問 蕭雄淋律師
總經銷 知遠文化事業有限公司
電話 02-2664-8800
初版 2019年2月
國際書碼 ISBN-13 978-986-328-963-0

---

本著作物由廣州阿里巴巴文學信息技術有限公司授權出版

定價250元
狗屋劃撥帳號：19001626
網址：love.doghouse.com.tw E-mail：love@doghouse.com.tw